achados
&
perdidos

brooke davis

achados & perdidos

Tradução de
Ana Carolina Mesquita

1ª edição

EDITORA RECORD
RIO DE JANEIRO • SÃO PAULO
2016

CIP-BRASIL. CATALOGAÇÃO NA PUBLICAÇÃO
SINDICATO NACIONAL DOS EDITORES DE LIVROS, RJ

D286a Davis, Brooke
Achados & perdidos / Brooke Davis; tradução de Ana Carolina Mesquita. – 1. ed. – Rio de Janeiro: Record, 2016.

Tradução de: Lost & Found
ISBN 978-85-01-10692-6

1. Romance australiano. I. Mesquita, Ana Carolina. II. Título.

16-32534

CDD: 828.99343
CDU: 821.111(436)-3

Título original:
Lost & Found

Lost & Found © 2014 by Brooke Davis

Texto revisado segundo o novo Acordo Ortográfico da Língua Portuguesa.

Todos os direitos reservados. Proibida a reprodução, no todo ou em parte, através de quaisquer meios. Os direitos morais da autora foram assegurados.

Editoração eletrônica: Abreu's System

Direitos exclusivos de publicação em língua portuguesa somente para o Brasil adquiridos pela
EDITORA RECORD LTDA.
Rua Argentina, 171 – Rio de Janeiro, RJ – 20921-380 – Tel.: (21) 2585-2000, que se reserva a propriedade literária desta tradução.

Impresso no Brasil

ISBN 978-85-01-10692-6

Seja um leitor preferencial Record.
Cadastre-se no site www.record.com.br e receba informações sobre nossos lançamentos e nossas promoções.

Atendimento e venda direta ao leitor:
mdireto@record.com.br ou (21) 2585-2002.

Para meus pais
Não sei de que outra maneira agradecer aos dois por me terem feito

parte um

millie bird

Rambo, o cachorro de Millie, foi sua Primeiríssima Coisa Morta. Ela o encontrou no meio-fio numa manhã em que o céu parecia estar despencando; a névoa circundava seu corpo quebrado como um fantasma. Sua boca e seus olhos estavam muito abertos, como se congelados no meio de um latido. A pata traseira esquerda apontava para uma direção que não costumava apontar. A névoa se ergueu ao redor dos dois, as nuvens se reuniram no céu, e ela se perguntou se ele não estaria se transformando em chuva.

Foi somente quando colocou Rambo dentro de sua mochila e o arrastou até sua casa, que passou pela cabeça de sua mãe lhe dizer como o mundo funcionava.

Ele foi pra um lugar melhor, berrou sua mãe, enquanto passava o aspirador de pó no chão da sala.

Um lugar melhor?

O quê? Sim, pro Céu, meu amor, nunca ouviu falar dele? Não te ensinam nada naquela maldita escola? Levante as pernas! O Céu dos Cachorrinhos, onde existem biscoitos caninos eternos e eles podem fazer cocô onde bem quiserem. Certo, pode abaixar as pernas agora. Eu disse abaixe as pernas! E eles cagam, sei lá, biscoitos caninos; então lá eles só comem e cagam biscoitos caninos o tempo inteiro, e correm por aí e comem o cocô dos outros cachorros. Que é na verdade biscoito canino.

Millie parou um momento para pensar. *Por que eles então gastam o tempo deles aqui?*

O quê? Bom, eles, há; pra ir pro Céu, *eles precisam merecer. Precisam passar um tempo aqui até serem escolhidos pra ir pra um lugar melhor. É como se fosse o* Survivor *dos Cachorros.*

Quer dizer que o Rambo foi pra outro planeta?

Bem, sim. Mais ou menos. Quer dizer... Sério mesmo que você nunca ouviu falar do Céu? Que Deus fica sentado nas nuvens e o Diabo fica no centro da Terra e esse tipo de coisa?

Posso ir pro novo planeta do Rambo?

Sua mãe desligou o aspirador de pó e olhou fixamente para o rosto de Millie. *Só se você tiver uma nave espacial. Você tem uma nave espacial?*

Millie olhou para os próprios pés. *Não. Bom, então você não pode ir pro planeta novo do Rambo.*

Dias depois, Millie descobriu que Rambo definitivamente não estava em outro planeta, e sim enterrado no quintal deles, embaixo do *Sunday Times.* Millie levantou o jornal com cuidado e viu Rambo, mas não Rambo-Rambo, e sim um Rambo encolhido, carcomido e apodrecido. Daquele dia em diante, Millie passou a escapar de fininho todas as noites para ficar com ele, enquanto sua carcaça se transformava de alguma coisa a coisa nenhuma.

O velho que atravessou a rua foi sua Segunda Coisa Morta. Quando o carro o atropelou, ela o viu voar pelos ares e pensou tê-lo visto sorrir. Seu chapéu aterrissou em cima da placa que indicava "Dê a preferência" e sua bengala dançou ao redor do poste de luz. Então foi a vez do corpo se espatifar no meio-fio. Ela abriu caminho por entre todas as pernas e sinais de exclamação para ajoelhar-se ao lado do homem. Olhou bem no fundo dos olhos dele. Ele olhou para ela, como se Millie não passasse de um desenho. Ela passou os dedos sobre suas rugas e se perguntou qual era o motivo para cada uma delas.

Então levantaram Millie e lhe disseram para cobrir os olhos, pois ela era *apenas uma criança*. E, enquanto ela voltava para casa pelo caminho mais longo, achou que talvez tivesse chegado a hora de perguntar ao seu pai sobre o Céu das Pessoas.

Sabe, Baixinha, existe o Céu e existe o Inferno. O Inferno é pra onde vão todas as pessoas malvadas, como os bandidos, os trapaceiros e os agentes de trânsito. E o Céu é pra onde vão as pessoas boazinhas, como você, eu e aquela loira bonitona do Masterchef.

E o que acontece quando a gente chega lá?

No Céu, você conversa com Deus e com Jimi Hendrix, e pode comer rosquinhas sempre que quiser. No Inferno, você é obrigado a... hã... dançar a "Macarena". Pra sempre. E aquela "Grease Megamix" também.

E pra onde você vai se você tiver sido bonzinho e malvado ao mesmo tempo?

O quê? Sei lá. Pra Ikea?

Você me ajuda a fazer uma nave espacial?

Pera só um minutinho, Baixinha. Dá pra gente continuar a conversa no próximo intervalo comercial?

Ela logo percebeu que tudo estava morrendo ao seu redor. Insetos, laranjas, árvores de Natal, casas, caixas de correio, trenzinhos de parque de diversão, canetinhas hidrográficas, velas, gente velha, gente jovem e gente que não era nem uma coisa nem outra. Só depois que registrasse 27 criaturas diferentes em seu Livro das Coisas Mortas — Aranha, o Pássaro, Vovó, a gata Gertrude do vizinho, entre outros — ela descobriria que seu pai também viraria uma Coisa Morta. E que ela anotaria isso ao lado do número 28, em letras tão grandes que tomariam conta de duas páginas: *MEU PAI*. Que, durante algum tempo, seria difícil saber o que fazer além de ficar olhando aquelas letras até já não conseguir mais lembrar o que significavam. Que ela faria isso usando uma lanterna, sentada no corredor em frente ao quarto de seus pais, ouvindo sua mãe fingir que estava dormindo.

o primeiro dia de espera

Quando jogava Ligue os Pontos, Millie sempre era o Ponto Um, sua mãe, o Ponto Dois e seu pai, o Ponto Três. A linha saía do fundo da barriga do Ponto Um, enrolava-se ao redor do Ponto Dois e do Ponto Três — que em geral estavam vendo televisão — e depois fazia o mesmo de trás para a frente, formando um triângulo. Millie corria pela casa, seu cabelo ruivo balançando, e o triângulo entre eles saltando em volta dos móveis. Quando sua mãe dizia *Quer parar com isso, Millicent?*, o triângulo rugia e se transformava em um enorme dinossauro. Quando seu pai falava *Venha sentar aqui do meu lado, Baixinha*, o triângulo se enrodilhava e virava um enorme coração pulsante. *Tu-tum. Tu-tum*, sussurrava ela, pulando de um jeito esquisito para acompanhar aquela pulsação. Ela se aninhava no sofá entre os Pontos Dois e Três. O Ponto Três segurava a mão do Ponto Um e piscava um olho para ele. As imagens piscantes da tela iluminavam o rosto dele no escuro. *Tu-tum. Tu-tum. Tu-tum.*

———

No Primeiro Dia de Espera, Millie está de pé exatamente onde sua mãe indicou. Bem ao lado das Calcinhas Gigantescas e em frente ao manequim de camisa havaiana. *Volto daqui a pouquinho*, diz sua mãe, e Millie acredita. O Ponto Dois está usando seus sapatos dourados, aqueles que fazem seus passos parecerem explosões. Ela caminha até os perfumes — *Cabum!* —, passa pelas roupas masculinas — *Catapou!* — e some de vista: *Catchum!* A linha entre o Ponto Um e o Ponto Dois se tensiona, puxa, e Millie observa-a ficar cada vez mais fina, até não passar de um arranhãozinho minúsculo flutuando no ar.

Tu-tum. Tu-tum. Tu-tum.

A partir de agora, Millie carregará aquilo consigo para sempre, aquela imagem de sua mãe ficando cada vez menor. A imagem reaparecerá por trás de seus olhos em momentos diferentes ao longo de toda sua vida. Quando o personagem de algum filme diz *Volto daqui a pouquinho*. Quando, aos 40 e poucos anos, ela olha para as próprias mãos e não as reconhece como suas. Quando tem alguma pergunta boba e não consegue imaginar para quem poderia fazê-la. Quando chora. Quando ri. Quando espera alguma coisa acontecer. Sempre que olha o sol se pôr dentro da água, ela sente um ligeiro pânico e não sabe por quê. As portas automáticas dos shoppings sempre a deixarão ansiosa. Quando um garoto tocá-la de verdade pela primeira vez, ela o imaginará diminuindo no horizonte, longe, longe, longe, muito longe de seu alcance.

Mas ela ainda não sabe de nada disso.

O que ela sabe agora, neste momento, é que suas pernas estão doendo de tanto ficar de pé. Ela tira a mochila dos ombros e engatinha por baixo da arara na qual estão as Calcinhas Gigantescas. Sua mãe disse que existem mulheres que não conseguem enxergar suas partes íntimas porque comem baldes enormes de frango. Talvez essas calcinhas sejam pra elas. Millie nunca viu um frango vir em um balde. *Mas quero ver*, diz ela em voz alta, tocando de leve as calcinhas. *Um dia.*

É gostoso ficar aqui embaixo, sob as calcinhas enormes. Elas pendem sobre sua cabeça, tão perto do seu rosto que ela respira dentro delas. Abre o zíper da mochila e tira um dos sucos que sua mãe colocou ali para ela. Suga pelo canudinho. Nas frestas entre as calcinhas, ela observa pés em caminhadas. Alguns vão para algum lugar, outros para lugar nenhum, alguns dançam, outros saltitam, arrastam-se, guincham. Pés pequenininhos, pés grandes, pés que não são nem uma coisa nem outra. Tênis, saltos altos, sandálias. Sapatos vermelhos, sapatos pretos, sapatos verdes. Mas nenhum sapato dourado. Nenhum passo explosivo.

Um par de galochas azuis e brilhantes passa perto dela. Ela olha para baixo, para suas galochas. *Sei que vocês estão com inveja*, diz ela. *Mas a gente precisa ficar aqui. Mamãe mandou.* Ela vira a cabeça e vê as galochas saltarem pelo corredor e entrarem na seção de brinquedos. *Bom,* diz ela. Tira da mochila seu Livro das Coisas Mortas, destaca uma folha de papel, escreve *Para mamãe, volto daqui a pouquinho,* dobra a folha no meio e coloca-a apoiada em pé no chão, exatamente no lugar que sua mãe mandou que ela ficasse.

Leva suas galochas para passear. Elas sobem e descem as escadas rolantes, primeiro caminhando, depois saltando, saltitando e acenando como a rainha. Senta lá no alto e observa os degraus irem engolindo a si mesmos. *O que acontece se as escadas não se abaixarem a tempo?,* pergunta para suas galochas. Imagina as escadas espirrando até o elevador e escorrendo pelos corredores. Tenta fazer contato visual com cada pessoa que passa por ela e, sempre que consegue, o ar pula na sua frente como os filmes velhos a que sua mãe assiste. Brinca de esconde-esconde com um garoto que não sabe que está brincando com ela. Quando Millie diz a ele que ela o encontrou, o menino responde perguntando por que o cabelo dela é desse jeito e faz espirais com os dedos.

Meus cabelos são bailarinas, diz ela. *De noite elas pulam da minha cabeça e dançam no teatro pra mim.*

Pfff, diz ele e dá uma pancada em um Transformer com a cabeça de uma Barbie, ao mesmo tempo que solta um som de sopro. *Mentira.*

Millie senta-se no chão do provador feminino. *Eu sei onde você pode comprar calcinha,* diz para uma mulher que não para de se virar e se desvirar na frente do espelho, como se estivesse tentando entrar na terra como um parafuso. *Desculpe, mas quem é você?,* pergunta ela. Millie encolhe os ombros. Duas mulheres conversam atrás da porta de um dos cubículos. Millie vê os pés delas pela fresta entre a porta e o chão. Pés descalços e brilhantes botas forradas para neve. *Não nos leve a mal,* as botas parecem dizer. *Mas você realmente acha que o vermelho-coral combina com você?* Os dedos dos pés descalços se encolhem para baixo. *A gente pensou que era cor-de-rosa,* parecem responder.

Millie espera ao lado dos homens que esperam, sentados em cadeiras na frente do provador, esperando as mulheres, espiando por detrás das bolsas e sacolas de compras como animais assustados. As paredes próximas estão cobertas de fotos enormes de garotas rindo e se abraçando, de calcinha e sutiã. Os homens que esperam olham para elas com o canto do olho. De repente Millie imagina que talvez as calcinhas gigantes sejam para aquelas garotas gigantes.

Senta-se em uma cadeira ao lado de um homem careca que está roendo as unhas. *Você já viu frango vir num balde?*, pergunta.

Ele apoia a mão no joelho e olha para ela de soslaio. *Estou só esperando a minha mulher, menina,* responde o homem.

Ela fica embaixo dos secadores de mão dos banheiros porque gosta do vento agitando seus cabelos, como se estivesse colocando a cabeça para fora da janela do carro na estrada, ou como se ela fosse o Super-Homem voando ao redor da Terra. Como é que o secador de mão sabe que é hora de funcionar assim que você coloca a mão embaixo dele? É impressionante; mas as mulheres do banheiro nem ligam, simplesmente olham em pânico para o espelho, tentando descobrir o que há de errado com elas antes que outra pessoa descubra.

Sentada atrás dos vasos de plantas que delimitam a área do café da loja de departamentos, ela observa a fumaça subindo das canecas. O homem que parece o Papai Noel e a mulher com bochechas muito, muito vermelhas se inclinam por cima de seus cafés, um em direção ao outro. Não dizem nada, mas a fumaça beija seus rostos e dança ao redor deles e acima de suas cabeças. Outro homem come sem olhar para sua mulher, e a fumaça do café dela modela as formas mais lindas no ar. Millie nunca viu formas como aquelas. Será que ainda há formas a serem criadas? A mulher com filhos barulhentos está tomando um café que inspira e expira, soltando longos e cansados suspiros.

Lá no canto tem um homem com rosto de casca de árvore. Está usando suspensórios vermelhos e terno roxo, e segura a caneca de café com as duas mãos, como se quisesse impedir que ela saísse voando. Uma mosca pousa em uma planta na frente dela. *E se tudo voasse?*, sussurra ela para suas galochas, observando a mosca saltar de folha em folha. Seu jantar poderia voar para dentro de sua boca, o céu poderia ser coberto de árvores e as ruas talvez pudessem trocar de lugar, mas então algumas pessoas poderiam ficar enjoadas, e os aviões já não seriam mais assim tão especiais.

O homem com rosto de casca de árvore sopra seu café com tanta força que o líquido escorre pela borda da caneca e a fumaça se divide em duas. Uma parte voa para a frente e outra para cima. Ele olha para dentro da xícara por alguns minutos, depois volta a soprar.

Ele se levanta. Precisa colocar as duas mãos sobre a mesa e empurrar o corpo para se levantar, com toda a força. Passa reto por ela, e Millie tenta fazer contato visual, mas ele não olha. A mosca segue o homem, zumbindo ao redor dele. Ele estica uma das mãos e estapeia a coxa. A mosca cai no chão.

Millie engatinha até lá e se ajoelha ao lado da mosca, depois coloca-a na palma da mão. Leva a mosca até o rosto e fecha a mão com força, depois se levanta e vê o homem com rosto de casca de árvore sair do café e passar pela porta principal arrastando os pés.

Millie encontra sua mochila ao lado das Calcinhas Gigantescas. Retira Só Por Precaução seu frasco de vidro, coloca-o entre os joelhos, desatarraxa a tampa e guarda a mosca lá dentro. Volta a atarraxar a tampa e retira seu Livro das Coisas Mortas e suas canetinhas hidrográficas. *Número 29*, escreve. *Mosca na loja de departamentos.* Vê a palavra *PAI* escrita ao longo da página em letras grandes. Bate a canetinha em suas galochas. Segura o frasco na frente do rosto. Pela fresta entre as calcinhas, o manequim olha para ela, do outro lado do corredor. Sua camisa é azul vibrante com coqueiros amarelos estampados. Seus olhos parecem enormes através da vitrine, como se estivessem a centímetros do rosto dela.

Millie afasta algumas calcinhas para poder ver apenas os joelhos do manequim.

Ela segura o frasco enquanto espera a tarde inteira pela volta dos sapatos dourados. E, quando a tarde vira noite, a última porta é trancada, e tudo fica escuro — o ar, o som, o planeta —, a sensação é de que o mundo inteiro está se fechando. Ela pressiona o rosto na vitrine, coloca as mãos em concha ao redor dos olhos e observa as pessoas voltando para seus carros com outras pessoas, maridos e esposas e namoradas e namorados e filhos e avós e filhas e pais e mães. Então todos vão embora de carro, cada um deles, até que o estacionamento fica tão vazio que os olhos dela doem. Ela engatinha de volta para debaixo das Calcinhas Gigantescas e tira um sanduíche da mochila. Enquanto come, fica olhando para o manequim pela fresta entre as calcinhas. Ele olha para ela. *Oi,* sussurra Millie. O único som além desse é o zumbido suave das luzes dos balcões de vidro.

o segundo dia de espera

Antigamente Millie achava que, independentemente de onde você caísse no sono, sempre acordaria em sua própria cama. Ela já tinha dormido em cima da mesa, no chão da casa do vizinho, num trenzinho, mas sempre que acordava estava em seus lençóis, olhando para o teto de seu quarto. Mas certa noite ela acordou enquanto estava sendo carregada do carro para casa. Olhou para o pai com os olhos semicerrados. *Quer dizer então que era você todo o tempo,* sussurrou ela para o ombro dele.

———

No Segundo Dia de Espera, Millie acorda com o som de saltos altos caminhando em sua direção. Ela havia se esparramado durante a noite e seus pés estavam aparecendo por baixo da arara. Puxa os joelhos até o peito, abraça-os, prende a respiração e observa os saltos altos passarem por ela. *Clic-clac, clic-clac, clic-clac.* São pretos e brilhantes, e das pontas saem dedos com unhas pintadas de vermelho, como se fossem joaninhas tentando entrar nos sapatos.

Por que sua mãe a abandonaria embaixo das calcinhas a noite toda?

Millie fica de barriga para baixo e espia pela fresta entre as calcinhas. Sabe por que a mãe a abandonaria ali, mas não quer pensar nisso, por isso não pensa. O manequim continua olhando para ela. Millie acena para ele. É um aceno cauteloso, os dedos se dobram um sobre o outro até tudo virar um punho fechado. Não tem certeza se quer ser amiga dele ainda. Calça suas galochas, sai de baixo das calcinhas engatinhando e olha para o aviso que prendeu na arara na noite passada.

Estou aqui, mamãe.

Apanha a folha, dobra-a no meio e guarda-a na mochila. O homem com rosto de casca de árvore caminha em sua direção. Arrasta os pés pelo corredor, passa direto e segue até o café. Millie vai atrás dele e o observa por trás dos vasos de plantas. Ele senta como se aquilo doesse e olha para seu café. Millie se aproxima e pousa a mão sobre a mão do homem.

Você já viu frango vir num balde?, pergunta.

O homem olha para a mão da menina e depois para o rosto dela. *Já*, responde, puxando a mão, tirando-a da de Millie e tamborilando os dedos em cima da mesa.

E aí?, pergunta ela, sentando na cadeira na frente dele. *Como é?*

É exatamente como parece ser, diz ele.

Millie morde o lábio inferior. *Você conhece muitas pessoas mortas?*

Todo mundo, responde ele, olhando para seu café.

Todo mundo?

É. *E você?*, pergunta ele, ainda tamborilando os dedos na mesa.

Sim. Vinte e nove Coisas Mortas, diz ela.

É bastante.

Aham

Ele se inclina para a frente. *Quantos anos você tem?*, **pergunta.**

Millie cruza os braços. *Quantos anos você tem?*

Eu perguntei primeiro.

Vamos responder ao mesmo tempo então.

Oitenta e sete.

Sete.

Ele se recosta de novo na cadeira. *Sete?*

Millie balança a cabeça. *E meio. Quase oito, pra falar a verdade.*

Você é nova.

Você é velho.

As covinhas das bochechas dele estão acordando.

Suas botas combinam com meus suspensórios, diz ele, tamborilando os dedos nos suspensórios.

Seus suspensórios combinam com minhas botas. Millie olha para as mãos dele. *Por que você bate os dedos quando fala?*

Não estou batendo os dedos, explica ele. *Estou digitando.*

Digitando o quê?

Tudo o que eu digo.

Tudo o que você diz?

Tudo o que eu digo.

E o que eu digo?

Isso eu não digito.

Você vai comer isso?, pergunta ela, apontando para um bolinho.

Ele empurra o prato na direção dela.

Millie enfia o bolinho na boca. *Por que você não tá tomando seu café?*, pergunta, de boca cheia, empurrando o café na direção do homem.

Não quero. Ele o empurra de volta.

Millie segura o café com as duas mãos e aproxima o rosto da caneca, sentindo a fumaça subir por baixo de seu queixo. *Por que comprou então?*

É bom ter alguma coisa para segurar.

Millie sorri. *Ah.* Ela coloca os pés em cima da cadeira e apoia o queixo nos joelhos. Espalhada pela mesa há uma grande fileira de quadradinhos de plástico, cada um mais ou menos do tamanho da ponta do dedo dela. *O que é isso?*

Ele encolhe os ombros.

Você não sabe?

Ele encolhe os ombros de novo.

Millie se inclina para a frente. *São teclas de computador*, diz ela. *Como as dos teclados da escola.* Ela cruza os braços. *Só que essas não estão num teclado.*

Pois é, diz ele.

Então você sabe, diz ela.

São todos hifens e travessões. De diferentes teclados. Ele se inclina para a frente na cadeira. *Sabe o que é um hífen?*

Talvez.

A gente coloca o hífen entre duas palavras para formar uma palavra só.

Tipo o quê?

Tipo... Ele pensa por um momento.

Tipo triste-feliz?, pergunta Millie.

Acho que não.

Faminto-sonolento?

Não, diz ele. *Tipo guarda-roupa. Ou pronto-socorro.*

Mas não triste-feliz.

Não.

Nem faminto-sonolento.

Não.

Por que você tem tantos hifens? Vários deles estão alinhados um na frente do outro numa linha comprida e reta.

Eu os coleciono.

Por quê?

A gente precisa colecionar alguma coisa.

Millie pensa em seu Livro das Coisas Mortas. *Eu coleciono Coisas Mortas*, diz.

Ele assente.

Ela sustenta o olhar do homem enquanto empurra uma das teclas com o indicador, tirando-a da fileira. A tecla fica acima das outras num determinado ângulo que parece estar dando uma cambalhota. Rosto-de-Casca-de-Árvore não se mexe. *Eles também separam as sílabas*, diz ela. *Não formam só palavras.* Ela empurra outra tecla, que desliza e para na beirada da mesa. Ele prende a respiração e observa a tecla balançar e depois cair em seu colo.

Não faça isso, diz ele, apanhando a tecla e colocando-a de volta na fileira.

Onde você arrumou todas elas?

Eu peguei emprestado.

De quem? Millie vê a ponta de uma chave de fenda no bolso do paletó do homem.

Ele pousa uma das mãos sobre a ferramenta, protegendo-a do olhar da menina. *Ninguém desconfia de um velho*, diz ele, dando um meio sorriso. *Somos meio que invisíveis.*

Como você se chama?

Karl, o Digitador. E você?

Só Millie.

Cadê a sua mãe, Só Millie?

Ela já tá vindo. Ela tem sapatos dourados. É quando diz *sapatos dourados* que Millie sente o puxão do fio do Ponto Dois e prende a respiração. Remexe-se na cadeira e coloca o frasco com a mosca sobre a mesa. *Ontem você fez uma Coisa Morta.*

Karl apanha o frasco e o examina. *É?*, pergunta ele, tamborilando os dedos no vidro.

Millie concorda. *Vou fazer um funeral pra ela.*

———

O primeiro funeral que Millie fez foi para uma aranha que seu pai esmagou com o sapato. Sua mãe pulava de um pé para o outro dizendo *Se você não esmagar essa aranha, Harry, vou esmagar você.* Seu pai se levantou da poltrona, arrancou o sapato do pé e bateu-o com toda força na parede.

Um.

Dois.

Três.

Quatro.

A aranha deslizou pela parede e aterrissou no chão. Seu pai segurou-a por uma pata, abriu a porta, atirou-a para fora da casa, sentou-se de novo no sofá e continuou vendo televisão. Piscou para Millie, que estava no outro lado da sala. Millie não conseguiu piscar para ele.

Ela observou o pai assistir a três programas inteiros antes de dizer qualquer coisa.

Podemos fazer um funeral para a aranha?, perguntou ela, enquanto os créditos subiam. *Igual ao que a gente fez pra Nan?*

Funerais são para pessoas, Mills, disse ele, zapeando pelos canais. *E talvez para cachorros.*

E para os cavalos?

Para cavalos também, disse ele, enquanto um jogador de críquete lhe dizia para comprar vitaminas.

E para os gatos?

Sim.

E para as cobras?

Não.

Por quê?

Porque não. Na tela, um carro serpenteava por uma linda montanha. Todos os familiares sorriam uns para os outros. E todo mundo tinha dentes brilhantes.

E para as árvores?

Não.

Por quê?

Porque não.

E para as centopeias? Para os planetas? Para as geladeiras?

Millie!, exclamou ele. *Para pessoas. E talvez para animais grandes. E só, ponto final.*

Por quê?

Porque senão a gente faria funerais todos os dias, o dia inteiro. E não dá pra fazer isso.

Por quê?

Porque a gente tem mais o que fazer, respondeu ele, enquanto um homem na tela olhava Millie nos olhos e berrava alguma coisa sobre celulares.

Naquela noite, ela colocou na mochila todas as coisas de que precisava, apanhou a lanterna que ficava guardada embaixo de sua cama e saiu de fininho de casa. Achou a aranha na grama, perto da trilha da entrada, e apanhou-a com as duas mãos. Agora ela parecia diferente, menor, mais leve e ressecada do sol. A brisa da noite envolveu suas mãos e fez a aranha fazer cócegas nas suas palmas.

Uma rajada de vento levou a aranha para longe. Millie saiu correndo atrás dela, observando-a elevar-se acima de sua cabeça. A aranha voou pelos ares, recortada contra as estrelas, sobre o seu quintal, até a rua, até o outro lado da rua; desceu a rua, entrou num terreno baldio. O luar iluminava as laterais de seu corpo. A noite inteira parecia estar coberta de aranhas iluminadas pelo luar, muito, muito distantes, como alfinetes no céu escuro.

Então, tão rápido quanto começou, o vento parou, e a aranha caiu no chão como uma estrela cadente.

Uma árvore elevava-se no meio do terreno baldio. Era a maior árvore que ela já tinha visto, muito maior até que seu pai. Ela colocou a aranha dentro da mochila e subiu até o topo. A lua parecia tão próxima que ela quase poderia girá-la. Sentou-se com as pernas abertas, uma de cada lado do galho, encostou as costas no tronco e, da mochila, retirou a aranha, um pote velho de

Vegemite,* uma bola de linha, uma velinha aromática, fósforos e um pedaço de papelão.

Millie deu uma última olhada na aranha antes de colocá-la no pote de Vegemite, em cima de alguns lenços de papel. Acendeu a velinha e colocou-a ali dentro também, depois amarrou uma linha em volta da boca do pote, fez um nó em uma das pontas e passou a outra pelo buraco do papelão. Amarrou a linha no galho da árvore. O frasco ficou pendurado lá no alto e balançava como uma lanterna sempre que ventava. Na letra mais caprichada de Millie, lia-se na plaquinha de papelão *Aranha?-2011*.

Millie correu os dedos pela linha entre o ponto de interrogação e o ano de morte da aranha. De um lado para o outro, de um lado para o outro. Que estranho, pensou: a única coisa que sobrou para exprimir a vida inteira da aranha foi esta linha — esta linha reta e comprida.

---

* Pasta alimentícia australiana marrom-escura feita de extrato de levedura de cerveja com temperos e legumes variados. Servida em sanduíches ou com biscoitos. (*N. da T.*)

karl, o digitador

o que karl sabe sobre funerais

Karl nunca havia conversado com Evie sobre o funeral dela. Por que faria isso? Era difícil demais forçar as palavras a sair. Elas pareciam um peso em sua boca. Ele só queria que ela vivesse enquanto ele vivia, era tudo o que ele sabia.

Assim, seu filho organizou o funeral em seu lugar, enquanto Karl estava ocupado demais lembrando como se levantava da cama, escovava os dentes, repartia o cabelo, mastigava. O funeral em si foi longo, lento, repetitivo. Antes do início da cerimônia, ele foi abraçado, incessantemente, por pessoas que mal conhecia. Tomou cuidado para não roçar suas bochechas nas delas. Não parecia direito encostar a palma das mãos nas costas de alguém que não fosse sua esposa.

Karl se sentou na primeira fileira e ficou olhando para o caixão, quase sem respirar. Parecia estranho respirar quando ela já não podia mais fazer isso. Uma montanha de flores explodia pela tampa. Desejou que o caixão se abrisse e que Evie pulasse de dentro dele: *Surpresa!* Ela seria obrigada a fazer um salto com vara para pular aquelas flores.

Se isso for uma pegadinha, sussurrou ele, *não vou ficar bravo.*

Ele se lembra de ficar de pé durante um dos discursos, para ouvir a única amiga do antigo trabalho de Evie que ainda estava viva. Eles não paravam de morrer, os amigos deles, como se estivessem todos num campo de batalha: caíam mortos nos supermercados, nos campos de bocha; apagavam-se nas camas dos asilos e dos hospitais. Porém aquela mulher ainda estava viva, estava ali de pé no púlpito como se fosse uma dádiva dos céus, e Karl pensou *Eu queria que você estivesse morta.*

Caminhou até o caixão. *Evie,* sussurrou, rodeando o caixão e correndo os dedos pelas laterais. As pessoas sussurravam ao seu redor, mas pareciam estar a quilômetros de distância. Pressionou o rosto na tampa de madeira de pinho. Fechou os olhos. Aspirou o odor. *Evie,* sussurrou novamente, com os lábios encostados no pinho. Precisava saber. Segurou a tampa. E abriu o caixão.

Ela estava morta ali dentro, com certeza, com o rosto rígido como ele jamais vira, mas mesmo assim ele não conseguiu afastar as mãos da beirada do caixão. Nem quando o padre o puxou pelo cotovelo; nem quando uma lufada de ar entrou pela porta; nem quando a tampa do caixão se fechou de modo tão impressionante e forte que esmagou seus dedos. Ele não sentiu a dor, porque já havia dor em toda parte.

Ele quis digitar, mas não deixaram, porque estavam segurando suas mãos para estancar o sangue, portanto ele simplesmente berrou, berrou o mais alto que pôde.

ESTOU AQUI, EVIE. SEMPRE ESTAREI.

millie bird

Você não tem as pontinhas de alguns dedos, observa Millie, segurando a mão de Karl enquanto eles saem do café.

É, responde ele, digitando na mão dela. *É mesmo.*

A boca dele forma aquela linha que os adultos fazem quando têm certeza de que não vão falar sobre um assunto naquele momento, e talvez nunca. Então ela guarda as perguntas dentro de si, naquela parte que se lembra das coisas que ficam para depois. Esfrega seus dedos nos cotocos dos dedos de Karl enquanto segura sua mão. Será que ele roeu tanto as unhas que arrancou parte dos dedos com uma mordida? Será que uma família de ratos comeu os dedos dele enquanto ele estava dormindo? Ou será que alguém os cortou fora porque ele não quis obedecer? Sua mãe ameaçou fazer isso certa vez, Millie lembra, quando ela estava tamborilando os dedos no prato, na hora do jantar, durante o *Dancing With The Stars. Se você fizer isso de novo eu corto seus dedos fora*, disse sua mãe, sem nem sequer virar o rosto para olhá-la. *Experimente pra ver só.* Mas Millie não experimentou — não tinha sido sua intenção experimentar nada — e sentou sobre os dedos para que eles não experimentassem nada sem ela saber.

Millie leva Karl até a seção das Calcinhas Gigantescas, solta a mão dele e engatinha para baixo da arara. Desliza os cabides para que Karl possa ver o que está ali dentro.

O que você está fazendo aí embaixo, Só Millie?, pergunta ele.

Eu já te falei, responde ela, girando a tampa do vidro. Millie abre o zíper da mochila e saca seu Estojo de Funerais. Tira de dentro dele uma velinha aromática e alguns fósforos e coloca tudo no chão. Olha para aquelas coisas. Depois de um instante, ergue-as para mostrá-las a Karl. *Acende pra mim? Por favor?*

Ele olha em volta. *E é permitido acender alguma coisa aqui?*

É sim, diz ela.

Karl parece pensar naquela resposta, depois concorda. Mille observa o pavio pegar fogo e prende a respiração. Cerra os dentes e tenta não se lembrar da Noite Antes do Primeiro Dia de Espera. Tenta guardá-la naquela parte de sua cabeça que nunca se lembra de nada. Entrega o frasco de vidro a Karl. *Aqui, por favor*, diz ela.

Karl coloca cuidadosamente a vela dentro do frasco e o devolve a Millie. Ela amarra o frasco na arara, e a mosca fica pendurada atrás de uma fileira de calcinhas cor de pele.

Você precisa falar alguma coisa, diz ela para Karl.

Eu?, pergunta ele, apontando para si mesmo.

É, você, responde Millie, apontando para ele apontando para si mesmo. *Foi você que fez isso. Você que fez uma Coisa Morta. Não tá arrependido?* Sua cabeça se solta de seu corpo e ela vê o pai esmagando a aranha com o sapato. Será que ele ficou arrependido?

Claro, responde Karl, pousando as mãos nos quadris. *Claro*, repete ele. *Mas,* completa, respirando fundo, *é uma mosca.*

Sim, concorda Millie. *É isso mesmo. É uma mosca.*

Karl olha para Millie.

Millie olha para Karl.

Karl suspira. *O que eu preciso dizer?*

O que você gostaria que alguém dissesse no seu funeral?

Karl olha para os próprios pés. *Duvido que alguém diga alguma coisa.*

Bom, fala Millie, cruzando os braços, *mas você tem que dizer.*

Por que você sabe tanto sobre essas coisas?

Por que você não sabe?, questiona ela.

um fato sobre o mundo que Millie sabe com certeza

Todo mundo sabe tudo sobre o nascimento, mas ninguém sabe nada sobre a morte.

Isso sempre surpreendeu Millie. A escola está cheia de livros com fotos de mães com barrigas transparentes, e ela sempre teve vontade de levantar a camisa de uma grávida só para ver se é mesmo verdade que a barriga da mulher fica transparente quando ela engravida. Faz sentido, pensa Millie, dar ao bebê a chance de se acostumar com o mundo antes de ele chegar aqui, como se a barriga fosse um barco com casco de vidro. Senão, que choque seria! Como o mundo seria aterrorizante se a gente não soubesse o que está por vir. Millie também já tinha visto livros com desenhos de pessoas que se amam tanto que o homem dá um peixe para a mulher, e o peixe entra na mulher e coloca ovos ali dentro, e depois esses ovos viram um bebê humano. Ela sabe que o bebê sai daquele buraco por onde se faz xixi, mas não viu fotos disso. Quando Millie nada no mar, sempre toma cuidado ao fazer xixi, para ver se não sai nenhum bebê. Só. Por. Precaução.

Os adultos querem que ela saiba dessas coisas, senão não lhe dariam aqueles livros. Mas ninguém nunca, nunca mesmo, lhe deu um livro sobre Coisas Mortas. Qual é o grande mistério?

———

Certo, concorda Karl. *A Mosca, amada por muitos, esquecida por ninguém.* Pigarreia. *Deus salve nossa graciosa Rainha*, canta ele tão baixinho que Millie mal consegue escutá-lo.

Mais alto, diz Millie, e ele a obedece: *Vida longa à nossa nobre Rainha, Deus salve a Rainha.* Millie olha pela fresta formada pelas calcinhas, os pés passando enquanto ele canta. Alguns pés se apressam quando chegam perto, outros desaceleram o passo. Um par de sapatos para completamente. *Que a faça vitoriosa* — agora ele está cantando a plenos pulmões, e suas covinhas estão acordando de novo —, *feliz e gloriosa, que tenha um longo reinado sobre nós*. Karl levanta os braços com um floreio, os dedos digitando no ar. *Deus salve a Rainha*. Faz uma reverência. Os sapatos — largos, pretos, pesados — continuam ali no corredor, e um dos pés está batendo no chão. Millie abraça os joelhos.

Já acabou, senhor?, pergunta uma voz de mulher.

Karl olha para a direção na qual os sapatos estão. Arregala os olhos. *Sim, obrigado, senhor. Ou melhor, senhora! Ou melhor, madame.*

Braços seguram Karl, empurram-no pelo corredor, e a mulher diz *Vamos*, e Karl diz *Perdão, senhor! Quer dizer, madame. Madame! Desculpe muitíssimo, não foi o que eu quis dizer de jeito nenhum. Não estou insinuando de modo algum que a senhora se pareça com um homem!*

Millie encosta na barra de ferro que fica no meio da arara. Karl diz *A senhora é muito feminina, de verdade.* E depois *Perdão*, sem parar; até que ela não consegue mais escutá-lo. Uma mulher ali perto pergunta *Mas que confusão é essa?* Millie repete baixinho *Confusão*, enquanto guarda seus Equipamentos Fúnebres. Puxa a mochila para perto e encolhe o corpo até ficar do menor tamanho possível, como os bebezinhos fazem quando estão presos na barriga de suas mamães. Encosta o rosto no ferro da arara. É frio em contato com sua bochecha. O frasco com a mosca oscila numa brisa imaginária, a vela forma rastros que aparecem e desaparecem. Ela corre os dedos pelo ar, o ar que não parece ser nada, mas que está mantendo todo mundo ali vivo.

Como uma coisa dessas pode não parecer nada?

Pela fresta entre as calcinhas, o manequim ainda olha para ela. Ela olha para ele. Gosta da maneira como ele está sempre olhando para ela. Dá a impressão de que não vai deixar os sapatos pesados levarem Millie também.

Millie fica sentada na mesma posição até a noite cair novamente na loja de departamentos. Seus pés suam nas galochas. Seus joelhos grudam um no outro. A luz no frasco ainda está acesa, mas está quase se apagando, e as sombras vacilantes fazem as bordas das calcinhas parecerem se unir, as calcinhas parecerem virar uma única calcinha supergigantesca, e esta Supercalcinha circula em torno da cabeça dela, chegando cada vez mais perto, e Millie tem certeza de que a Supercalcinha vai se enroscar nela e sufocá-la, então a luz do frasco se apaga e Millie começa a respirar ar demais, e suas bochechas ficam molhadas de lágrimas. Ela enterra o rosto entre os joelhos e aperta os olhos com força.

Ouve passos e pensa *Sapatos dourados, sapatos dourados, sapatos dourados,* e sua respiração está muito vacilante, como a dos velhos que respiram alto só para mostrar que ainda conseguem respirar, mas não, não é a mãe dela, de jeito nenhum, porque os passos deslizam pelo chão e mamãe não anda assim. Os passos caminham na direção de Millie, e uma lanterna ilumina tudo, e então a lanterna ilumina o frasco da mosca, e os passos chegam muito perto, e a lanterna continua apontada para o frasco, e agora os passos param completamente, e a lanterna parece um holofote em cima da mosca, como uma nave alienígena tentando extraí-la dali de dentro com um raio espacial, e Millie é obrigada a prender a respiração vacilante para que a lanterna alienígena não a encontre também.

Mas, de repente, ela vê algo com o canto do olho, algo através da lanterna, uma faísca de alguma coisa atrás das calcinhas, e o manequim olha para ela, e, por algum motivo, seus olhos parecem maiores, e ela sente alguma coisa dentro da sua barriga, algo puxando ali dentro, e parece ser o Ponto Três, mas não pode ser, e então sei lá como o manequim cai para a frente, e os pés deslizantes gritam *Ai!,* e a lanterna cai com um estrondo no chão, e o manequim também, mas continua olhando para ela, e a lanterna o ilumina, como se ele estivesse num palco, e Millie sente um sorriso aparecer em seu rosto e o toca com os dedos. Quer tocar no rosto do manequim também, porque, sob a luz da lanterna, ele sorri para ela.

outro fato sobre o mundo que millie sabe com certeza

É importante ter uma mamãe.

Uma mamãe lhe traz casacos, liga seu cobertor elétrico antes de você se deitar na cama e sempre sabe melhor do que você o que você quer. E de vez em quando deixa você sentar no colo dela e brincar com os anéis em seus dedos enquanto passa *Deal or No Deal* na televisão.

A mãe de Millie é um furacão dentro de casa. Está sempre lavando macacões ou passando calcinhas ou tirando o pó dos abajures ou conversando ao telefone ou varrendo a trilha da entrada da casa ou trocando os lençóis. Seu cabelo está sempre grudado de suor e meio bagunçado, sua voz é como um violino, como se o tempo todo ela estivesse tentando levantar algo muito pesado. Millie está sempre no seu caminho, não importa o quanto se esforce para não estar, portanto aprendeu a ficar sentada, encostada nas paredes ou nos cantos, ir lá para fora ou se esconder nos arbustos ou em cima das árvores.

Às vezes, antes de sair, a mãe de Millie some dentro do banheiro por um tempo curtíssimo. Millie ouve a porta bater e, lá dentro, mais parece uma fábrica, de tanta coisa que bate, tanto spray, tanto creme que espirra. Sua mãe sempre reaparece com a pele de outra cor e um cabelo de revista. Um cheiro doce paira atrás dela, como se fosse uma sombra feita de cheiro.

Um dia, quando sua mãe foi conversar com as vizinhas, Millie ajoelhou-se no chão do banheiro e abriu o armário que fica embaixo da pia. Lá havia cremes que podiam ser espremidos e coisas que podiam ser derramadas. Esperavam tão pacientes ali dentro. Ela fez uma fileira com todos eles em cima dos azulejos frios, do menor para o maior. Olhou para aquela audiência de cosméticos por um longo tempo. *Aham*, disse.

Apanhou um batom e pintou os lóbulos das orelhas, borrifou perfume para o alto sem parar, só para ver a névoa que fazia, passou o rímel nas bochechas e esfregou blush nas unhas dos dedos. De repente sua mãe apareceu na porta, e Millie tentou ficar encostada na parede, bem longe do caminho dela, mas sua mãe a segurou pelas axilas, colocou-a sentada no banco e limpou seu rosto com um paninho. Escovou seu cabelo, passou batom nos seus lábios, sei lá o que nos cílios e outra coisa qualquer nas bochechas. Sua mãe estava bem perto dela, e sua voz sorria quando ela virou Millie para que a filha se olhasse no espelho. *Está vendo?* E Millie viu; viu que podia ser uma pessoa diferente se quisesse. Nova e Melhorada.

———

Bem, em sua Segunda Noite de Espera, Millie decide ficar Nova e Melhorada. Quer que sua mãe apareça de repente e pergunte *Com licença, minha senhora, mas estou procurando uma menininha. A senhora por acaso não a viu por aí?* Então Millie vai tirar o chapéu, limpar o batom com as costas da mão e dizer *Mamãe! Sou eu! Millie Bird!* Aí sua mãe vai rir, pegá-la no colo e levá-la para o carro, e Millie dará tchauzinho para a loja de departamentos. *Tchau, café; tchau, calcinhas gigantescas; tchau, vasos de plantas; tchau, Karl; tchau, manequim,* e depois sua mãe vai levá-la de volta para casa e Millie vai sentar à bancada da cozinha enquanto as duas cortam legumes para o jantar.

Portanto, ela procura o vestido mais bonito da loja — é amarelo e tem a textura que uma nuvem parece ter — e o veste por cima de suas roupas. Vai até a prateleira de maquiagens, onde estojinhos pretos de plástico ficam pendurados em ganchos de metal como se fossem iscas. Apanha os que estão ao seu alcance e passa batom com todo o cuidado, aplica sombra e blush, do jeito que sua mãe lhe ensinou. Precisa subir em uma pilha de livros para olhar-se no espelho, mas faz isso sem cair nem uma vez sequer. *Está vendo?*, diz ela para o manequim. Encontra um chapéu mole vermelho. Passa esmalte verde nas unhas. Olha para os pés. Mesmo sabendo que suas galochas provavelmente vão entregar quem ela é, não vai tirá--las, nunca. Prende com fita adesiva quatro carrinhos Matchbox na sola de cada galocha e sai patinando pela loja.

Patina pelas araras de sutiãs, há tantos pendurados ali. Em fila, como soldados, esperando para entrar em ação. A cabeça de Millie se solta do corpo e ela vê sua mãe logo depois de sair do banho, com o cabelo pingando minguado em torno de sua cabeça, o vapor saindo de sua pele. Seus peitos ficam pendurados em seu corpo como balões d'água e tentam bater um no outro quando ela anda do chuveiro até o armário. Percebe Millie olhando para ela enquanto sobe as alças do sutiã pelos ombros. *Um dia você vai usar um também*, diz sua mãe.

Millie não quer usar um. Nunca. Uma vez achou umas revistas na mesinha de cabeceira de seu pai. Os peitos saltavam dos corpos das mulheres como se fosse possível desprendê-los como um broche. Pareciam imprevisíveis. Exigentes. Também teve a vez daquela Mulher Pelada Que Não Era Sua Mãe escondida no banheiro de casa, à tarde. *Você não me viu aqui, menina!*, disse ela. Os olhos de Millie foram atraídos pelos seus mamilos como se eles fossem ímãs. E Millie pensou *Vi, sim.*

Patina até a seção de jogos e, um após o outro, puxa os jogos de tabuleiro da prateleira e os organiza em uma fileira na frente do manequim. Tem Twister, Banco Imobiliário, Cara a Cara, Mousetrap Ratoeira, Damas, Gamão, Batalha Naval, Jogo da Operação, Scrabble, Hipopótamos Comilões e Connect 4. Ela não sabe como jogar nenhum deles direito, portanto simplesmente joga o dado uma vez para o manequim e outra para ela mesma e move todas as peças. E os navios de guerra tentam afundar a Park Lane, e as pessoas do Cara a Cara viram público para a Ratoeira, e os hipopótamos comem as damas.

Depois que você deu uma pancada na cabeça do homem, eu fui atrás dele, diz ela para o manequim, colocando o bojo de um sutiã sobre a boca e amarrando as alças atrás de sua cabeça. É por uma questão de higiene, explica, agora com a voz meio abafada, lembrando-se do programa médico ao qual sua mãe assiste. *Ele foi pra lá*, diz ela, apontando para um escritório nos fundos da loja. Enfia as letrinhas do Scrabble dentro do corpo do homem do Jogo da Operação. *Ele tá com um saco de ervilhas na cabeça.* Delicadamente remove a letra M da barriga do homem do Jogo da Operação. *E caiu no sono. Deixou a chave na porta.* Ela ergue a chave e sorri. *Eu tranquei.* Dá um tapinha na cabeça do manequim. *Te devo uma*, sussurra em seu ouvido.

Para o jantar, Millie convida as pessoas do Cara a Cara, o manequim, um cavalinho de pau — as pessoas do Cara a Cara se sentiriam menos envergonhadas se tivesse mais alguém que tem apenas a cabeça — e um cachorro de brinquedo que é a cara do Rambo. Senta todo mundo na maior mesa de jantar da seção de móveis. É no mínimo duas vezes maior que a mesa de jantar de sua casa e não tem nenhuma marca de copo ou caneca, nem nenhum pingo de cera de vela, nem o nome de Millie escrito numa das pernas, e os guardanapos, os jogos americanos, os pratos e as tigelas são todos brancos e iguaizinhos uns aos outros.

Coloca o manequim na cadeira da cabeceira e senta Rambo sobre um jogo americano. Do outro lado da mesa, as pessoas do Cara a Cara e o cavalinho de pau olham para ela. Ela gosta do jeito como a olham, como se estivessem esperando que ela fizesse alguma coisa. *Tudo bem*, diz Millie, e sai patinando, depois volta com um punhado de serpentinas. Atira todas em cima da mesa, enrola-as nas cadeiras e faz lacinhos ao redor dos garfos.

Reserva um lugar para a mãe ao lado do manequim.

Só.

Por.

Precaução.

Puxa uma cadeira para si, entre o manequim e Rambo, alisa o vestido e ajeita o chapéu. Sente os olhos do manequim sobre ela.

Que foi?, pergunta. *Ela está atrasada.* Millie pigarreia. *Meu Deus*, diz ela, com as mãos unidas em prece, olhando para o manequim com os olhos entreabertos. *Hoje teremos sopa de Fanta de entrada, cobras e dinossauros no prato principal, salada de folhas de hortelã e sundae de banana para a sobremesa. Espero que vocês gostem.* Enche seu copo com suco de uva. *Mas, antes, um brinde.* Ela se levanta e faz tim-tim nos copos de todos os convidados. Depois repete, por causa do som que aquilo faz, repete cada vez mais rápido, patinando ao redor da mesa, *tim tim tim tim tim,* depois patinando para o outro lado, *tim tim tim tim tim.*

Senta-se na mesa, em vez de na cadeira, porque, afinal de contas, ela é A Chefe, e todo mundo come e comenta que o cachorro do vizinho faz cocôs enormes no seu jardim e que a Sra. Pucker sempre recebe maquiagem cara pelo correio, mas isso não a ajuda em nada, e que Ablett deve estar muito arrependido por ter trocado de time, porque seu novo time joga como um bando de mulherzinhas. E o tempo inteiro o manequim a observa, sem piscar, sem dizer uma palavra.

outro fato sobre o mundo que millie sabe com certeza

Ela não sabe onde está o corpo do pai.

Quando visitaram seu pai no cemitério, ele estava numa caixinha pequena na parede. *Papai é grande demais pra caber aí dentro,* disse ela.

É uma caixa mágica, respondeu a mãe de Millie.

Mágica como?

Mágica e pronto, tá?

Posso ver dentro dela?

A mágica não vai funcionar se você fizer isso.

Que nem o Papai Noel?

É. Igualzinho ao Papai Noel.

Ela deu uma caixinha de uvas-passas para Perry Lake, um dos meninos grandes da escola que sabia tudo de tudo. *O que acontece com os corpos dos mortos depois que eles morrem?*

Ele enfiou um punhado de passas na boca e mastigou. *Depende,* respondeu.

Depende do quê?

De quantas caixas dessas você tem.

No dia seguinte, Millie jogou sua mochila aos pés dele. Uma pilha de caixinhas de uvas-passas caiu de dentro dela. Ele abriu uma e esvaziou todo o conteúdo na boca. *Eles ficam duros.*

Duros?

É. E frios.

Frios?

É.

Que nem plástico?

Ele deu de ombros. *Talvez.*

Eles encolhem?

Encolhem?

É.

Ele atirou uma uva-passa no ar e apanhou-a com a boca. *Cadáveres não encolhem.*

———

Millie está escondendo uma tigela cheia de pirulitos de banana com chocolate quando aquele pensamento lhe vem à cabeça. Pousa sua mão sobre a do manequim. *Não me leve a mal,* diz, sentindo a mão gelada dele sob a sua. *Mas.* Ela se inclina para perto do rosto dele. Os olhos do manequim olham para ela como se ele não passasse de um desenho. *Você é uma Coisa Morta?*

o terceiro dia de espera

Millie está sentada no escritório que fica nos fundos da loja de departamentos. Parece diferente à luz do dia. Há uma mesa com canetas, papéis e clipes colocados lado a lado de forma organizada, e uma bandejinha para documentos recebidos e outra para documentos a despachar, as duas sem documento nenhum. O vestido amarelo que ela usou na noite passada está dobrado no centro da mesa. Há uma grande televisão de tela plana presa na parede lateral. Ela roça as rodinhas dos carros Matchbox presos nas solas de suas galochas.

Abre seu Livro das Coisas Mortas, colocando-o sobre a mesa e alisando suas páginas. Olha o desenho que fez da caixa mágica do papai. O hífen pulsa para ela, como se tivesse um coração. Agora ela sabe sobre os hifens. Que é possível carregar um monte de hifens no bolso. *Harry Bird*, diz o desenho. *1968-2012. Amado*. Ela diz a palavra em voz alta. *Amado*.

———

Por quem?, Millie havia perguntado à sua mãe. As duas estavam de pé, de mãos dadas, olhando para a caixa mágica do papai como se fosse um quadro.

Por você, respondeu sua mãe.

E você?

Sua mãe pigarreou. *Claro*. Millie observou-a girar sua aliança no dedo sem parar. Ela havia voltado a usar aliança naquela semana.

E por todas as outras pessoas também?

Sim, Millie.

Por que a placa não diz isso então?

Millie! Ela soltou a mão da menina de repente, ajoelhou-se no chão e escondeu o rosto nas mãos.

Millie não se mexeu. *Mamãe?*

Porque nada é de graça, Millie, disse sua mãe. *Nem mesmo essa merda.* Sua mãe não olhou para ela ao se levantar e caminhar em direção ao carro. *Venha*, chamou. Millie olhou mais uma vez para a caixa mágica do papai antes de seguir a mãe.

Quando as Mulheres da Aula de Tênis apareceram em sua casa à noite, uma delas abraçou Millie e disse *O corpo dele se foi, mas a alma continua com a gente.*

É isso o que tá dentro da caixa mágica?, perguntou Millie.

Está dentro de você, disse a mulher, pousando a mão aberta sobre o peito de Millie.

Ela olhou para baixo, para a mão da mulher. *Como é que foi parar aí?*

Sempre esteve aí.

Como assim?

Garotas comportadas não dizem "Como assim".

Como assim?

Garotas comportadas dizem "Desculpe, não entendi".

Desculpe, não entendi.

Boa menina.

A Mulher da Aula de Tênis levantou-se para abraçar a mãe de Millie. *Desculpe, não entendi*, repetiu Millie, mas as mulheres não escutaram.

No dia seguinte, Millie foi até o mercadinho. Enquanto a garota que trabalhava lá dava risinhos para um garoto que não trabalhava lá, ela encheu sua mochila de uvas-passas e foi embora.

O que é uma alma?, perguntou para Perry Lake, depois de lhe mostrar as passas.

É como um coração, mas fica na barriga, respondeu ele.

E como ela é?

É como uma uva-passa bem grande. Ele olhou para a mochila de Millie.

Ela fechou o zíper da mochila e prendeu-a às costas. *O que acontece com ela depois que a gente morre?*

Ela cai.
Cai?
É, tipo um placebo.
O que é um placebo?
Eles caem das mulheres. Depois que elas têm filho ou algo assim.
E depois?
As pessoas guardam no freezer pra comer depois.
Guardam a alma?
Não, o placebo. A alma elas guardam em outro lugar.
Onde?
Em outro freezer.
Que fica onde?

O sinal da escola soou à distância. Crianças passaram correndo por eles, gritando e rindo em bandos. *Sei lá*, respondeu Perry, revirando os olhos. *Não tenho a mínima ideia. Eu não sei de TUDO.*

Será que eu tô com a alma dele sem saber?

Perry estendeu a mão para ela. Era comprida, magra e ossuda. *Passa essas uvas-passas pra cá*, disse ele.

―――

A porta do escritório se abre de repente. Millie sente a corrente de ar que o movimento da porta gerou, e que suga suas roupas como um aspirador de pó. Ela apruma o corpo na cadeira, fecha o livro e o esconde atrás do corpo. Uma mulher está de pé junto à porta, conversando com alguém fora de vista.

E um jantarzinho lá em casa hoje?, pergunta a mulher baixinho.
Não, Helen. É uma voz de homem.
Não? Vou fazer comida mexicana.
Tô ocupado.
E amanhã?
Ocupado.
Então me diga quando.

Helen, eu vou estar ocupado pelo resto da minha vida.

Beleza, Stan, diz ela, animada, mais alto agora. *Vou lhe trazer aquele creme para hematomas então. Vamos dar um fim nisso.*

Millie vê as costas do homem se afastando. *Não toque no meu rosto, Helen,* diz ele.

Certinho então, diz ela para as costas caminhantes dele. *Você me avisa, né, Stan?* Ela se vira na direção de Millie.

Helen é pequena para uma adulta, mas é larga, como se toda a sua altura houvesse rumado para os lados. Os botões de sua blusa ficam pendurados, como pessoas num penhasco. Millie olha para os sapatos dela. Pequenos, pretos, pesados.

Bem!, exclama a mulher, como se não acreditasse no quanto era empolgante dizer aquela palavra. Desaba numa cadeira, do outro lado da mesa. Suas bochechas são rosadas e redondas. *Parece que você se meteu numa encrenca daquelas, hein?* Ela apanha um controle remoto da mesa e o aponta para a parede. A televisão ganha vida. Millie aparece na tela. É difícil ver direito, e a imagem é preta e branca e não tem som, mas é Millie, com certeza. A Millie da TV está fora deste escritório. Vai até a janela, espia por ela. Mostra a língua. Apanha a chave da fechadura e vai embora.

Helen aperta o botão de pausa no controle. A Millie da Vida Real olha para a Millie da TV. É muito estranho olhar para si mesma fazendo uma coisa que já fez e que não pode desfazer.

A Millie da Vida Real olha desafiadoramente para Helen. Helen ergue as duas sobrancelhas. A Millie da Vida Real também ergue as duas sobrancelhas.

o que millie fez na noite passada

Millie sabia como voltar para casa, mas achava que sua mãe Queria Que Ela Obedecesse, que Fosse Boazinha. Portanto, depois de conversar com o manequim durante o jantar, Millie decidiu facilitar as coisas para a mãe. Com tintas da seção de artigos de construção, pintou *ESTOU AQUI, MAMÃE* o mais alto que pôde no vidro das portas automáticas. De trás para a frente, lógico, para que sua mãe conseguisse ler lá de fora. Organizou as pecinhas do Connect 4 em uma seta apontando para a direita e colocou o tabuleiro do jogo perto da entrada da loja. Todos os manequins que ficavam nos corredores agora apontavam os braços para a direção que a mãe de Millie deveria ir. Alguns também seguravam cartazes. *Oi, mamãe!*, dizia um deles. *Siga em frente!*, dizia outro. *Pare aqui pra fazer um lanche!*, dizia o manequim seguinte, em cuja mão voltada para cima Millie colocou um de seus biscoitos. Os personagens do Cara a Cara foram organizados em formato de seta, as casas do Banco Imobiliário indicavam a esquerda, a roleta do Twister dizia para ir em frente. Todos os manequins mais próximos das calcinhas seguravam um papel com uma letra, formando *ESTOU AQUI, MAMÃE*. O manequim com camisa havaiana segurava o último E. Ela prendeu os ganchos de alguns sutiãs uns nos outros e pendurou-os num varal que ia da mão do manequim até o topo da arara com as Calcinhas Gigantescas, como se fosse uma linha de chegada atravessando o corredor de um lado a outro. Millie decorou a trilha inteira com pisca-piscas de Natal que encontrou num cesto de ofertas e então — tomando cuidado para deixar só as pontinhas de suas galochas vermelhas aparecerem por baixo da arara — deitou-se embaixo das calcinhas para esperar.

Mas, quando apareceram sapatos, não eram dourados.

———

Você está com aquele homem?, pergunta Helen. *Aquele que canta?* Ela abre uma gaveta e começa a colocar seu conteúdo em uma fileira bem organizada sobre a mesa. Uma embalagem de Toblerone. *Ele parecia legal.* Uma caixinha de suco vazia. *Mas é um pouco.* O frasco de vidro com a mosca. *Um pouco.* Duas mãos cheias de papel de pirulito. Ela espalha todos os papéis sobre a mesa, depois pega todos e os deixa cair de uma altura acima de sua cabeça como se quisesse mostrar a Millie como a chuva cai. *Tantã? Da cabeça? Não? Claro que não. Desculpe.* Um biscoito. *Mas será que ele é. Meio devagar? Só um pouquinho?* Inclina-se sobre a mesa e sussurra *Retardado?* Leva uma das mãos à boca. *Oh! Claro que não. Desculpe. Nem acredito que eu disse isso. Não queria expulsá-lo da loja, só isso. Stan tem um padrão muito alto para este ambiente.*

Helen corre os dedos pensativamente sobre o biscoito. Inclina-se na direção da porta. *Ele é bastante peculiar*, diz ela em voz alta. Recosta-se de novo em sua cadeira. *Aquele homem, o que canta. Ele. Tem uma masmorra ou algo do tipo?* Ela some embaixo da mesa, emerge com uma pilha de jogos de tabuleiro e os coloca em cima da mesa numa pilha bamba. Connect 4, Batalha Naval, Twister, Banco Imobiliário. Apoia um cotovelo em cima da pilha. *Com chicotes e coisas assim? Correntes? Ele não acorrenta ninguém, acorrenta?*

A gente se conheceu ontem, diz Millie.

Ele é só um velho, continua ela. *Você pode ser um velho solitário, andar com meninas e ser completamente normal, né?* Ela mergulha de novo embaixo da mesa e levanta-se, segurando a mochila de Millie em uma das mãos e uma lata de tinta aberta na outra. *Taram!* O conteúdo da lata de tinta inclina-se para o lado e pinga no chão. *É a sociedade, sabe?* Helen faz uma pausa, coloca a mochila e a tinta sobre a mesa, arrasta a pilha de jogos de tabuleiro para o canto e senta-se em cima da mesa. *Isso tudo,* ela balança o indicador na frente do rosto de Millie, *é pra ele? A maquiagem?*

Millie limpa os lábios com a mão. Há uma mancha vermelho-berrante sobre sua mão, como se fosse uma pintura de guerra. *Tô com fome*, diz ela.

Ah, meu bem, desculpe. Eu até tinha uns biscoitos. Mas Stan, diz ela em voz alta pela porta novamente, *Stan comeu tudo. Ele come os meus biscoitos. Quando lhe apetece.* Ela espera, com o ouvido voltado para a porta.

Stan aparece à porta, e Helen dá um pulo. Millie prende a respiração. É o segurança da noite passada. Está com um olho roxo. Fala ao celular, mas fica olhando para Millie, sem piscar, pressionando as pontas dos dedos no inchaço da maçã do rosto. *Bom, eu tinha terminado de ver o DVD do* The Cosby Show *e queria alguma outra coisa, sabe,* diz ele ao celular. *Não sabia que seria atacado.* Ele ainda está olhando para Millie. *Helen me soltou hoje de manhã.* Millie sente como se todo o seu corpo estivesse se encolhendo. *Escuta, Má, pode esperar um minutinho?* Ele cobre o celular com a mão. *Melhor dar alguma coisa pra ela comer, Helen,* diz Stan. *Antes de eles chegarem.*

Helen pula de cima da mesa. *Claro,* diz ela e abre outra gaveta. Está coradíssima. *Que tal Mentos? São surpreendentemente saciantes.*

Antes de quem chegar?, pergunta Millie.

Estou de dieta, diz Helen. *Do Dr. Atkins? É a do Dr. Atkins mesmo? Ou a da CSIRO?* A gente pode cheirar a comida que quiser. É fantástico.* Olha de soslaio para Stan. *Não que eu precise.* Abre o pacote de Mentos, enfia dois na boca e deixa dois sobre a mesa para Millie. A menina apanha as balas e as mastiga avidamente. *Fazer dieta, quero dizer. Não sou dessas mulheres que se preocupam com esse tipo de coisa. É mais uma questão de me tratar como eu mereço. Aumenta a sensação de confiança.*

Stan revira os olhos. *Helen,* diz ele. *Dê alguma coisa decente pra ela e pronto, tá bom? Logo, logo eles estão aí. A viagem vai ser longa, por isso ela precisa comer.* Dá uma última olhada para Millie, vira-se e sai. *Hã?* Millie ouve o homem falar ao telefone enquanto se afasta. *Não, foi uma menininha. Não vou processá-la, Má. Mãe! Não vou. Bom, largaram ela aqui, não foi? Não devem ter muita grana.*

---

*CSIRO é a sigla para Commonwealth Scientific and Industrial Research Organisation, Agência Nacional Australiana de Ciências. Criou a *Total Wellbeing Diet,* em tradução livre, "Dieta do Bem-Estar Total", que pode ser adquirida em livro. (*N. da T.*)

Ele é um fofo, né? Stan? Ela olha pela porta e cospe a bala em um lenço de papel.

Quem é que tá vindo?, pergunta Millie. Está enjoada. *Mamãe vai chegar*, acrescenta. *Ela só tá. Perdida.*

Oh, meu bem, diz Helen, atirando o lenço de papel na lata de lixo aos seus pés e limpando as mãos na calça. *Claro, com certeza.*

Meu pai morreu. Mas minha mãe vai chegar.

Oh, meu bem. Ela contorna a mesa até chegar onde Millie está e ajoelha-se na frente dela. Segura uma das mãos da menina entre as suas. *Como foi que ele faleceu? Ah, tudo bem, não precisa responder.* Helen fala como se estivesse surpresa com as palavras que saem da própria boca, como se outra pessoa as estivesse dizendo. *Não diga nada. Se não quiser. Mas se quiser... Como foi que ele faleceu? Ele era viciado. Na jogatina? Um pouquinho? Acabou se envolvendo em alguma confusão?*

Envolvendo?

Drogas, foi?, sussurra Helen.

Eles deram umas coisas pra ele no hospital.

Era. Um hospital pra doentes mentais?

O que é isso?

Esqueça o que eu disse.

Ele tinha câncer.

Oh, meu amor. Eu já tive câncer. Bem, achei que sim. Foi uma época terrível. Terrível. No fim das contas era só uma bolha enorme.

Minha mãe vai chegar.

Bem aqui no meu pescoço. Bem aqui. Uma época terrível. O quê? Claro, meu amor. Claro que vai.

Um telefone toca no bolso de Helen. Ela se levanta num pulo e o atende. *Sim. Sim. Ela está aqui. Claro, sim.* Desliga. *Oh, meu bem. Eles estão vindo pegar você.*

Quem?

O Serviço Social. Eles têm um jeito fantástico com crianças abandonadas.

Abandonadas?

Vão lhe dar outra mamãe e outro papai por um tempinho, até encontrarem os seus. Pela porta, Helen observa Stan rindo com uma jovem funcionária.

Mas mamãe me disse pra esperar aqui.

Eu sei, meu bem, eu sei. Mas. Ela suspira e caminha até a porta, pousando a mão no umbral para observar Stan. *Nem sempre o que algumas pessoas dizem é verdade.*

Millie segura seu Livro das Coisas Mortas firmemente atrás do corpo.

Helen vira-se para encarar Millie. Seu corpo tremelica embaixo da camisa. As pessoas-botões agarram-se desesperadamente na beira do penhasco. *Ah, não se preocupe, meu amor. Eles vão adorar você. Você é adorável. Agora, querida, espere aqui um pouquinho. Sim? Promete? Sim?* Ela faz uma pausa e as duas se entreolham. *Vou trazer suco pra você. E biscoitos. Tá?* Sem esperar pela resposta, ela sai pela porta.

Millie observa Helen se afastar até sumir de vista. Está com vontade de vomitar. Uma criança passa pela porta aberta do escritório com a mãe e berra *Mas eu queria o azul!* Millie sente vontade de berrar na cara dele *Mas eu queria minha mãe!*

Millie arranca os carrinhos Matchbox de suas galochas e desce da cadeira. Apanha a mochila e enfia os carrinhos lá dentro. Dá uma rápida olhada para a porta. Nada de Helen. Nada de Stan. Respira fundo e corre o mais rápido que consegue na direção do café. Sua mochila pula para cima e para baixo nas suas costas. Ela atravessa o corredor com as vassouras e os esfregões de cores brilhantes. Passa pelo laboratório de revelação fotográfica, pelas pessoas zapeando de uma foto para outra em telas luminosas. Passa pelos CDs, telefones e aparelhos eletrônicos. Quando vê Stan se aproximando, Millie se esconde atrás do pôster de papelão em tamanho real de um cantor famoso. Stan está passando os DVDs com o dedo, um a um, enquanto murmura consigo mesmo. *Já entendi, já entendi, não tô a fim, já entendi*, diz ele. O celular dele toca. *Sim? Sim, sim, já estou indo para aí.* Passa direto por Millie e não a vê.

No café, Karl está em seu lugar de sempre. Millie se esconde atrás do vaso de plantas de sempre. Vê Helen no balcão.

Ba-boom. Ba-boom. Ba-boom.

Só um pedacinho de bolo, por favor, diz Helen para a garota atrás do balcão. *O bolo de cenoura, por favor. Sim, só dois pedacinhos, por favor. Sim, por favor, esse aí. Ótimo, muito obrigada, só esses três pedaços e pronto.*

Karl, sussurra Millie.

Karl endireita o corpo e vira-se na direção do vaso de plantas. *Hã*, diz. *Sim?*

É a Millie. Ela enfia a cabeça entre as folhas da samambaia.

Só Millie? Por onde você andou?

De seu esconderijo no vaso de plantas, Millie lhe dá um resumo dos acontecimentos desde a última vez em que os dois se viram. *Primeiro o manequim salvou a minha vida. Depois eu roubei uma chave. Aí o segurança ficou trancado lá dentro. Então a gente jantou. Rambo foi. E o cavalinho de pau. E as pessoas do Cara a Cara. E o manequim. Depois eu te apresento ele. Aí eu perguntei pro manequim se ele era uma Coisa Morta. E depois eu tentei ajudar a mamãe. E aí Helen me ofereceu suco e biscoitos, mas eu não quis nem uma coisa nem outra. E aí meu papai e minha mamãe novos estavam vindo. E aí eu fugi. E aí encontrei você. Você vai comer isso?*

Karl entrega seu bolinho para ela. *Só isso?*

Só, responde ela, com a boca cheia.

Fugiu de quem?

Dela. Millie aponta para Helen e abaixa a cabeça, enquanto a mulher, que não está a mais de 20 metros de distância, conversa com um cliente.

Não é pra mim, diz Helen. *Estou de dieta. Sabe, a dieta de North Beach? É a que Kate Moss faz. Você pode segurar toda a comida que quiser.*

Karl olha para o outro lado quando Helen passa por eles, voltando para o escritório. *Fugiu, é?* Ele se levanta. *Certo.*

Certo?, diz Millie.

Vamos tirar você daqui. Agora mesmo, diz ele em voz alta.

A garota olha para ele de trás da máquina de café.

Shhh, faz Millie, pedindo silêncio.

Karl se senta. *É mesmo. Desculpe.* Ele acena para a menina.

Mas é melhor a gente ir logo.

Sim, concorda ele, e volta a se levantar.

Eles caminham até as calcinhas gigantescas, sempre escolhendo os corredores do meio, que ficam entre os corredores principais. O manequim com camisa havaiana olha para Millie e ela não consegue desviar o olhar. *Pega ele*, diz.

Como assim?

Homens comportados dizem "desculpe, não entendi".

Desculpe, não entendi.

Vamos levar ele.

Ele?

É.

Por quê?

Ele salvou a minha vida.

Karl olha para Millie, depois para o manequim, depois de novo para Millie. *Certo*, diz ele, mais uma vez falando alto demais. *Amigo seu é amigo meu também.*

Shhh, repete Millie.

Ah, é mesmo. É mesmo. Karl apanha o manequim e o abraça, de modo que parece que os dois estão dançando coladinhos.

Preparado?, pergunta Millie.

Preparado, responde Karl.

Eles vão abrindo caminho, serpenteando pelas utilidades domésticas, pelas panelas, pelos livros coloridos, pelas toalhas. Uma mulher tenta borrifar perfume em Karl quando ele passa perto dela. Ele dá um risinho. A entrada está a poucos metros de distância — brilha de modo ofuscante no meio de tudo. Eles começam a correr e fazem uma cena e tanto, mas ninguém parece perceber nada; eles vão conseguir.

Somos invisíveis!, diz Millie.

Sim, concorda Karl.

Eles olham um para o outro e sorriem. Vão conseguir, vão conseguir mesmo.

Mas então Millie vê as pessoas do Cara a Cara olhando para os dois e é tarde demais para avisar; o pé de Karl se prende nos rostos deles e ele cai de cabeça no cesto de ofertas cheio de pisca-piscas de Natal, bem no meio do corredor. Millie cai também e bate a cabeça na beirada do cesto. Karl deixa o manequim cair em cima da menina. Uma perna se solta e sai deslizando pelo chão.

Então, as três palavras que ela não quer ouvir. *Lá está ela.* Helen e Stan e um homem e uma mulher com roupas elegantes e desconfortáveis estão vindo na direção deles. Sua Nova Mamãe. Seu Novo Papai.

Vamos, Karl, diz Millie, levantando-se, esfregando a cabeça e puxando o braço dele. Mas ele conseguiu se enrolar todo nos pisca-piscas de Natal, e o fato de ficar se mexendo para se soltar só piorou as coisas.

Segura ele, Stan, diz Helen correndo até eles, atrás do segurança. *Acho que ele é. Quer dizer. Não quero ser precipitada e tirar conclusões apressadas. Mas. Todo mundo. Baseado no que eu já vi nessa vida. Ele provavelmente é. Quase com certeza absoluta. Eu acho.*

Os braços e as pernas de Karl ainda estão se debatendo quando Stan alcança os dois. Ele ajuda Karl a sair do cesto e segura seu braço. *Certo, seu velho safado,* diz Stan. *Acabou a mamata.*

Oh, Stan, diz Helen, correndo na direção deles, sem fôlego. *Você conseguiu.* Ela toca o braço dele e arregala os olhos. *Você é tão forte.*

Karl não olha para Millie, mas diz *Corre, Millie, corre. Eu encontro você,* entre os dentes, e as pessoas do Cara a Cara olham para ela como se esperassem que ela fizesse alguma coisa, portanto

Millie agarra a perna do manequim e *faz alguma coisa*: sai costurando pela floresta de pessoas — rodeia homens e mulheres, passa por baixo deles, pelo meio. *Corre, Millie, corre*, cantarola enquanto atravessa a porta correndo o mais rápido que consegue, indo em direção ao estacionamento. Enquanto corre, olha para trás, e aquilo ainda está lá, pintado em letras grandes que deslizam quando as portas se abrem e se fecham: *ESTOU AQUI, MAMÃE*.

———

Millie anda pela trilha da entrada de sua casa, pousa a perna do manequim no degrau e tenta abrir a porta. Está trancada. Pega a chave sobressalente que fica embaixo do capacho, destranca a porta, olha para a rua para ver se o carro de polícia que estava atrás dela ainda está por perto, e em seguida entra. Está escuro e frio. Ela está cansada depois de ter corrido da loja de departamentos até ali. Na porta, ela chama *mamãe?*

Millie entra na cozinha. *Mamãe?* A palavra ecoa pela casa. A louça está empilhada bem alto sobre a pia e tem alguma coisa fedendo no lixo. Ela entra na sala. *Mamãe?* O sofá é gigantesco em seu vazio, e a televisão é um grande buraco negro no meio do cômodo. Como Millie nunca havia notado o quanto é grande e negra? Como dá a impressão de que, se você apertar um botão, ela vai sugar sua casa inteira?

A camisinha de latinha de cerveja do seu pai está na mesinha de centro. Millie a levanta contra o raio de luz que entra pela janela. Partículas de poeira dançam ao redor dela sob a luz do sol. Ela esfrega a camisinha de latinha com as pontas dos dedos. É preta e num dos lados tem um mapa amarelo da Austrália e, no outro, uma mulher peituda de biquíni. Millie a desliza pelo seu braço e roça-a em sua bochecha.

Entra no quarto de seus pais. O lado da cama no qual sua mãe dorme está todo amarfanhado. Ela se deita um pouquinho embaixo dos lençóis e os puxa até cobrir a cabeça. Está frio e escuro ali dentro também. Ela estica a mão até o lado do seu pai, depois joga os lençóis para o lado, levanta e aperta a palma da mão na porta do armário, como se tentasse deixar a marca da sua mão ali. Fecha os olhos e abre a porta de correr. Quando abre os olhos, não há nada ali a não ser cabides e araras. Como os ombros dos esqueletos.

Ela se senta na cama, passa os dedos pelo ar, que não parece nada, e sente vontade de dizer *Sinto muito, mamãe; sinto muito mesmo, mamãe; sinto muito por eu ter feito o que fiz.*

um fato sobre o mundo que millie sabe com certeza

Sinto muito às vezes é a única coisa que resta a dizer.

O que a gente diz quando alguém morre?, sussurrou ela para seu pai enquanto sua mãe assistia ao *Deal or No Deal*. A irmã de uma das meninas da escola morreu e a professora disse para Millie escrever um cartão.

Mills, meu amor, sussurrou seu pai de volta. Ele a colocou no colo. *Ninguém vai morrer.*

Ela franziu o cenho. *Todo mundo vai morrer.*

Bom, começou ele. Colocou as mãos embaixo das axilas dela e virou-a de frente para ele. *Bom. Sim. Mas ninguém que você conhece.*

Todo mundo que eu conheço.

Mas não tão cedo.

Como é que você sabe?

Eu sei, só isso.

O que é que vocês dois estão conversando aí, hein?, perguntou sua mãe quando os anúncios berraram na televisão.

Mamãe, disse Millie, olhando para a parte de trás da cabeça dela. *O que você diz pros seus amigos quando as pessoas que eles amam morrem?*

Sua mãe se virou e deu Uma Olhada para seu pai. Segurou as duas mãos de Millie entre as dela e inclinou-se para encará-la. *Você não precisa saber nada disso, Millie*, disse ela. *Você é só uma criança. Uma criancinha. Você devia estar, sei lá, brincando de boneca. Ou de escritório. Ou de lojinha.*

Millie deu de ombros.

Sua mãe voltou para a poltrona e olhou para ela. *Quem morreu?*

A irmã da Bec. Da escola.

O *Deal or No Deal* voltou. *Mande um cartão pra eles*, disse sua mãe, virando-se novamente na direção da televisão. *Escreva alguma coisa bonita.*

Tipo o quê?

Tipo... o dinheiro! Tá brincando? Escolhe o dinheiro!

O pai de Millie pousou a mão na cabeça dela. Parecia tão gigantesca ali. *Diga, sinto muito pela sua perda.*

Mas a culpa não é minha.

Claro que não. Ele abraçou a menina e aninhou a cabeça dela em seu peito. *Seja legal*, disse ele. *Só isso.*

Mais tarde, quando o pai de Millie morreu, sua mãe ficou sentada na frente da televisão, o dia inteiro, todos os dias, e Millie tocou o braço dela e disse *Sinto muito pela sua perda*. E sua mãe a abraçou, com tanta força que Millie mal conseguiu respirar, e disse *Sinto muito pela sua perda também, Millie.*

———

E agora, enquanto ela olha pela janela do quarto de seus pais procurando o carro de polícia, cruza o olhar com o da senhora que mora do outro lado da rua. Ela também está olhando pela janela de casa. Ela também, Millie percebe, perdeu alguém. Millie não sabe como percebeu isso, mas percebeu. *Sinto muito pela sua perda*, diz Millie para ela, devagar e articulando bem as palavras, sem som, com a testa encostada no vidro da janela. A senhora olha para ela e, em seguida, fecha as cortinas.

agatha pantha

Agatha Pantha tentara evitar o corpo nu de seu marido o máximo possível ao longo do casamento. Era muito gafanhotal; todo encarquilhado e magro. Seus ossos pareciam surpresos por estar ali, projetando-se para fora de sua pele como se estivessem tentando encontrar a saída. Na noite de núpcias, quando ele desceu o zíper do vestido dela daquele jeito lânguido que logo se tornaria insuportavelmente familiar, ela viu de relance seu pênis, cintilando ao luar como uma espada desembainhada. Finalmente entendeu por que ele sempre andava como se estivesse sendo empurrado por trás. Aquilo parecia anormalmente grande em relação ao seu corpo. Durante o sexo, ele desenrolou seu corpo e se apresentou para ela como num truque de mágica. Ela olhou para ele com olhos embaçados, tentando fazer o corpo dele derreter nas paredes. Ele achou que aquele era o Olhar Sexy dela, o olhar que se pratica na frente do espelho quando você suspeita que existe algo como o sexo.

Depois que o ato terminou e ele fugiu correndo para o banheiro, Agatha puxou o cobertor até o queixo e imaginou o pênis do marido balançando entre uma perna e outra enquanto ele andava, como um orangotango se balançando pela selva. Ali deitada, esperando que ele voltasse, não foi surpresa, choque nem mesmo raiva o que ela sentiu; foi decepção. Decepção por um homem se debatendo em cima dela como se um espinafre cozido fosse o melhor que a humanidade conseguira fazer.

Ela se lembrou de quando descobriu que todos os homens tinham aquelas monstruosidades penduradas entre as pernas. Durante meses não conseguiu olhar para um homem. Só de saber que existiam tantos pênis escondidos por aí era algo que a tirava do sério. Ela não sabia como as outras mulheres conseguiam viver em um mundo assim. Sentia-se encurralada, presa. Os homens passavam por ela na rua e lhe diziam *olá* com tanta presunção, que a única coisa que Agatha conseguia fazer era olhar para o chão e pensar *Ele tem um pênis, ele tem um pênis, ele tem um pênis.*

Mais tarde, porém, depois de observar o pênis do marido murchar e envelhecer, como acontece com todas as criaturas uma hora ou outra, voltou a conseguir olhar os homens nos olhos quando passavam por ela na rua. *Olá*, respondia, com olhos límpidos, lábios calmos. Mas por dentro pensava *Sinto pena de você e do seu pênis moribundo.*

O pênis murcho de Ron foi o primeiro sinal de que o marido estava envelhecendo. O segundo foi quando viu pelos nas orelhas dele, agitando-se ao vento como as mãos de homens se afogando. Observou impotente seus cabelos irem desaparecendo de um lugar do corpo para reaparecer em outros. O terceiro sinal foi um derrame que fez com que ele perdesse a sensibilidade na perna esquerda. Ele precisava segurar a coxa e arrastá-la quando andava.

Salto, arraaaasta. Salto, arraaaasta. Salto, arraaaasta.

O quarto foi a sonda de plástico que ele começou a deixar sobre a mesinha de cabeceira à noite. Consequentemente, as manhãs de Agatha começavam com o ruído baixo da urina do marido nas laterais daquele tubo enquanto ele se arrastava até o banheiro.

Salto, *splash*, arraaaasta, *splash*. Salto, *splash*, arraaaasta, *splash*.

Certa manhã, percebeu que a caixa do suco de laranja fazia o mesmo ruído quando ela a levava até a mesa do café da manhã. Nunca mais comprou suco de laranja.

O quinto foi o crescimento de um depósito de gordura que ia do queixo do marido até o final de seu pescoço, como o papo de um pelicano. Cada palavra que ele pronunciava era pontuada pelo tremor silencioso da sua carne, que vinha num crescendo a partir do seu rosto quanto mais alto ele falava. Aquilo tremelicava dia e noite, um ponto tão fixo em sua vida quanto o sol. E, como o sol, ela mal conseguia encará-lo.

Foi mais ou menos nessa época que deixou de falar com o marido. Ela grunhia, suspirava, assentia, apontava, cutucava com o cotovelo, mas nunca falava nada. Não era por maldade. Simplesmente não tinha mais nada o que dizer. Eles já haviam versado sobre seus gostos, desgostos, diferenças, semelhanças, altura, peso, número do sapato. Passaram 45 anos discutindo, compartilhando opiniões, conversando sobre como um deles talvez um dia ganhasse o *The Price is Right*. Agora ela era capaz de, com precisão impressionante, predizer o que ele iria dizer, pensar, fazer, vestir e comer. Aquilo que ainda lhe restava dizer — tipo *Pegue você mesmo* — era facilmente comunicável com gestos. Assim, eles comiam juntos, dormiam juntos, ficavam sentados juntos, respiravam juntos — mas nunca estiveram tão distantes.

Quando o marido morreu, os vizinhos de repente apareceram na casa dela sem avisar, surgiram em sua porta atrás de enormes tortas cheias de animais mortos, e de pena. Os filhos deles traziam fatias de bolo de coco e pareciam irritados. Montaram acampamento em sua cozinha como se estivessem participando de uma campanha política. Materializavam-se no corredor de sua casa, no seu banheiro e no seu quarto, como se tivessem o poder de atravessar as paredes, e então inclinavam a cabeça para o lado e agarravam Agatha. Conversavam com o rosto a pouquíssimos centímetros de distância do dela. *Eu entendo*, diziam, porque Susie/Fido/Henry morreu no ano passado/na semana passada/há dez anos porque ela/ele tinha câncer no pulmão/foi atropelado/ na verdade não estava morto de fato, mas estava morto para ela porque tinha ido morar com uma garota de 26 anos na Gold Coast.

Por que tem 19 buquês de flores no meu solário?, perguntou ela em uma de suas frequentes perambulações de cômodo em cômodo. Ninguém respondeu. As flores eram explosões elaboradas, como buquês de fogos de artifício congelados no tempo.

Phillip Stone, do número seis, deu-lhe uma xícara de chá que ela não queria e pousou a mão em seu ombro. Ele nunca a havia tocado antes.

Pode deixar sair, Agatha, disse ele.

O calor da palma de sua mão fez a pele dela se arrepiar, de forma nada agradável, por baixo do tecido da sua blusa. *Fique sabendo que não tenho nenhum gato, se é disso que você está falando*, retrucou ela, afastando-se dele.

Você está em estado de negação, disse Kim Lim, do número 32. Seus narizes quase se tocaram. *Não tenha medo de expressar sua tristeza*, acrescentou ela. Agatha sentiu cheiro de bolo de coco em seu hálito.

Ela apanhou Frances Pollop, do número 12, em seu armário, brandindo um aplicador de fita adesiva no ar como se fosse uma serra elétrica. As roupas de Ron estavam guardadas em caixas espalhadas pelo chão. Agatha e Frances olharam uma para a outra. O aplicador de fita adesiva tremelicou um instante acima da cabeça de Frances. Depois de um minuto inteiro, Agatha deu-lhe as costas e saiu, fechando a porta do quarto atrás de si.

E então, tão subitamente quanto apareceram, todos sumiram. Deixaram para trás panelas elétricas, cheiros estranhos e o volume do silêncio. Pela janela, Agatha os observou atravessando o portão e indo para a rua, em direção às suas casas. As luzes de suas janelas eram como pupilas. Suas caixas de correio, como periscópios. Até as flores de seus jardins pareciam ter se reunido em círculo, sussurrando umas com as outras.

Ela deixou as luzes apagadas. As caixas com as roupas de seu marido tinham sido arrastadas até a parede do corredor. Mesmo no escuro, ela pôde ler EXÉRCITO DE SALVAÇÃO escrito em cada uma com hidrocor preto. As letras tinham sido traçadas e retraçadas muitas vezes. Todas as caixas estavam lacradas com fita adesiva.

O telefone tocou na cozinha. A secretaria eletrônica atendeu. *Você ligou para Agatha Pantha*, disse a gravação, na voz de outra pessoa. *Por favor, deixe seu recado.* A ausência do nome dele parecia vertiginosa.

Agatha?, perguntou uma voz. *Você está aí?*

Ela não tinha resposta para aquela pergunta.

Agatha ficou parada em seu quarto e olhou para as pantufas do marido. Era isso que ela fazia agora, simplesmente andava pela casa e parava nos cômodos. Então ela sentiu; sentiu algo tentando escapar pela sua garganta. Agatha segurou no pé da cama e engoliu em seco sem parar, até aquilo ir embora. É por causa dessa conversa toda, disse ela para as pantufas do marido. *Eles estão querendo me levar na conversa.*

Sentou-se na cama e envolveu os joelhos com as mãos em concha. *Como envelhecemos sem deixar a tristeza tomar conta de tudo?* Sua mãe um dia fora jovem, com membros ágeis e belos dedos, mas depois entristecera — e murchara. Suas frases começaram a tremer no fim, e ela dava a impressão de estar sempre prendendo a respiração.

Os parentes de Agatha chamavam isso de *luto*. Não diziam a palavra em voz alta, mas a articulavam sem produzir som, ressaltando as sílabas, como se fosse uma blasfêmia. Agatha, àquela altura uma mulher adulta e casada, com opiniões quanto à sua própria criação fumegando em sua cabeça, achou a palavra vaga. Exagerada. Acima de tudo, achou que o estado de sua mãe era algo que se podia evitar, como uma poça d'água na rua.

Naquela época, Agatha não tinha se dado conta de que estava olhando para o futuro. Que sua mãe era ela, que logo ela seria sua mãe. Mas essa história de evolução não era tornar-se melhor do que sua mãe? Agatha não se sentia melhor que a mãe. Podia ver sua mãe dentro de si agora, em suas mãos manchadas, nas Rugas da Morte que marcavam seu rosto, nas varizes que subiam por suas pernas como raízes de árvores. Sentia a nauseabunda inevitabilidade daquilo. Como se virar a própria mãe fosse desde sempre o objetivo.

Então, Agatha parou na cozinha e abriu a geladeira. A luz inundou o lugar. Ela espiou lá dentro, deixando seus olhos se acostumarem com a iluminação. Toneladas de bolo de carne, sanduichinhos e bolinhos com cobertura cor-de-rosa e cereja lotavam as prateleiras. Uma a uma, ela retirou todas as tortas. Despachou tudo de casa e deixou-as emborcadas na trilha da entrada. Caldo de carne, cenoura, molho, cebola e pedaços de carne espalharam-se alegremente por suas canelas. Reuniu um carregamento de *lamingtons** e lançou-os porta afora. Eles aterrissaram em suas roseiras, nos para-brisas dos carros estacionados e no pé das caixas de correio mais próximas. Atirou um pão de ló de três camadas por sobre a cabeça, como se fosse um arremesso lateral de futebol. As camadas se separaram no ar, e geleia vermelha se espalhou por toda a entrada de sua casa. Fez uma fila com os sanduíches sobre sua pequena cerca de tijolos. Com os braços esticados para fora, caminhou por cima da cerca, sentindo os sanduíches sendo esmagados pelos seus pés. Fatias de pepino espirraram pelos lados. Ela equilibrou dois bolinhos com cobertura cor-de-rosa em cima de sua caixa de correio. Segurou um bolo de carne maciço com as duas mãos, levantou-o bem alto e tentou arremessá-lo longe. O bolo de carne se esfarelou em suas mãos, e as migalhas caíram no caminho. Uma cereja aterrissou perto do seu pé e ela a chutou.

---

*Sobremesa australiana que consiste no tradicional pão de ló coberto com calda de chocolate e depois passado no coco seco. (*N. da T.*)

Lavou todos os Tupperwares, pratos de torta e velhos potes de sorvete, a água na pia subindo enquanto ela trabalhava. Secou tudo com floreios violentos. E depois empilhou a louça toda, uma em cima do outra, na entrada de casa. Como um totem de alguma cultura antiga esquecida. Havia certa tristeza no oscilar suave da pilha, que Agatha tentou ignorar.

Escreveu um cartaz em um papelão e colocou-o ao lado da pilha. *OBRIGADA PELA SUA GENTILEZA*, dizia, em letras grandes e escuras. Ela traçou e retraçou aquelas letras. *MAS NÃO PRECISO DELA.*

Acrescentou, em letras menores: *Aliás, Não Aprecio Coco.*

Ficou parada na porta de casa e piscou, em meio ao suor que escorria de suas pálpebras. Comeu um assado de batatas com as mãos, direto do pirex, e inspecionou o que fizera. Seria arte? Ou seria guerra? Ela nunca entendeu nada nem de uma coisa nem da outra, mas, enquanto olhava o rio de comida em sua sarjeta fluir diretamente até a rua, achou que talvez fosse ambos.

As luzes das casas ao seu redor se acenderam e se apagaram, como sinais de advertência. Ela empurrou um punhado de batata e queijo para dentro da boca. Sentiu a tensão crescer na rua. *Estou expressando a minha tristeza, Kim Lim!*, berrou ela para a noite, fazendo voar pedacinhos de assado de batatas. Entrou em casa, bateu a porta e trancou-a. Trancou também a porta dos fundos. Trancou as janelas. Fechou todas as cortinas. *Vou ligar a televisão agora!*, berrou, e ligou mesmo, fazendo sombras movimentarem-se rapidamente pelas paredes. Aumentou o volume o máximo possível. O ruído branco preencheu a sala. Arrastou uma poltrona para debaixo da janela da frente e se sentou, inclinando o corpo para a frente. Afastou a cortina para ver a rua. *Kssssssshhh*, disse a televisão, ao fundo. O sol estava nascendo. *Mal posso esperar para ver a cara deles!*, berrou ela. Berrar parecia ajudar.

Sete anos se passaram e, desde aquela noite, Agatha não saiu de casa. Nem para regar as plantas no jardim, nem para pegar um ônibus, nem para varrer a entrada. Tampouco abriu a porta ou as cortinas; não ouviu o rádio nem leu o jornal. Não desligou a televisão, e o som de *kssssshhhh* é a única verdade da qual Agatha tem certeza. Sete anos de correspondências não abertas inundam seu corredor. Ela abre caminho pelas cartas quando anda do seu quarto para a sala. *Só porque vocês sabem meu nome*, berra ela para a correspondência, *não quer dizer que eu lhes deva alguma coisa!* Elas parecem estalar sob seus calcanhares.

Toda segunda-feira, uma mulher do supermercado deixa uma caixa cheia de comida embaixo de sua janela. Um homem do correio coleta o dinheiro de suas contas, que ela deixa na frente de casa toda terça-feira. Ela as paga em envelopes nos quais se lê *AQUI, TOME*, que ela desliza por baixo da porta. A grama do jardim está seca e amarronzada em meio à poeira. As ervas daninhas cresceram tanto que estão altas. A casa ficou coberta de hera. Agatha abriu a janela da frente e colocou a mão para fora para cortar um buraco na hera com sua tesoura de costura. Ela não sabe o que está acontecendo no mundo, mas sabe o que está acontecendo em sua rua.

Ela adquiriu aquele corpo-bolha que é sinônimo das velhas, no qual se torna difícil dizer onde começa e termina alguma coisa. De seu queixo brotam pelos compridos que se entrelaçam. Ela sempre os arranca, mas eles sempre voltam, como se fizessem parte do plano de Deus. Deu para usar óculos de sol de lentes marrons do momento em que acorda até a hora em que vai se deitar. Para Agatha, o escudo marrom ao redor dos olhos funciona como o amido de milho — espessa e desacelera o mundo ao seu redor.

um dia na vida de agatha pantha

6h: acorda sem despertador. Não abre os olhos até colocar os óculos escuros de lentes marrons. Olha o horário no relógio preso na parede à sua frente. Assente. Vai até o banheiro no ritmo do tique-taquear do relógio. Toma cuidado para não tropeçar nas pantufas do marido, que não foram tocadas desde a última vez que ele as usou.

6h05 a 6h45: senta-se na Cadeira da Descrença e Elasticidade das Bochechas, Distância Mamilos-Cintura, Crescimento de Pelos Estranhos, Projeção da Trajetória das Rugas e Tremelique dos Braços. Anota as informações no Caderno da Velhice. Narra os eventos enquanto se olha no espelho. *Estou medindo o Tremelique dos Braços agora!*, berra para si mesma enquanto estapeia com uma das mãos a parte inferior do braço. *Aumentou desde ontem!*, berra ela depois de conferir os dados. *Sempre aumenta desde ontem!*

6h46: permite-se soltar um longo e profundo suspiro.

6h47: toma banho. *Estou tomando banho agora!*, berra. Nunca berra nada de muito específico no chuveiro.

7h06: veste um de seus quatro terninhos marrons. *Meia-calça!*, berra, enquanto puxa a meia por cima do umbigo. *Saia! Blusa! Sapatos!*

7h13: prepara um café da manhã que consiste em dois ovos fritos, uma fatia de bacon e uma torrada de pão integral.

7h21: senta-se na Cadeira da Degustação, corta a comida em quadradinhos e come um quadradinho de cada vez. *Estou comendo bacon agora!*, berra, entre um bocado e outro.

7h43: senta-se na Cadeira do Discernimento. Observa a rua pelo buraco na hera, com o corpo inclinado para a frente, as mãos segurando os joelhos. *Sardento!*, grita para algum pedestre, saltando da cadeira e apontando o dedo no ar, como se estivesse jogando bingo. *Asiático! Careca! Puxe as calças pra cima! Que sapato ridícu-*

lo! Quantas fivelas no cabelo! Boca fina! Terno roxo demais! Nariz pontudo! Rosto assimétrico! Joelho saltado! Às vezes os insultos se estendem aos jardins dos vizinhos. *Corte a sebe! Tem flor demais aí! A caixa do correio está inclinada!* Ou para os pássaros, inclusive. *Barulhentos! Precisam de mais pernas!* As palavras ricocheteiam pelas paredes da sala, e sua voz fica cada vez mais alta, culminando num insulto final e totalizador que jamais parece cessar de exercer o efeito que ela deseja causar. *A humanidade está condenada!*

12h15: desaba pesadamente em sua poltrona.

12h16: permite-se ficar suada e aliviada.

12h18: almoço. Um sanduíche integral de Vegemite. Não o corta em quadradinhos como faz com a comida no café da manhã; corta-o em longas e finas tiras. *Variedade é importante! Se vocês querem conservar a inteligência!*, berra ela, enquanto apoia uma tira de sanduíche na boca.

12h47: chá da tarde. Um bule de chá e um biscoito Anzac. Senta-se no corredor, na Cadeira do Ressentimento. Olha para a parede marrom e berra coisas como *Cortador de grama barulhento!* ou *Vizinhos xeretas!* Às vezes não consegue pensar em nada e simplesmente diz *Paredes marrons!* Estar ressentida faz com que seu rosto lhe pareça mais pontudo que o normal, e, por motivos que ela não consegue expressar em palavras, aquilo lhe dá satisfação. *Eu gosto dessa sensação!*, confirma ela para as paredes.

13h32: limpa a casa, berrando *Estou esfregando os cabides!* Ou *Estou limpando as lâmpadas!*

15h27: senta-se na Cadeira da Discordância, na sala, e escreve cartas de reclamação, guardando todas em uma caixa na qual está escrito *PARA DISTRIBUIR QUANDO TUDO ISSO ACABAR.* Ela sublinhou *ISSO*, mas não especificou o que *ISSO* significa.

16h29: uma das duas coisas acontece. Senta-se na Cadeira do Desaparecimento, fecha os olhos e ouve o ruído do *kssshhh* da televisão. Ou. Muito de vez em quando, senta-se na Cadeira da Decepção e olha para as pantufas do marido.

17h03: jantar. Um assado, geralmente. Cobre a carne, as batatas e o brócolis com molho.

18h16: senta-se na Cadeira do Ócio. Bebe uma caneca de Bonox* e assiste à estática na televisão.

20h00: tira todas as suas roupas — *Sapatos! Blusa! Meia-calça!* — e as pendura no armário.

20h06: senta-se na Cadeira da Descrença e olha-se no espelho.

20h12: veste a camisola e apaga a luz.

É somente na escuridão da noite que Agatha tira os óculos escuros de lentes marrons. Mas apenas quando está deitada, depois de puxar o cobertor até o queixo e fechar os olhos com força. Mesmo assim, o mundo parece estar próximo demais, pairando acima dela, a meros centímetros de distância. E nos segundos suaves entre o sono e a vigília — aquela pequenina fresta na consciência, quando se está acordado apenas o suficiente para saber e dormindo apenas o bastante para não saber, mais ou menos por volta das

21h23 — Agatha Pantha permite-se ficar sozinha.

mas hoje, às 10h36, tudo muda

6h: acorda. Tateia em busca dos óculos escuros.

6h05 a 6h45: senta-se na Cadeira da Descrença e berra *Estou contando as rugas agora! Acho que ainda não tinha visto esta aqui no meu joelho!* Anota, *Nova Ruga Joelha!* embaixo de *Contagem de Rugas.*

6h47: *Estou ligando o chuveiro agora!*, berra ela, de pé no boxe.

7h06: *Meia-calça! Saia! Blusa! Sapatos!*

---

* Caldo de carne espesso industrializado, vendido na Austrália e na Nova Zelândia. É usado em ensopados e em várias receitas, mas também pode ser tomado como bebida, com água quente. (*N. da T.*)

7h22: *Estou comendo ovos agora!*

7h56: senta-se na Cadeira do Discernimento. *Estacionou longe demais da calçada!*

8h30: *As flores não estão crescendo!*

9h16: *A trilha da entrada está suja!*

10h12: *Capacetes não são acessórios de moda!*

10h36: um carro de polícia passa devagar. *Isso é diferente!*, berra.

10h42: o mesmo carro de polícia passa pela rua, vindo de outra direção. *Isso também!*

10h47: uma menininha com cabelo ruivo cacheado corre pela rua, abre o portão da casa de Agatha, entra no jardim dela e se esconde atrás da cerca. *O quê?*, berra Agatha.

10h48: o carro de polícia passa mais uma vez. A garota se afunda no meio das ervas daninhas, de costas para a cerca. Olha para Agatha. *O quê?*, berra Agatha.

10h49: a menininha espia por cima da cerca. Olha para um lado e para o outro da rua. Olha de novo para Agatha. Levanta-se, sai do jardim de Agatha, atravessa a rua e caminha pela trilha da entrada da casa em frente. Tenta abrir a porta, encontra a chave embaixo do capacho, vira-se para olhar para um lado e para o outro da rua e some dentro da casa.

10h50: *O quê?*, berra Agatha.

Agatha andava observando aquela casa. Três meses atrás, viu a ambulância chegar com as luzes apagadas. Viu o lençol branco sobre a maca, os contornos vagos de um cadáver. Viu uma multidão ao redor, levando sua comida do graças-a-Deus-que-foi-você-e-não-eu. Viu os furgões das floriculturas estacionados na rua em fila comprida. Viu a mãe murchar até ficar puro osso. *Você devia comer um pouco dessa comida que eles trazem!*, berrou ela para a mulher certa vez, batendo na janela. Viu a menina. Era só uma menina.

Vou deixar você em paz!, ela havia berrado. *Vai ser melhor pra você!* Recostou-se na cadeira e cruzou os braços. *Confie em mim!*

Então, quando Agatha vê a menina entrando na casa do outro lado da rua, sabe que o pai dela está morto e que sua mãe não está lá. A mãe havia olhado para Agatha dois dias antes. Bem através do buraco na hera, bem através da vidraça da janela, bem dentro do olho. Colocara uma mala no porta-malas do carro e seus olhos disseram algo para Agatha, algo como um pedido de desculpas, algo como um berro, como se estivesse implorado, algo mais ou menos assim:

Como envelhecemos sem deixar a tristeza tomar conta de tudo?

E o corpo de Agatha vibrara ligeiramente.

Ela não havia entendido o que estava acontecendo, mas pôde perceber que algo estava acontecendo. *Alguma coisa está acontecendo aqui! Alguma coisa errada!*, berrou, levantando-se e pressionando uma das faces no vidro, observando a mãe e a menininha no carro descendo a rua. Agatha pôde sentir aquilo. Que alguma coisa estava acontecendo.

11h37: Agatha tenta esquecer a volta da menininha. Tenta esquecer o rosto da mãe e o fato de não haver nenhum carro estacionado na frente da casa. Tenta se concentrar em todas as casas que consegue ver, menos a casa da frente. *O gramado está com falhas!*, berra. *Estou vendo uma erva daninha bem ali! Seu cachorro é horroroso! Você tem filhos demais! E eles também são horrorosos!*

Mas então a porta da casa em frente se abre. A menininha aparece. Agatha a vê atravessar a rua, abrir o portão da sua casa e caminhar pela trilha da entrada. *O quê?*, berra Agatha. A menininha bate em sua porta. Está segurando um papel. *Não, obrigada!*, berra Agatha pela janela. *Já tenho o bastante!* A menininha some e depois volta brandindo um caixote de plástico. Manobra o caixote na frente da janela de Agatha e sobe em cima dele, de modo que fica cara a cara com ela através do vidro.

A menininha ergue o papel. *O que é isso?*, pergunta.

Agatha se esforça para ler. *Se eu te disser, você vai embora?*

A menininha faz que sim.

É um itinerário de viagem.

O que é isso?

É um papel que diz para onde alguém está indo. Esse aí é o nome da sua mãe?

A menininha faz que sim novamente.

Ela foi para Melbourne. Há dois dias. Agatha faz uma pausa. *E vai para os Estados Unidos daqui a seis dias.* As duas olham uma para a outra através do vidro. *Agora, vá embora.*

o dia seguinte

7h43: a menininha está parada diante da janela da casa em frente, olhando para Agatha. As duas olham uma para a outra. Os olhos da menininha dizem algo mais ou menos assim:

Como é que se envelhece?

8h07: Agatha pendura uma fronha na janela, de modo que não consegue mais ver pelo buraco da hera.

9h13: uma batida na janela. Agatha dá um pulo de susto. *Tô com fome*, diz uma vozinha. Agatha coloca o volume da televisão no máximo. *Kssshhhh.*

12h15: Agatha remove a fronha. A menininha continua olhando para ela pela janela da casa em frente, mas agora está sentada em uma cadeira.

15h27: Agatha tenta escrever cartas de reclamação, mas a única coisa que consegue pensar em escrever é *Prezada Mãe da Menininha, quem você pensa que é?*

16h16: a menina continua olhando para ela pela janela. Agatha não consegue se concentrar. A única coisa em que consegue pensar é no rosto da mãe, na garagem sem carro. Antes mesmo de saber o que está fazendo, já abriu caminho pelas cartas do chão e abriu a porta. Leva uns biscoitos Anzac e uma xícara de chá. O ar é tão fresco em seu rosto, em todo o seu corpo. Ela não sente o ar fresco em seu corpo inteiro desde... desde. Pode sentir o vento soprando em suas pernas, senti-lo através da meia-calça. Sua pele se arrepia. Sua respiração se acelera. *Isso é diferente!*

As ervas daninhas ao redor da porta da sua casa estão na altura de sua cabeça e a cumprimentam como um grupo de pessoas desnutridas. *Vocês não vão conseguir nada de mim!*, berra ela, brandindo os cotovelos para as ervas enquanto atravessa depressa o jardim. Para diante do portão de sua casa e observa a rua. *Rachaduras demais na calçada!*, berra. *Estou atravessando a rua agora! A sebe está muito irregular! Cuidado, carro, eu é que não vou parar pra você! Isso não é nem um pouco difícil! É uma questão de andar, só isso! Já fiz isso um milhão de vezes! Enquanto minhas pernas podem andar, acho melhor fazer uso delas!*

Agatha caminha pela trilha da entrada da casa da menininha e bate na porta. A menininha atende.

Oi, diz a menininha.

Agatha lhe entrega o prato de biscoitos e a xícara de chá. A menininha olha para as oferendas. *E então?*, pergunta Agatha. A menininha pega o prato, mas ignora o chá. *Já ligou pra sua mãe?*

A menininha coloca o prato sobre uma mesa próxima e começa a comer um biscoito. Não quer olhar nos olhos de Agatha. *O celular dela tá desligado.*

Parentes, então. Agatha olha para a xícara de chá, depois toma um gole. *Algum desses?*

Minha tia mora na Costa Leste, diz a menininha. *Em Melbourne.* Agatha se sente uma gigante perto dela. Será que um dia ela mesma já foi assim tão pequena? *Mas mamãe disse que a gente não precisa de mais ninguém.*

Ah, ela disse, não disse! Tentou ligar pra sua tia?

Não sei o telefone dela.

Não está na agenda de telefones?

Mamãe só tinha agenda no celular.

Procure na lista telefônica!

O que é lista telefônica?

Como ela se chama?

Judy.

Judy de quê?

Tia Judy.

Tia Judy! De Melbourne! Agatha dá as costas e desce pela trilha da entrada. *Mas é brincadeira!* Atira um dos braços para cima, e o chá respinga ao redor da xícara.

A menininha sai correndo atrás dela. *Meu pai morreu.*

Ora, grande coisa! Agatha se vira para encarar a menina. *O meu também!* Bebe o chá de um jeito forçado.

Quando foi que ele morreu?

Há sessenta anos!

O meu morreu faz três meses.

Isso aqui não é uma competição! E, mesmo que fosse, então eu vivi mais tempo sem meu pai do que você!

O que aconteceu no funeral dele?

Isso é pergunta que se faça!

Mamãe não me deixou ir ao funeral do papai.

Bom, provavelmente foi melhor pra você!

Por que você tá gritando?

Por que você está sussurrando?!

Eu não tô sussurrando.

Nem eu gritando! Agatha dá as costas para atravessar a rua, mas para de repente. Olha para a casa diante dela. Toma mais um gole forçado do chá. *Eu moro ali?*

A menininha faz que sim.

Mas é... Agatha não consegue terminar a frase. É a casa da qual as crianças da rua teriam pavor, da qual os adultos sentiriam pena ou que simplesmente tratariam com desdém. Vira-se novamente para a menina. *Tem certeza mesmo de que eu moro ali?*

A menina faz que sim mais uma vez. *Você me ajuda a encontrar minha mãe?*, pergunta ela.

Claro que não!, responde Agatha. *Eu tenho mais o que fazer! Sou muito ocupada! Vá procurar a polícia!*

Não posso. Eles querem me dar uma nova mamãe e um novo papai.

Volte pra sua casa!, berra Agatha, caminhando a passos largos em direção à própria casa. *Continue tentando ligar pra sua mãe!*

18h16: senta-se na Cadeira do Ócio. Bebe uma caneca de Bonox e assiste à estática na televisão.

18h24: a estática começa a parecer-se com o rosto da menininha.

18h25: joga o resto do Bonox na pia.

18h26: tira tudo o que está vestindo. *Sapatos. Blusa. Meia-calça.* E pendura as roupas.

18h31: senta-se na Cadeira da Descrença e olha para si mesma no espelho.

18h33: seu rosto se transforma no rosto da menininha. Ela derruba sem querer o relógio portátil de cima do banquinho do banheiro e ele se espatifa no piso.

18h33 a 18h45: olha para o relógio espatifado.

18h46: veste a camisola e apaga a luz.

e no dia seguinte

17h36: Agatha bate na porta da casa da menininha e lhe entrega um prato cheio de carne assada, batatas, brócolis e molho.

Obrigada, agradece a menininha, e começa a comer a refeição com as mãos, de pé.

O que você está fazendo!

Como assim?, pergunta a menininha, com o rosto todo sujo de molho.

Você devia estar lá fora! Brincando! Você é só uma criança! Não fique aí sentada na janela!

Mas você faz isso.

Mas eu sou velha! Eu posso fazer isso! Posso fazer o que eu quiser! É isso o que acontece quando você envelhece! Anote isso! É importante!

Estou me escondendo.

De quem?

Da Helen. Do Stan. Da minha nova mamãe e do meu novo papai. Da polícia.

Agatha olha para ela. *O que você fez?*

Eu não sei, diz a menininha, e começa a chorar.

20h12: Agatha veste a camisola e apaga a luz. Ao sentar na cama, tropeça em alguma coisa macia. Acende a luz.

8h13: sem querer ela chutou as pantufas do marido para o outro lado do quarto.

20h14: Agatha acende a luz do banheiro e se olha no espelho. Começa a sentir aquilo novamente. Aquela coisa subindo pela garganta. *Ela está tentando me levar na conversa!*, berra.

e no dia depois daquele

6h: para Agatha, já chega.

7h43: coloca tudo o que precisa em sua bolsa grande. Seu Caderno da Velhice. Dois relógios de pulso e um pequeno relógio movido a pilha que ela deixava sobre o armário da cozinha. Uma muda de calcinha e sutiã. Duas blusas. Alguns biscoitos Anzac. Seu frasco de Bonox. Seu caderno para escrever cartas de reclamação.

8h12: Agatha bate na porta da casa da menininha. O casaco de seu terninho está abotoado até o pescoço, e ela segura a bolsa com firmeza.

Tentou telefonar de novo pra sua mãe?, pergunta Agatha quando a menininha abre a porta.

A menininha olha para os pés. *O celular dela ainda tá desligado.*

Assim que a gente vir uma dessas cabines telefônicas, você vai tentar ligar pra ela!

A menininha repara na bolsa de Agatha. *Pra onde você tá indo?*

E vai ligar pra ela durante todo o caminho! Ela não vai conseguir se safar assim tão fácil, não!

Você vai me levar pra algum lugar?

Se você acha que vou entrar em um desses aviões, está muito enganada!

Desculpe, não entendi.

E eu não posso levar você pra polícia! Eu sei o que eles fazem com mulheres como eu! Que moram em lugares assim! Ela aponta para a própria casa. *Vão me trancar! Me colocar num asilo com aquela gente babona!*

A menininha parece não ter certeza do que fazer e não se mexe.

Não fique aí parada! Vá fazer as malas!

A menininha some por um instante e volta com uma mochila.

Só isso?

Apanha um objeto de plástico comprido que está caído no chão ao lado da porta e faz que sim com a cabeça.

E que diabo é isso aí?, pergunta Agatha.

A menininha abraça o objeto com força. É uma perna.

Ai, meu Deus do céu! Bem, então vamos! Nós estamos indo pra Melbourne!

Karl, o digitador

Karl não tinha computador ou máquina de escrever, nem mesmo um teclado. Digitava nas tampas das lixeiras, no ar, nas cabeças das criancinhas, em suas próprias pernas. Digitava as perguntas com as pontas dos dedos antes de fazê-las, só para ter certeza de que queria mesmo perguntá-las. Na privacidade de sua casa, antes de se mudar para a casa de seu filho, Karl desenhava teclados nas mesinhas de centro, nas paredes, nas cortinas do chuveiro. Adorava o modo como as mãos se moviam ao digitar, a maneira como os dedos dançavam quadrilha um em torno do outro, fazendo o Dosey Doe.* Havia observado os dedos de sua mão, e mais tarde os de Evie, pulando das teclas como gotas d'água no asfalto quente, e achava o dedo torto digitador de uma mulher tão elegante e excitante quanto o arco do seu pé ou a base de sua nuca.

Quando o filho de Karl se despediu dele no asilo, disse *A gente se vê logo mais, pai* e beijou-o na face. Karl sentiu o rosto do filho arranhar o dele e de repente era incompreensível que seu filho tivesse de

----

* Passo de quadrilha anglo-saxã. (*N. da T.*)

fazer a barba. A vida havia passado num piscar de olhos, no tempo de um suspiro ou de uma mijada, e agora ele estava ali, sentado numa cama em um quarto cheio de velhos que cagavam nas calças. Foi até a janela e viu seu filho atravessando o estacionamento. Ele caminhava de um jeito tão deliberado, aquele menino, sempre do calcanhar para os dedos, e Karl pensou *Quando foi que ele decidiu caminhar assim?* Os passos de Evie haviam sido tão leves e imprevisíveis, como o sal caindo do saleiro. Seu filho parecia consciente de que cada passo estava levando-o para mais perto de algo que ele desconhecia. Do calcanhar para os dedos, do calcanhar para os dedos.

———

A ideia fora da sua nora Amy. *Cada vez que entro em casa me preparo para encontrar um homem morto na poltrona,* ouviu-a dizer certa noite através das paredes finas como papel que separavam os quartos. Ela era uma mulherzinha áspera, dessas cujo perfume sempre chegava antes dela.

Ele é meu pai, retrucou seu filho Scott.

E eu sou sua mulher! Ela fez uma pausa. *Você sabe o que o médico disse sobre a minha pressão.*

Houve um longo silêncio, e Karl ficou deitado na cama com os braços esticados ao lado do corpo, como se estivesse aguardando para ser lançado de um canhão.

Certo, disse seu filho por fim. Karl apertou os dedos. *Vou conversar com ele.*

Karl virou a cabeça para o lado e sentiu o travesseiro em sua face. Piscou na escuridão. *Evie,* sussurrou, e estendeu a mão como se fizesse uma oferta de paz. Traçou o corpo dela no ar com a palma aberta. Tentou sentir o nariz dela no seu, o hálito dela em seu rosto, a mão dela em suas costas. *Evie,* repetiu, porque era a única palavra que lhe veio à cabeça. Pousou a palma da mão no travesseiro, ao lado da sua cabeça, e fechou os olhos.

Quando Scott e Amy se levantaram para ir trabalhar no dia seguinte, Karl já estava sentado à mesa na qual costumavam jantar com a mala pronta aos seus pés. Estava de chapéu e com as luvas que antigamente costumava usar para dirigir.

Pai, disse Scott, parando em frente à porta da cozinha.

Karl pigarreou. *Acho que estou pronto para seguir em frente*, disse ele, digitando na mesa.

Scott puxou a cadeira ao lado do pai e sentou-se. Karl entrelaçou os dedos. Scott pousou uma mão cautelosa em cima da de Karl. Enquanto corria um polegar enluvado sobre os nós dos dedos do filho, Karl pensava *Eu fiz essa mão.*

———

Karl sentou-se na beira da cama. Estava em um quarto com quatro outros homens. O branco da pele deles parecia combinar com o branco das paredes. Todos estavam deitados em suas camas com uma espécie de tédio estupefato, as bocas abertas, os olhos piscando como se precisassem se lembrar do quê tinham de fazer.

Então, disse Karl. *É isso.*

Uma enfermeira parou em frente à porta e olhou para ele. *Não vai desfazer as malas, meu bem?*

Claro, respondeu ele. *Só estou tentando me acostumar com o lugar.*

A enfermeira sorriu. Ela tinha um sorriso bonito. *Não tem pressa*, disse ela, inclinando-se sobre o umbral. *Mas o jantar vai ser servido daqui a uma hora.* Piscou para ele e virou-se de costas, fazendo o rabo de cavalo balançar. Sua bunda se agitou levemente sob o uniforme enquanto ela se afastava.

Ainda era dia claro lá fora quando Karl percorreu o corredor para jantar no refeitório. O relógio na parede marcava 16h30, e, quando um prato cheio de coisas comestíveis não identificáveis foi empurrado em sua direção, Karl pensou *Então é isso.* Sentou-se à mesa comprida, do tipo que via nos filmes cuja história sempre envolve presídios. Ainda estava de chapéu e luvas.

A enfermeira com a bunda balançante puxou uma cadeira ao seu lado. Segurou sua mão e olhou dentro de seus olhos. *Tudo em ordem, meu bem?*, perguntou ela.

Ele não se lembrava de quando fora a última vez que alguém tinha olhado para ele de verdade. Fechou os olhos e deixou-se viver aquele momento. Ela tinha cabelo escuro, olhos escuros, pele branca. Era tão limpa. Ele pensou *Em outra época, em outro lugar, eu a teria beijado*. Se pudesse apenas descansar o nariz em seu decote, este lugar até que se tornaria tolerável.

Em vez disso, ele apenas a olhou com seus olhos de velho. Disse, digitando na palma da mão da enfermeira, *Sim, obrigado*.

Tão velho e murcho que seu corpo lhe parecia patético em comparação ao dela, mas ela o olhou com uma espécie de bondade que o fez esquecer aquilo. Então, ela se levantou e foi embora balançando a bunda, enquanto ele ficou ali, olhando para o que podia ser chamado de purê de ervilha, pensando no quanto queria que ela balançasse em cima dele, ali mesmo naquela cadeira, na frente de todo mundo. Ninguém iria notar mesmo. E, enquanto se rendia às ervilhas, enfiando-as na boca com uma colher, sentindo-as afundarem garganta abaixo, pensou *Nunca faço o que eu quero*.

estas são as coisas que karl sabe

digitar

Quando Karl era um menininho bem pequeno que pensava pensamentos gigantescos, às vezes fingia que estava doente só para poder ir com a mãe ao trabalho. Ela trabalhava em uma sala enorme cheia de datilógrafas, e Karl sentava-se embaixo dela, o topo da sua cabeça tocando os fundos da cadeira, na frente dele a linha perfeita das pernas dela, unidas com tamanha tenacidade que seria preciso usar um pé de cabra para abri-las. Mas também havia certa doçura naquelas pernas, em algum lugar na redondeza das panturrilhas. Ele agora só se lembra da mãe aos pedaços. Pernas, dedos e reflexos nos espelhos.

As mulheres lhe pareciam seres de outro mundo, como alguma coisa feita para se guardar num armário de vidro ou pendurar na parede. Ele fechava os olhos embaixo da cadeira da mãe e ficava ouvindo. O datilografar era alto e implacável. Todas aquelas belas mulheres, seus corpos perfeitamente imóveis, seus dedos lutando com as máquinas de escrever.

As coisas começaram a fazer mais sentido para Karl depois que ele aprendeu o termo *datilografia*. Percebeu que as mulheres não precisavam olhar para os dedos para fazê-los se mover daquele modo tão dramático. Isso o fez sentir algo que não entendia. Ele não sabia que era sobre ele mesmo até conhecer Evie.

Anos mais tarde, depois de seu primeiro dia na escola de datilografia, Karl sentou-se à mesa da cozinha e mergulhou os dedos em uma tigela cheia de gelo. Estavam vermelhos e latejavam. Mas era bom sentir dor na ponta dos dedos e perceber aquela dor subir pelos seus antebraços, como se fosse algo tentando entrar nele. Era boa a sensação de ter alguma coisa tentando entrar nele.

Pela primeira vez na vida ele se sentiu em uma posição de poder, pela maneira decidida como foi obrigado a usar os dedos. As teclas voavam diante da página — *taque, taque, taque* —, como se ele estivesse distribuindo socos. Ele adorava o potencial daquelas páginas em branco. De que começassem como coisa nenhuma e depois se transformassem em alguma coisa. Aquilo fazia com que ele também sentisse que poderia se transformar em alguma coisa.

Durante o dia ele enchia páginas com frases sem sentido sobre cães e gatos, e sobre Jack, Jill e Jane. Datilografava-as como se fossem as coisas mais importantes que alguém jamais pudesse dizer.

À noite, sonhava com exercícios de datilografia. De manhã, cantarolava os exercícios no chuveiro, fechando os olhos e deixando a água correr pelo rosto. Em sua mente letras se acendiam quando ele falava.

Adorava ver os dedos deslizando pelas teclas. Achava que talvez ele fosse bonito, porque estava criando alguma coisa. Aquilo não era música que se toca em concertos, nem arte que se pendura nas paredes, mas para Karl era as duas coisas, e muito mais.

evie

Karl conheceu Evie na escola de datilografia. Mais tarde aprendeu a gostar da maneira como ela segurava o peito quando falava, como se estivesse tentando impedir que seu coração caísse. Mas, logo que eles se conheceram, ele simplesmente pensou que seria legal dizer o nome dela durante o sexo. Havia algo excitante e sacrílego na forma como ele conseguia juntar Pecado Original e sexo. Naquela época, claro, ela lhe foi apresentada como Eve; Evie só viria mais tarde, quando ele já conhecia os joelhos, os cotovelos e o umbigo dela melhor do que os dele. Desde o começo o nome dela parecia incompleto sem o "ie", meio que preso com um drama que parecia desnecessário.

Dois meses depois, o saldo eram três conversas, olhares, toques e aquele jeito que ela andava balançando os quadris e que ele não conseguia tirar da cabeça. Se ela estivesse no mesmo lugar que ele, Karl não conseguia pensar em mais nada além dela. Percebia seu calor e sua energia de um modo extremo. Não era só coisa da sua cabeça, que pensava nas várias coisas que aconteceriam quando ela deixasse que ele a conhecesse melhor, era coisa também do seu corpo — ele sentia necessidade de estar perto dela, como se sua pele fosse explodir se eles não se tocassem.

Certa noite, ela saiu pela porta em piruetas depois da aula, sem tirar os olhos dele. Karl estava sentado na frente da sua máquina de escrever pensando, *DedosdeEvie-MãosdeEvie-SorrisodeEvie--CabelodeEvie*. Depois que a última pessoa saiu, ele retirou, com enorme dificuldade, as letras C, A, S, O, M, I e G da sua máquina. Andou calmamente até a mesa de Evie e retirou as letras C, A e O da dela. Grudou as letras na ponta dos dedos, C A S A C nos da mão direita, O M I G O nos da mão esquerda, e apareceu na porta da casa dela à luz fraca. Levantou as mãos ao lado do rosto e balançou os dedos de leve. Ela pousou as mãos em seu antebraço e digitou *Sim, obrigada*.

O casamento deles foi simples. Nada grandioso demais, nada simples demais. Nada saiu errado, na verdade, a menos que se considere errado o desmaio do organista no meio da execução da "Marcha nupcial". Mas nem mesmo isso foi um problema, porque o fato de sua cabeça cair sobre o teclado e aquelas notas desafinadas horrorosas soarem em uníssono, ecoando pela igreja como no clímax de um filme, fez Karl pensar que sua vida era digna de suspense — e digna de um filme.

Karl estava parado de pé na frente da igreja, sentindo o suor se formando nas linhas das palmas de suas mãos, sentindo os olhares das datilógrafas sentadas ao longo de dois bancos, como pássaros pousados nos fios elétricos. Suas pernas estavam cruzadas de modo idêntico, e tudo nelas parecia tão consciente do ângulo das suas próprias cabeças inclinadas que ele pensou *Será que essas mulheres sempre foram assim?* Algo nelas o deixava incomodado.

Então Evie de repente estava de pé ao seu lado e o olhava com carinho, o rosto dela era comum e nada marcante. Ele amava aquele rosto comum e nada marcante. As sardas salpicadas, o nariz desinteressante, os lábios finos, os olhos comuns. Quando lhe perguntavam sobre a aparência de Evie, Karl tinha dificuldade em descrevê-la. Sabia das implicações depreciativas por trás da palavra *comum*, por isso mentia e dizia que ela era bonita.

As mulheres eram engraçadas, ele sabia. Não hilárias, mas estranhas e imprevisíveis. Viam cada possível implicação que existia em uma palavra, como um prisma refletindo a luz e formando desenhos demais na parede. Desde bem pequeno, ele aprendeu a dizer muito pouco e a fingir que era meio devagar. Quando não se diz muito, descobriu Karl, as mulheres acham que você é profundo e misterioso; nunca acham, sabe-se lá por que, que você é burro.

O vestido dela era de um branco sem graça, sem nenhuma estampa, como as resmas de papel que ele enrolava nos carros das máquinas de escrever, dia após dia. A aliança que ele lhe deu era customizada, um anel simples de prata com uma tecla de "&", em vez de uma pedra valiosa. Mais tarde naquela noite, enquanto ele tirava seu vestido à luz do luar e o deitava na cama como se fosse a própria Evie, ele digitou no tecido *Estou tão feliz por ter conhecido você, Evie.* Mas não digitou como se estivesse lutando com o pano, nem distribuindo socos. Digitou com toda a delicadeza, como se estivesse digitando num líquido e não quisesse causar nenhum esguicho.

E quando ele digitou *Estou aqui, Evie*, na clavícula dela, tão suavemente que mal a tocava, ela pousou os lábios no seu ouvido e sussurrou *Eu também.*

amor

Na sua vida em comum, Karl e Evie não iam a lugar nenhum, nunca. Eles eram os países estrangeiros um do outro.

Só gente infeliz sai de casa, declarou Evie.

E nós não precisamos sair, disse ele, digitando no antebraço dela.

Sim, disse ela, apoiando a testa em seu queixo. *Não precisamos sair.*

Eles viveram uma vidinha muito pequena. Árvores, flores, mar e vizinhos. Nunca escalaram montanhas, nem enfrentaram correntezas, nem apareceram na televisão. Nunca comeram animais estranhos em países asiáticos. Nunca fizeram jejum nem atearam fogo no próprio corpo em nome de um bem maior. Nunca fizeram discursos empolgantes, cantaram em musicais ou lutaram em um ringue de boxe. Seus nomes não apareceriam nos livros didáticos, seus rostos não seriam impressos em cédulas de dinheiro. Eles não ganhariam nenhuma estátua em sua homenagem. E, depois que morressem, seus nomes desapareceriam tal qual seu último suspiro, uma curiosidade para quem visitasse o cemitério e nada mais.

Mas haviam amado. Cultivaram plantas, beberam chá à luz da tarde, acenaram para os vizinhos. Assistiram ao programa de perguntas e respostas *Sale of the Century* todas as noites e, juntos, formavam uma dupla razoavelmente boa. Trocaram presentes de Natal com o açougueiro, o quitandeiro e o padeiro. Karl deu uma velha máquina de escrever para o rapaz extremamente culto que trabalhava na banca de jornal. Evie tricotou luvas para as moças que trabalhavam no turno da manhã no supermercado. Karl foi convidado pelo sexto ano da escola local para contar um pouco sobre a história da cidade. Evie foi convidada pelo sétimo ano da escola local para ensinar como se faz suspiro. Karl remexia em seu barracão. Evie remexia em sua cozinha. Os dois saíam para caminhar de manhã e à noite, pelos bosques das redondezas, pela cidade, pela orla. Sua vida era um círculo de 20 quilômetros de raio em torno de sua casa.

morte

Ele se lembra de não ter sido capaz de falar com ela quando Evie estava deitada à mercê das máquinas e dos lençóis engomados. As palavras dele no ar, sem as dela, eram aterrorizantes. Ela dormia, estava sempre dormindo. De vez em quando abria os olhos, mas eles se reviravam nas órbitas como os de um recém-nascido.

Então ele se levantou e puxou o lençol que estivera amarrado firmemente ao redor do corpo dela, como se alguém quisesse prendê-la ali, segurá-la naquela cama como um espécime dos Semimortos. Apoiou as mãos no seu braço, que na verdade basicamente não passava de ossos, pouco mais que isso, e digitou, mais suave do que uma respiração *Estou aqui, Evie*, e em seguida rodeou a cama, apoiou as palmas das mãos no outro braço dela, e sua pele não era mais sua pele, havia hematomas que subiam pelos seus braços, tão roxos, com bordas tão definidas, como mapas de países pouco conhecidos, e ele pensou *Você é meu país estrangeiro*, mas, em vez disso, digitou *Estou aqui, Evie*, e depois levantou a camisola hospitalar dela até os joelhos, e as coxas dela eram praticamente nada, eram praticamente nada, e apoiou as palmas abertas em uma delas, e sentiu muito nada, e agora estava chorando, não conseguia evitar, ele era tão fraco, o nada era tão grande, e ele pensou em transformar o nada em alguma coisa, e digitou com força e habilidade desta vez, observando os próprios dedos, o modo como eles se moviam na pele dela, quis com enorme desespero que ela sentisse a beleza do que os dedos dele estavam fazendo e digitou *Estou aqui, Evie; Estou aqui, Evie; Estou aqui, Evie*, sem parar, descendo pela coxa dela, pelo joelho, pela canela, como uma fileira de formigas marchando pela perna dela, e inclinou-se em frente à cama e digitou na outra perna *Estou aqui, Evie*, depois rumou para a parte inferior da cama e segurou os pés dela, pés muito, muito, muito frios, com os punhos fechados, do mesmo jeito que as crianças pequenas seguram um giz de cera, e segurou com tanta força, com mais força do que jamais havia segurado qualquer coisa na vida, mas, mesmo assim, ela não se mexeu, não percebeu, nem sequer estremeceu.

Estou aqui, Evie
Estou aqui, Evie
Estou aqui, Evie.

tristeza

Nos dias seguintes à morte de Evie, Karl sussurrou as palavras *Minha esposa morreu* para o espelho, preparando-se para uma espécie de plateia. Imaginou a mulher dos correios, o vizinho da casa ao lado, seu irmão. Adorava imaginar o desconforto deles. O poder que aquilo lhe dava. De certa maneira fazia aquilo tudo parecer valer a pena, como se ele houvesse ganhado algum tipo de poder secreto com a morte de sua esposa.

Dormiu no closet, olhando as roupas dela como se estivesse olhando as estrelas. Elas pairavam acima dele como fantasmas, a ausência dela tão óbvia na finura daquelas roupas. Era como se ele estivesse deitado embaixo de uma guilhotina; tiras de tecido compridos e finos que certamente iriam matá-lo, sabe-se lá como.

Sonhou com ela, claro que sim, e acordou pensando *Agora esta é a única vez em que vou vê-la*. Levantou no escuro e inclinou o corpo, encostando nas roupas dela, com os braços esticados como se estivesse voando. As roupas dela eram tão frias.

Ele se lembrava, todas as manhãs, que ela tinha morrido. Acordava e sentia o choque da lembrança. Não queria mais dormir; porque não queria esquecer, pois relembrar era o mais difícil. Era tão físico.

Sentou-se no vaso sanitário e olhou para as coisas dela. As coisas que ela um dia passou em sua pele ou borrifou no ar ou massageou no cabelo. Trouxe a panela grande da cozinha. Esvaziou todos os frascos dela ali dentro. Seus perfumes, hidratantes, cremes para as mãos, loções corporais, frascos de comprimidos. Misturou tudo com as mãos. O cheiro era horroroso, mas a sensação entre seus dedos era maravilhosa.

Mergulhou as mãos mais fundo, até os cotovelos, misturou todos os cremes e cheiros dela. Os frascos vazios foram atirados no chão do banheiro, como carcaças. Ele espremeu a mistura com as mãos unidas, fazendo sons de peidos. Fez aquilo uma, duas, três, muitas vezes, deixando a mistura marrom esguichar para fora da panela até o espelho, no seu rosto, nas paredes. Pegou a panela e sentou-se com ela na cama deles.

Minha cama, pensou.

Deixou a mão pairar sobre o travesseiro de Evie, como se pudesse atraí-la para fora da cama com suas mãos magnéticas. A meleca marrom-clara pingou na fronha. Ele tirou a roupa e atirou-a no chão. Içou-se para se levantar na cama e ali ficou, meio bambo, de pé em cima do colchão, tomando cuidado para não bater a cabeça no lustre do teto. Levantou a panela até a altura da barriga. Respirou fundo. Fechou os olhos. A boca. E então levantou mais a panela e derramou todo o seu conteúdo em sua cabeça. Ofegou. Era como saltar num rio em pleno inverno. Abriu os olhos. A meleca escorreu pelo seu rosto e pescoço, e ele estremeceu. Atirou a panela na parede, fazendo um estrondo satisfatório.

Seu filho o encontrou horas mais tarde no quintal dos fundos, deitado no concreto, de barriga para cima, tomando sol. Ele estava completamente nu, a não ser pelas grossas gotas de meleca marrom por todo o seu corpo. Que endureciam como uma casca sobre sua pele.

———

Depois de jantar, em sua primeira noite no asilo, ele se sentou na sala de TV com alguns dos outros internos e assistiu a *Que piração!*, um filme que se passa numa escola americana. Ele nunca havia visto um ponto de exclamação no título de um filme antes, e aquele título não fazia o menor sentido para ele, mas, apesar disso, com certeza achou o filme interessante. O personagem principal era um rapaz chamado Branson Spike. Ele não era bonito de um modo convencional, mas, se você o olhasse bem, encontraria uma doçura que não era nada ofensiva no modo como ele se comportava; na verdade, até inspirava ternura. Branson Spike não entendia como seus colegas se comportavam nem sua própria posição no mundo, mas se esforçava para compreender, e isso parecia ser o mais importante. A vida em *Que piração!* consistia em festas na beira da piscina, provas e a pontuação que Veronica dava para você no Teste V de Aptidão Corporal, em que as partes do corpo dos colegas eram analisadas em seus angustiantes detalhes e recebiam notas — quase sempre cruéis — de zero a dez. Branson Spike queria apenas se encaixar, queria somente arrumar uma namorada, queria apenas ser descolado o suficiente. Apenas queria. Com resultados hilários e às vezes desastrosos.

No intervalo comercial, Karl olhou ao redor. A sala cheirava a produtos de limpeza e vômito. Uma mulher estava sentada em uma cadeira de balanço tricotando, o que seria uma imagem razoavelmente confortadora se ela fosse uma daquelas mulheres rechonchudas de bochechas rosadas e cheias de netos para quem tricotar, com um brilho nos olhos e uns biscoitos assando no forno. Mas para Karl ela parecia estar tricotando o próprio cordão umbilical até o mundo dos vivos; tricotando para não morrer. Olhava para a TV com uma expressão vazia, encurvada sobre a maçaroca de tricô como um animal agachado junto a um rio, e Karl pensou *Ninguém vai querer isso aí, seja lá o que for.*

A cada tanto, o homem sentado ao seu lado no sofá gorgolejava. Virou-se para Karl e ficou olhando fixamente para ele. Em algum momento, houve uma tentativa de barbeá-lo, porém sem muito sucesso. Pelos rentes se misturavam a mechas de cabelo surpreendentemente pontudas.

Gorgolejo, disse o homem.

Com certeza, concordou Karl.

Dois outros homens estavam sentados a uma mesa próxima tentando jogar cartas. Um deles havia caído no sono sentado na cadeira, e sua cabeça pendia para trás. O outro nem tinha percebido, ou não se importava, e mexia nas cartas que estava segurando, murmurando sem parar consigo mesmo.

Karl virou-se novamente para a televisão. Uma propaganda de um jogo de futebol, outra de um *reality show*, de creme facial, de queijo cremoso, de um fast-food. A mensagem central, uma só: Você não é o suficiente.

Tudo aquilo fez Karl se sentir pequeno, pesado, desbotado.

Quem era você?, pensou ele, olhando para a tricoteira, o homem do gorgolejo, os ases do carteado. *Vocês foram alguém um dia?* Sentiu-se sendo sugado por um vórtice do passado.

Evitou fazer contato visual. Não se apresentou a ninguém. Não queria fazer amizades. Sentia-se mais distante deles do que dos jovens americanos da televisão.

Contudo, enquanto assistia ao desenrolar alucinante das peripécias de Branson Spike e seus colegas, Karl se identificou muito com o rapaz. Enquanto Branson Spike suspirava por Veronica Hodges, a garota mais popular da escola, Karl sentia o próprio corpo se tensionar. Percebeu que não conseguia relaxar. Queria, com todas as forças, que Branson Spike fosse amado.

Podia ver aquela esperança nos olhos de Branson Spike. Aquela esperança pela garota certa. Karl sabia que bastava uma, só uma, na qual você pudesse se segurar como se segura uma boia em alto-mar, que poderia ajudar você a flutuar, a não se afogar. Você continuava em alto-mar, isso não tinha mais importância, porque você podia se segurar nela, deitar de barriga para cima e boiar, olhar para o céu e se maravilhar com as coisas que talvez tivesse deixado de viver. O dia, a noite, as nuvens, as estrelas, a sensação das ondas do mar lambendo seu corpo. E ele pensou *Vamos, Branson Spike.*

No fim das contas, a garota certa não era a linda Veronica Hodges. No fim das contas era a melhor amiga dele, Joan Peters, que estivera ao seu lado o tempo inteiro. Bonitinha, quietinha, confiável. Pronto. Karl encontrara Evie, e Branson Spike havia encontrado Joan Peters.

Mas o que aconteceria com Branson Spike quando ela o abandonasse? Por causa de uma oferta de emprego, de outra pessoa, da morte? O que aconteceu com Karl? Enquanto os créditos eram exibidos, ele viu o próprio reflexo no negrume da tela da televisão.

O que vai acontecer com Karl?, pensou ele.

Mais tarde, Karl sentou-se muito ereto em sua cama, no escuro. As luzes tinham sido apagadas horas atrás, mas ele não conseguiu obrigar-se a deitar. Tinha a impressão de que, se deitasse, nunca mais iria acordar, ou então se transformaria em um deles. Parecia haver uma coreografia deprimente naqueles lábios que estalavam, nos narizes que assobiavam, nas respirações que saíam ásperas das gargantas ao seu redor. Ele pensou *Eu não tenho mais importância.*

E depois, com uma clareza impressionante, *Será que algum dia tive importância?*

Ele havia se tornado vazio, mas sem aquela expectativa das coisas vazias, de uma página ou de uma tela em branco; não havia a esperança, o medo ou o maravilhamento que o vazio às vezes pode gerar. Havia apenas o nada. No mundo da pontuação, ele podia bem ser um hífen — flutuando entre uma coisa e outra, não exatamente necessário.

Karl queria sentir novamente. Queria entrar num ônibus lotado e cruzar seu olhar com o de uma mulher de cabelo castanho, de cabelo loiro, de cabelo azul — só de ter cabelo já estaria bom demais — e sentir aquele frio na barriga, aquela dorzinha boa. Dobrar-se de tanto rir, atirar uvas em alguém, sentar-se em uma poça de lama, gritar coisas, coisas aleatórias, não importa. Queria tirar a saia de uma mulher, sentar-se no capô de um carro em movimento, usar short, comer de boca aberta. Queria escrever cartas de amor para mulheres, toneladas delas. Queria conhecer lésbicas. Queria xingar em voz alta. Em público. Queria que uma mulher inatingível partisse seu coração. Queria que algum estrangeiro tocasse seu braço. Homem ou mulher, não importa. Queria bíceps. Queria dar algo grande a alguém. Não significativo, só enorme mesmo. Queria pular para tentar apanhar alguma coisa fora de seu alcance. Queria colher uma flor, enfiar o dedo no nariz. Queria dar porrada em alguma coisa. Com muita, muita força. E ele pensou *Quando foi que parei de fazer coisas e em vez disso comecei a me lembrar delas?*

E assim, Karl, o Digitador, jogou os lençóis para o lado. Manobrou o corpo até a beira da cama e chutou as pantufas para longe, primeiro uma, depois a outra, chutando-as como uma criança chutaria seus sapatos depois de chegar da escola, sem dar a mínima importância para onde eles iriam parar. Uma das pantufas subiu direto pelos ares e deu cambalhotas como um ginasta, enquanto a outra deslizou no chão, atravessando o quarto e aterrissou aos pés da cama de outro velho. Ninguém se mexeu. Ele levantou da cama, tirou a calça do pijama e pisou em cima dela, deixando que se encolhesse no chão. Arrancou a camisa do pijama, fazendo os botões voarem para cantos do quarto, e ficou parado ali em pé por alguns instantes, desfrutando a gloriosa sensação de estar praticamente nu. Vestiu-se sob a luz do poste da rua que entrava pela janela.

Calçou os sapatos. Sua pele estava dormente de uma sensação decidida. Pegou uma caneta hidrográfica de um quadro branco que estava pregado ao pé de sua cama e escreveu *Karl, o Digitador, 'Teve Aki*, em letras trêmulas, imensas, na parede acima da cama. Jogou a caneta hidrográfica para o alto e esta caiu ruidosamente no chão. Depois de um momento de reflexão, voltou para apanhar a caneta hidrográfica e a guardou no bolso. Colocou o chapéu e as luvas aos pés da cama e acenou em despedida para os quatro homens adormecidos. Parado à porta, olhou de um lado para o outro do corredor e então saiu andando na ponta dos pés. Abriu a porta principal e saiu na noite. E, enquanto caminhava pela trilha da entrada e atravessava o portão, pensou *Esta é, de longe, a coisa mais corajosa que eu já fiz.*

parte dois

karl, o digitador

Karl está sentado diante de uma mesa na delegacia esperando ser atendido por um policial. A delegacia não é tão diferente assim da escola de datilografia: fileiras de mesas com computadores, pilhas de papéis e telefones silenciosos. Nenhum criminoso de algemas passa sendo arrastado, nenhum tiro é disparado, nenhum diálogo dramático acontece entre os policiais ali. É igual a qualquer outra repartição pública, e Karl se sente um pouco decepcionado com isso.

Tamborila sobre a mesa. *Corre, Millie, corre!*, dissera ele, e com isso distraíra todos para que ela pudesse fugir. Está orgulhoso de si mesmo por ter pensado tão rápido. Mas... para onde ela pode ir? O que vai fazer? Ela não passa de uma criança, mas ele a mandou sumir no meio da selva de pedra da cidade.

Olha pela janela. Uma mãe passa empurrando um carrinho de bebê. *Vou te encontrar*, sussurra Karl. A mulher se vira na direção da janela. *Não, você não*, diz ele rapidinho, sentindo o rosto arder e ficar vermelho. Balança a cabeça para si mesmo quando percebe que ela não poderia ter ouvido o que ele disse. A mulher some de vista. Ele olha para o manequim, a quem deu o nome de Manny, e que está apoiado na mesa ao seu lado. *Vamos encontrar a Millie, não vamos, Manny?* Karl está feliz por Manny estar ali, por não estar em desvantagem numérica, por ter alguém ao seu lado.

Karl endireita a camisa de Manny. Balança a perna da calça do manequim, onde sua perna deveria estar. Olha para as próprias mãos. Seu dedo indicador esquerdo e os dois anulares terminam logo acima do nó. Agora, quando ele digita, esses dedos apenas martelam o ar, tentando alcançar algo que jamais irão conseguir. Ele aprendeu uma técnica para digitar com os cotocos: empurra o pulso para baixo, a fim de tocar as teclas. Esfrega os polegares nos cotocos.

O policial que o levou até a delegacia se inclina sobre o balcão de atendimento que fica num canto e fala em voz baixa com a recepcionista. Gary é o nome dele. Tem um corpo grande e roliço e faz movimentos que seriam iguais aos de um buldogue, se um buldogue pudesse ficar de pé. A recepcionista é jovem e linda. Tem cabelo loiro comprido, unhas cor-de-rosa e olhos azul-claros rodeados de uma linha preta, como se ela os tivesse circulado com hidrocor preto do mesmo jeito que um professor circula um erro que se repete. Gary flexiona o bíceps para ela, fingindo não fazer de propósito, mas Karl sabe que ele está fazendo de propósito, como se estivesse se preparando para o impacto, como se estivesse prestes a ser empurrado para longe da linha de largada de uma corrida. Ela corre os olhos pelo antebraço de Gary, pelo seu bíceps, seu pescoço, e finalmente seus olhos encontram os dele. Gary percebe e sorri de forma triunfal, como se tivesse ganhado alguma coisa: uma corrida, uma aposta, na vida.

Karl dá as costas para os dois, tira um saquinho do bolso e o esvazia sobre a mesa. Ele o encontrou na gaveta da mesa de cabeceira dela, quando conseguiu reunir coragem para olhar suas coisas. Havia uma etiqueta no saquinho; *Karl*, dizia. Dentro, sete letras de máquina de escrever.

A, D, I, F, N, O, V, U.

Ela estava tentando lhe dizer alguma coisa, isso ele sabe. Passa a maior parte dos dias tentando descobrir o quê. Empurra as letras para que assumam todas as combinações em que consegue pensar.

Fim com N.

Onda.

Onda FVU.

Uf da OVNI.

Finda. Vou.

Ele sempre para aí.

Vou o quê? Dizer que tive um caso com um jogador de futebol bonitão certa vez? Que tenho uma enorme dívida de jogo para você quitar? Dizer que não te amo? Nem um pouco? Que nunca te amei?

Bem, diz Gary, sentando-se à sua mesa. *O que é, então?*

Karl apruma o corpo em sua cadeira e enfia as teclas no bolso. *Bem*, diz ele. *Nada.*

Gary remexe alguns papéis sobre a mesa e os reúne em pilhas. *Karl, não é isso?*

Sim, senhor, responde Karl, com as mãos enfiadas nos bolsos, digitando em suas coxas.

Por que acha que está aqui, hein, Karl?

Fui detido, senhor.

E por que você foi detido, Karl?

Não tenho certeza, Gary.

Não acredito nisso, Karl. Acho que você sabe muito bem por que foi detido. Gary inclina o corpo para trás na cadeira. *Acho que você teria de ser um tremendo idiota pra não saber. E não acho que você seja um tremendo idiota.*

Karl faz uma pausa. *Eu não teria tanta certeza assim, Gary. Muitas e muitas vezes sou um idiota.*

Olha aqui, Karl. Olha aqui. Gary inclina o corpo para a frente e apoia os cotovelos na mesa. *Fizeram umas acusações bem sérias contra você.*

Acusações?

Gary estica o corpo para a frente para olhar por cima de sua mesa. *O que você estava fazendo lá?*

As mãos de Karl continuam enfiadas nos bolsos, digitando enquanto ele fala. Seus dedos se mexem para baixo e para cima sob o tecido. Droga. Ele sabe o que isso está parecendo. Tira as mãos dos bolsos. Apoia as duas nas coxas. Então pensa que é melhor não fazer isso, mas não sabe onde colocá-las. Estende os braços para os lados, como uma criança fingindo que é um foguete.

Gary aponta para Manny. *Pra que isso aí? Faz parte do plano? Plano?*

É, plano. Gary anota alguma coisa numa folha de papel que está em cima de uma das pilhas. *Vamos precisar recolher as digitais desse boneco aí. E as suas também,* diz ele, bruscamente.

Boneco não, manequim, corrige Karl. Pensa melhor. *Desculpe. O quê?*

A recepcionista se aproxima da mesa com dois copos d'água. Os olhos de Gary se iluminam. *Na hora certa, benzinho,* diz ele. Apanha um dos copos das mãos dela e bebe a água. *Pode apanhar o kit de impressões digitais?*

A garota coloca o outro copo pesadamente na frente de Karl. *Beleza, sem problemas,* diz, dando um sorriso brilhante para Gary e depois virando-se com um meneio generoso do seu cabelo às costas. Gary observa a garota se afastar durante uns bons cinco segundos.

E é então que Karl vê, atrás da mesa de Gary: uma parede cheia de rostos olhando para ele. Alguns obviamente em sua melhor forma, outros obviamente na pior. *Procurado,* dizem alguns. *Desaparecido,* dizem outros.

Um deles é, sem sombra de dúvida, seu próprio rosto.

Desaparecido, diz. Não *Procurado. Desaparecido.*

Ele entende e concorda com isso.

Gary segura um papel para que Karl veja. Karl tenta focar os olhos. Sente o coração batendo alucinadamente. Enxuga as palmas das mãos na calça.

O que você sabe sobre a Casa de Repouso Warwickvale?, pergunta Gary para ele.

Karl reconhece o logotipo na folha de papel e sua mandíbula enrijece. *Ah, é.*

É o quê?

É uma casa de repouso.

Já esteve lá, Karl?

Não.

Não?

Quer dizer, sim.

Quer dizer, sim?

Bom, sim. E não.

Gary pousa a folha sobre a mesa, entre ele e Karl. Desliza os cotovelos pela mesa e entrelaça as mãos. *Que gracinha é essa, Karl?*

Karl ri. Uma risada aguda. Não se parece nem um pouco com a risada dele. *Eu, há.* Pigarreia. *Já fiz umas visitas ao local. Quando se chega* à *minha idade, todo mundo que você conhece está lá!* A mesma risada aguda que não é a dele.

Gary concorda. *Certo.* Levanta-se. *Bem. Espere aqui, sim?*

Karl concorda, sorrindo, enquanto Gary desaparece em outra sala e fecha a porta. Karl gira sua cadeira e observa Gary pela janela. Gary pega um telefone e disca um número. Nota que Karl está olhando para ele. Karl dá um aceno e uma piscadela para Gary, que fecha as persianas.

Oh-oh, Manny, diz Karl, sem fôlego.

A recepcionista segue fazendo clic-clac no computador.

Olá!, grita Karl do outro lado da sala.

Ela olha para ele. *Oi,* diz, curta e grossa. Sem simpatia. Com os lábios rígidos.

O que Branson Spike faria? *É legal trabalhar aqui?,* pergunta ele.

Ela finge que não ouviu.

O salário é bom? Mais ou menos?

Ela coloca fones de ouvido e continua digitando.

Plano B, Manny, diz Karl, lançando um olhar rápido para a recepcionista para ter certeza de que ela não está olhando em sua direção. Segura o copo d'água e derrama tudo em sua calça.

Hã..., diz ele, levantando-se e caminhando até ela.

Agh!, exclama a recepcionista, dando um pulo da cadeira. *Pare bem aí onde está! O que você fez?*

Karl para. *Acho que aconteceu um pequeno acidente*, diz ele, levantando os braços para chamar atenção para a mancha molhada na altura da virilha.

Que nojo!, diz ela, fazendo uma careta. *Vocês, velhos, são tão nojentos!*

Karl encolhe os ombros. *Tudo bem se eu usar o...?* Ele aponta o dedão na direção das placas dos banheiros.

Vá, vá logo.

Vou trocar de calça com ele, diz Karl, colocando Manny embaixo do braço.

Não tô nem aí pro que você vai fazer, diz ela, respirando fundo e voltando a se sentar. *Só quero que suma da minha frente.*

Volto daqui a pouquinho, diz Karl. A placa que sinaliza onde estão os banheiros aponta para o fim do corredor, à direita. A entrada da delegacia fica à esquerda. Karl olha para trás, para checar a recepcionista. Ela está com os fones de ouvido, de costas para ele. Ele sorri para Manny, que olha para Karl de um jeito incentivador. *Já estamos indo, Millie*, sussurra Karl. E vai para a direção da entrada.

agatha pantha

7h43: apanha a menininha. Anda até a rodoviária com a menininha.

7h53: um adolescente passa por elas na rua. Usa aparelhos nos dentes e o boné de lado, e tem espinhas no rosto. *Provavelmente está pensando em se masturbar,* diz ela quando os ombros deles se roçam. *O quê?,* pergunta ele para ela. Segura um celular junto ao ouvido como se fosse uma boia salva-vidas. *O que você está falando nesse treco?,* pergunta ela. *O que uma criança tem pra dizer pra outra? "Fred, ontem não molhei as calças dormindo?"* O rapaz balança a cabeça. *Você é maluca, dona,* diz ele, enquanto dá as costas e continua andando. *Na minha época, não existiam adolescentes!,* berra ela para as costas que se afastam. *Você era criança até os 2 anos e a partir daí já era adulto!* Ela se vira para a menininha e confirma: *Ele é que é maluco, isso sim.*

8h06: chega à rodoviária. *O que é se masturbar?,* pergunta a menininha. *É o que os meninos fazem pra passar o tempo!,* diz Agatha. *E as meninas?,* pergunta a menininha. *E as meninas! Os meninos ficam tocando suas partes, as meninas se preparam para ser tocadas pelos meninos. É isso! Isso é que é a vida! Você devia anotar isso!*

8h07: encontra um orelhão na rodoviária. A menininha liga para a mãe. *O telefone dela continua desligado,* diz.

8h09: compra passagens. *Duas para Kalgoorlie!*, diz para a mulher do outro lado do balcão. *Sessenta e quatro dólares,* diz a mulher. *O quê?*, exclama Agatha. *Sessenta e quatro dólares,* repete a mulher. *Quanto?*, pergunta Agatha. *Sessenta. E. Quatro. Dólares,* diz a mulher. *Você vai me devolver esse dinheiro depois!*, diz Agatha para a menininha. *Não tenho dinheiro,* diz a menininha. *Você arruma um emprego,* diz Agatha. *Tenho 7 anos,* diz a menininha. *Exatamente!*, exclama Agatha. *Meu pai morreu,* diz a menininha. *Já tivemos essa conversa antes,* diz Agatha. *O meu também.*

8h13: na rodoviária, Agatha olha ao redor. *Por que há tantas bebidas?*, pergunta para a menininha. Há quatro geladeiras encostadas na parede, repletas de bebidas prontas para serem compradas. *No meu tempo, havia leite, ou dois tipos de SodaStream, a amarela e a preta. Sabe-se lá o que tinha dentro delas. A preta era um sabor e pronto, era mais do que suficiente. Por que existem 15 tipos de água diferentes?* Ela estreita os olhos para enxergar melhor o que está na geladeira. *Que diabo é Vitaminwater? Água com vitamina?* A menininha dá de ombros. *No meu tempo, a gente tinha sorte se conseguisse beber água sem esgoto!*

8h24: um menino loiro senta-se ao lado de Agatha e olha para ela. *O que você está olhando?* O menino loiro não se abala. *Seres humanos não gostam de ser encarados assim. Nem os gatos. Isso foi uma coisa que eu descobri bem cedo. Você devia anotar isso. Gatos e seres humanos não gostam de ser encarados. Pegue uma caneta!*

8h36: há um anúncio na parede, a foto de uma mulher segurando uma placa na qual está escrito *Os Velhos Que Esperem.* Agatha fica em pé na frente da foto como se ela e a mulher estivessem num duelo do Velho Oeste. O menino loiro ainda está encarando Agatha. *Ser velho não é uma escolha!*, berra ela para ele. O menino abre o berreiro, e a mãe dele olha feio para Agatha. *Não faz sentido esconder isso dele,* diz Agatha, e volta a se sentar. *Esse não é o nosso ônibus?*, pergunta a menininha. Pela janela, Agatha vê uma fila de pessoas entrando num ônibus. *Kalgoorlie,* diz o letreiro na frente. *Oh,* exclama Agatha. E permite-se dar um longo e sombrio suspiro.

millie bird

Às vezes, quando tira as galochas para caminhar no parque perto de sua casa, visitar as lojas ou andar na praia, Millie faz Poemas Andantes. Ouve duas palavras do casal musculoso que está correndo lado a lado (*Ele disse*), três palavras da mãe falando com seu bebê no carrinho (*Quer sua chupeta?*), uma ou duas palavras do casal de idosos que está de mãos dadas como se um estivesse segurando o outro para não cair (*especificamente*), e, por fim, o silêncio da garota que não está usando muita roupa (...) e cujos óculos são a maior coisa que seu corpo carrega, ela está ouvindo música e se concentra em empurrar a gordura das coxas para os seios, com uma expressão de pura concentração, que também acaba fazendo parte do poema.

Ele disse
Quer sua chupeta?
Especificamente
...

Também agora, enquanto anda pelo ônibus, para lá e para cá no corredor, passando os dedos pelos assentos, deslizando os pés no chão, ela faz um poema.

você gosta
só vinte
casados na igreja?
oh, meu Deus!

Ela gosta de como as palavras às vezes se chocam umas com as outras e noutras vezes deslizam uma ao lado da outra, com enorme facilidade. Da surpresa que existe nisso. E gosta de que seja um poema secreto, secreto até para ela, porque ela não vai se lembrar dele. Ele só existirá naquele momento.

O ônibus voa, as árvores, os arbustos e as casas passam aos trambolhões por eles. A estrada à frente é comprida e reta, e o fim dela dá a impressão de que vai cair de um penhasco, para dentro do céu, do espaço, do universo, do nada, ou de alguma coisa, ou ambos.

O sol brilha na grama, lançando uma cor como a do fogo para o céu, e de repente a barriga dela dói, tudo dói, porque ela se lembra da Noite Antes do Primeiro Dia da Espera, portanto, ela se senta ao lado de Agatha e tenta mandar mensagens mentais para sua mãe. Se ela consegue destacar a cabeça e fazer com que volte ao passado, por que não pode destacar a cabeça e fazer com que vá para outros lugares também? Ela diz *SINTO MUITO, MAMÃE; SINTO MUITO, MAMÃE; SINTO MUITO, MAMÃE* para si mesma.

A mãe que está sentada no banco da frente amamenta o filho. O pai faz carinhos nos dois. Millie sente uma pontada na barriga.

Olha para Agatha. *Você tem família, Agatha Pantha?*

Ora, veja só! Isso com certeza não é da sua conta!

Quem é que cuida das famílias?, pergunta Millie.

O quê?, pergunta Agatha. *O governo, ora essa!*

Dá pra começar uma família depois que você perde a sua? Só. Por. Precaução.

Você não pode começar uma família assim sem mais nem menos! Você só tem 4 anos!

Sete.

Você precisa ficar grávida antes! E as crianças de 4 anos...

Sete.

Tanto faz. Você não pode ficar grávida!

Por que não?

Porque você tem de receber seu... Sua... Agatha arqueja. *Visita feminina mensal!*

E ela é do governo?

Meu Deus do céu, não!

Ela é de onde então?

Não é de lugar nenhum!

Então por que é visita?

É só um jeito de dizer! É assim que as pessoas falam!

As pessoas quem?

Agatha solta um suspiro bem alto. *Está bem, eu desisto! Alguém do governo vai até a sua casa e faz você virar mulher!*

Millie olha para a mãe amamentando seu bebê e se inclina mais para perto de Agatha. *E essa pessoa vai me trazer peitos também?*, sussurra. *Porque eu não quero aceitar se ela trouxer.*

Ah, isso é o que você diz agora! Que não quer, mas depois vai querer, e, quando tiver a minha idade, quando seus peitos estiverem mais para baixo do que para a frente, você vai preferir estar morta!

O pai em frente a elas inclina-se por cima da esposa. *Pode falar mais baixo, por gentileza?*, pede, apontando para o bebê e levando um dedo aos lábios.

Não!, berra Agatha.

Ei!, intromete-se a motorista do ônibus lá da frente. *Calem a boca aí atrás!*

Agatha senta-se de novo em seu assento e cruza os braços. Millie tamborila os dedos no descanso lateral.

O que você queria ser quando crescesse?, sussurra Millie para Agatha.

Não importa mais!, sussurra Agatha bem alto em resposta.

Me conta.

Tá! Eu queria ser mais alta! Queria ser mais feliz! Queria ser enfermeira! Queria ter meu próprio jogo bonito de taças de vinho! Não do tipo que a rainha usaria, mas, sabe, de qualidade! Só isso! Não era pedir muito! Mas nada disso aconteceu! A vida decide o que vai acontecer, não você!

Você queria se casar?

Casar nunca é uma coisa que a gente quer! É uma coisa que a gente faz!

Millie se remexe em seu assento. A motorista não para de olhar para trás, para as duas, pelo espelho retrovisor.

Você e seu marido se amavam muito?, pergunta Millie, num sussurro.

O que é isso, Parky?

Quer ser meu Ponto Quatro?, pergunta ela.

O quê?

Shhhh!, pede o pai.

Certo, certo, responde Agatha. *A maluca aqui é ela*, acrescenta, apontando para Millie. *Só queria frisar isso.*

outro fato que millie sabe com certeza

O fato de existirem tantas palavras não significava que você podia usar todas elas. Só que nenhum livro ensinava isso, você tinha de aprender por conta própria, de algum jeito. Todo mundo parecia saber, menos ela. Algumas palavras você podia dizer, outras não, e a vida era assim.

Exemplos de coisas que você não podia dizer a ninguém, em hipótese alguma:

Você é gorda?

Você tem uma vagina ou um pênis?

Que tipo de funeral você quer ter quando morrer?

Certa noite, enquanto sua mãe estava de quatro limpando o chão do banheiro, Millie perguntou *Que tipo de funeral você quer ter, mamãe? Quando você morrer.*

Sua mãe se sentou como se alguém a tivesse puxado pelo cangote.

Millie deu um passo para trás. *Um balão estourou hoje na escola, e o George chorou e a Claire deu risada, mas todas as outras crianças ficaram surpresas. Então eu queria que tivesse uma surpresa assim no meu funeral, uma surpresa que fizesse o coração de todo mundo bater bem depressa, pra todo mundo lembrar que ainda tem um coração que bate. Por isso eu queria que você segurasse um balão e o papai segurasse outro balão e queria que vocês estourassem os balões em momentos diferentes.*

Tá tudo bem?, perguntou Millie, quando sua mãe não respondeu.

Vá pro seu quarto, disse por fim sua mãe.

Millie obedeceu e sentou-se no tapete ao lado de sua cama. Desenhou no tapete com os dedos, depois observou o mundo de ponta-cabeça através da janela, deitando-se de costas com a cabeça pendurada para fora da cama. O chão virava o céu, o céu virava o chão, e as árvores cresciam para baixo. Tudo parecia um pouquinho mais livre naquele mundo de cabeça para baixo.

Quando seu pai entrou no quarto, Millie estava olhando para os desenhinhos que fizera no tapete com os dedos, para as ruazinhas minúsculas para as pessoinhas minúsculas. *Por que, papai?,* perguntou ela.

Seu pai a pegou nos braços e sentou-a em seu colo, como costumava fazer quando ela era a menor coisinha de que conseguia lembrar ter sido na vida. É só uma regra, disse ele. *Não se pode falar sobre isso.*

Tá, mas quem inventou isso?

Ele deu de ombros. *Sei lá. Deus?*

Mas Deus mata as pessoas o tempo inteiro. Foi a mamãe quem disse.

Então talvez tenha sido outra pessoa. O mesmo cara que inventou a regra de que não se pode apontar pra ninguém e depois dar risada, nem entrar no correio sem calça. Tem um cara que inventa as regras que a gente precisa seguir. Entende?

Eu não gosto desse cara.

O pai dela riu. *Ninguém gosta.*

Algumas semanas depois, Millie estava sentada em uma cadeira de plástico verde no terraço do vizinho. Ela lembra que era verde porque tentou pensar só em coisas verdes enquanto estava sentada ali. Grama. Árvores. Sapos. A lata de lixo da sua casa. O sofá. Aquele negócio que fica no meio dos dentes do pai de vez em quando. A pedra no anel daquela mulher. Aquela lata de cerveja. Seu estojo de lápis.

Seu pai estava lá, e todos os vizinhos também, e sua mãe, e todas as vizinhas. Os vizinhos e seu pai estavam usando faixas dos seus times e segurando latinhas de cerveja, e a camisinha de latinha do seu pai de um lado exibia o mapa da Austrália e do outro uma mulher de biquíni, e todos falavam muito alto sobre gols, passes e meio-campistas, e alas, juízes e empates, e falavam essas palavras com outras que não se podia dizer, mas que hoje, sei lá por que motivo, podia. Tipo *porra* e *merda* e *Quem é aquele otário?* e *Puta que o pariu, cê tá de brincadeira comigo, né, seu filho da puta?* As vizinhas e sua mãe flutuavam ao redor com pratos cheios de comida, trançando pelos homens como se dançassem lentamente, e diziam *Tá vendo como ele fala comigo?* e *Quer mais molho, meu amor?* e *Tira a mão daí!* Seu pai estava falando alto, e sua mãe sorria muito, e esse não era o jeito normal de nenhum dos dois. Enquanto as outras crianças berravam lá fora *Tá com você!* e *Você roubou, não valeu!* e *Você não é mais minha melhor amiga,* Millie ficou ali sentada na cadeira verde pensando *Salsão. Pepino. Pasta de abacate.*

E, mais uma vez, Millie teve a impressão de que existiam regras no terraço do vizinho, regras que ela não conhecia, mas que todas as outras pessoas conheciam, regras sobre como os homens, as mulheres e as crianças deveriam se comportar; regras que davam aos homens um lugar na frente da televisão, que davam às mulheres os espaços em torno deles e que davam às crianças a área lá fora.

Homens enormes vestidos com roupas iguais ficaram lado a lado na tela, cantando *Australians all let us rejoice.** A câmera girou pelo campo, que de tão grande nem parecia real. *Eu morreria feliz se estivesse aí agora,* disse o pai dela bem alto, por cima das vozes de todo mundo. Seu pai e os vizinhos gargalharam, mas Millie só conseguiu ouvir a voz dele, as palavras proibidas saltitando por toda a superfície ao redor, como pedrinhas que a gente atira no rio.

E dá pra morrer feliz?, perguntou ela para suas galochas.

---

* Primeiro verso do Hino Nacional Australiano. Em tradução livre: Australianos, vamos todos celebrar. (*N. da T.*)

Karl, o digitador

Antes de adoecer, Evie costumava trabalhar algumas tardes na loja de departamentos. Uma noite, depois do jantar, ela disse *Você já sonhou alguma vez em ficar trancado numa loja de departamentos?*

Claro que já, respondeu Karl.

Uma noite dessas, a gente devia fazer isso, disse ela. *A gente podia se esconder no provador masculino enquanto estivessem fechando a loja. Ninguém vai olhar lá dentro.* Ela sorriu para ele, de forma travessa. *Os homens não provam nada nesta cidade.*

Eles se revezavam para dizer o que fariam depois que o plano estivesse orquestrado.

Eu pularia em cima das camas, disse ela.

Eu comeria todos os chocolates, disse ele.

Provaria todos os batons.

Você não precisa de batom, meu amor.

Digitaria em todos aqueles computadores fantásticos.

Você não sabe mexer em computador.

Não precisa estar ligado.

Tiraria todas as letras dos teclados e escreveria uma carta de amor pra você.

Oh, meu amor, disse ela, segurando a mão dele por cima da mesa. *Mas nós não somos vândalos.*

Será que não?, perguntou ele. *Quem sabe se nós, trancados numa loja de departamentos, não passaríamos a ser?* Parecia haver a promessa de uma versão alternativa deles mesmos naquela fantasia sobre a loja de departamentos.

Mas eles jamais fizeram nenhuma daquelas coisas, porque falavam muito, mas nunca faziam nada — e não se importavam com isso.

———

Portanto, quando Karl, o Digitador, fugiu do asilo, foi direto para a loja de departamentos e esperou até que abrisse. Sentou-se no café segurando a caneca com as duas mãos. Ter alguma coisa para segurar o acalmava. Observou as pessoas, com vidas, futuros e amores, e sentiu como se estivesse flutuando acima daquilo tudo, como se todos aqueles sentimentos que as pessoas tinham estivessem além de qualquer experiência que ele pudesse ter um dia. E então, às 16h30, foi até o provador masculino e esperou.

Deu certo, exatamente como Evie previra. E ele passou a ir para lá todas as noites, só saindo depois que as luzes eram apagadas. Ficava deitado em uma das camas do mostruário pelo máximo de horas que conseguia. Todas as manhãs, caminhava 2 quilômetros pela praia até chegar ao camping da cidade, entrava escondido nos chuveiros, tomava banho e depois voltava a caminhar os 2 quilômetros de volta até a loja de departamentos. De tarde, sentava-se no café da loja, olhava para sua caneca e pensava *Comer chocolates, saltar nas camas, escrever uma carta de amor pra você.* E então, quando o relógio batia 16h30, Karl começava todo o processo novamente.

Ficou ali durante quase três semanas e conseguiu criar uma existência para si que lhe parecia tolerável. Ninguém o havia reconhecido. Ninguém parecia estar à sua procura. Havia, sim, um probleminha — o segurança Stan, um homenzinho baixo com aparência feroz que não era de muitas palavras e que Karl conhecia desde os tempos em que Evie trabalhava na loja. Mas acontece que Stan era o segurança da cidade inteira e só trabalhava na loja uma ou duas vezes por semana. E, quando ficava ali, passava a maior parte do tempo sentado no escritório dos fundos assistindo a velhas reprises de programas dos anos 1980. Karl começava a pensar que poderia viver daquela maneira até o fim de seus dias. Tinha tudo de que precisava. Não conseguia pensar em uma só razão para ir embora.

Foi justamente aí que chegou Só Millie, e as coisas passaram a ficar mais interessantes, mais complicadas, mais promissoras. Na primeira noite dela na loja, ele se escondeu atrás das araras de roupas para grávidas e viu a menina olhar pela janela para o estacionamento deserto. Viu quando voltou para a seção de lingerie feminina. E foi então que resolveu que devia tomar conta dela.

Na segunda noite, Karl viu quando ela se escondeu atrás de Manny — ele estava tentando descobrir uma maneira de falar com ela sem assustá-la — e Stan apareceu, caminhando pesadamente na direção deles. Karl entrou em pânico e empurrou Manny no caminho de Stan. Sua intenção fora apenas distrair o segurança para que Millie tivesse tempo de ir embora, mas a ação acabou nocauteando Stan por alguns minutos. Enquanto Millie escapava e ele observava a cena à sua frente — Stan caído de cara no chão, com Manny esparramado em cima de sua cabeça —, Karl pensou *Bom, Stan é meio idiota mesmo.*

Dessa vez, esconder-se na loja de departamentos seria um pouco mais difícil. Havia gente atrás dele. Gente que sabia como ele era. Havia pôsteres com seu rosto pregados por lá, por ter feito o que não devia. E também tinha de levar Manny em consideração.

O que Branson Spike faria?

Por isso, leva Manny até a rodoviária e o esconde lá, do lado de fora, atrás de uma caçamba grande. Cobre o manequim com seu paletó roxo. *Volto logo, logo*, diz para Manny, dando-lhe um tapinha no ombro para tranquilizá-lo. Vai até a loja de 1,99 e compra óculos e um novo chapéu. Então, entra na loja de departamentos, na maior cara de pau. Com as costas eretas, olhando nos olhos dos outros de modo desafiador.

Mas ninguém parece dar a mínima para ele, e isso é irritante. Ele se dá a todo aquele trabalho e ninguém repara nele. Então passa direto pelo segurança, pela tal de Helen, que fica sentada à mesa ao seu lado no café, por aquela recepcionista da delegacia que folheia revistas a poucos metros de distância. E nenhum deles o vê. Simplesmente não olham para ele e ponto final. Se o viram, não deram a mínima.

Ele não tem importância.

Assim, quando é trancado lá dentro à noite, depois de ter certeza de que Stan não está por perto e após checar três vezes se Millie não está escondida na seção de lingerie feminina ou atrás do vaso de plantas, Karl saca sua chave de fenda e abre os teclados de todos os computadores que vê pela frente. *Está vendo só, Evie?*, diz ele. *Sou um vândalo.* Enfileira letras e hifens sobre o balcão do café para compor *E-S-T-O-U A-Q-U-I*. Encontra giz na seção de artigos infantis e escreve no quadro-negro do café *ESTOU AQUI*. Junta todas as mesas, saleiros e pimenteiros. *ESTOU AQUI*.

Encontra a porta do escritório destrancada, então entra e abre todas as gavetas, procurando alguma coisa, qualquer coisa, que pudesse revelar o paradeiro de Millie. Nada. Onde ela poderia estar? Será que eles a haviam encontrado? O que será que haviam feito com ela? Senta-se à mesa e esfrega o rosto com as duas mãos. Olha fixamente para a parede bem branca. Tira a tampa do seu hidrocor e escreve, *Karl, o Digitador, 'Teve Aki* com uma letra redonda, grande, caprichada.

Pela manhã, caminha um quilômetro até a rodoviária para ver como está Manny. *Tudo bem com você?*, pergunta, levantando o paletó. *Não vai demorar muito*, promete. *Só até a gente encontrar Millie.* Manny está bem, só um pouco molhado do orvalho da manhã. *Precisamos apenas de um plano.*

Karl espia pela aresta do prédio da rodoviária: há cinco vagas com amplo espaço para os ônibus estacionarem. Um deles fecha as portas e começa a trovejar de volta à vida. Os rostos dos passageiros estão às janelas. Alguns estão com o nariz grudado no vidro, outros olham para a frente. O ônibus dá marcha a ré, e Karl olha para os rostos nas janelas, que parecem fotos três por quatro. Ele pensa em *Procurado. Desaparecido.*

Mas então, na última janela do ônibus, vê um cartaz grudado na parte de dentro, mas voltado para fora: *ESTOU AQUI, MAMÃE.*

Millie?, diz ele, engasgando de emoção. E então, com mais urgência, enquanto o ônibus arranca e começa a subir o morro com dificuldade, *Millie!* Tira o paletó de Manny e o coloca nos ombros. *Manny*, diz ele. *Millie está naquele ônibus.*

Enfia Manny embaixo do braço e sai correndo até a rodoviária. *Com licença*, diz ele aproximando-se do guichê, sem fôlego. *Pra onde aquele ônibus está indo?*

A mulher do guichê não olha para ele. *Pra Kal*, responde, olhando para a tela do computador.

Certo. Tem algum outro ônibus que vai pra Kal?

Com certeza, responde a mulher.

Ah, que maravilha! Uma passag...

Sai amanhã de manhã, no mesmo horário.

Karl suspira. Apoia a testa no balcão do guichê.

Com licença, senhor, diz a mulher.

Ele olha para ela. Finalmente agora ela está olhando para ele.

Não faça isso, senhor, diz ela, empurrando-o suavemente para longe. Tira um paninho de baixo do balcão e começa a limpar o local onde a cabeça dele tocou.

———

Karl fica parado na trilha em frente à rodoviária com o manequim embaixo do braço, pensando no que fazer, quando um carro para ao seu lado. Um adolescente muito loiro coloca o corpo para fora da janela do passageiro. *Perdeu o ônibus, senhor?*, pergunta ele. Suas sobrancelhas erguem-se de preocupação tão facilmente naquele rosto! Karl gosta dele na mesma hora.

Sim, responde.

O rapaz move a cabeça na direção do manequim. *Vocês precisam de carona?*

À distância, Karl vê um carro de polícia se aproximando. *Sim*, responde depressa e depois vira-se e curva os ombros, como se ninguém pudesse vê-lo escondido assim. Ajoelha-se ao lado da janela e olha para o banco do motorista. Outra pessoa loira pisca para ele, dessa vez uma mulher. Com o mesmo rosto simpático.

Estamos indo pro leste, diz ela, com um sorriso capaz de reanimar um defunto.

Ah, diz ele. *Preciso ir para Kalgoorlie.* Aquelas pernas perfeitas de mocinha cintilam e brilham para ele por baixo do volante.

É, senhor, diz o rapaz loiro. *Seu, é. Sua coisa, senhor.*

Oh! Karl percebe que Manny está dando uma cabeçada no rosto do rapaz. *Desculpe. Ele está viiiiivo!* Balança o manequim e faz cara de pateta, mas os dois parecem não entender a referência ao filme de Larry Cohen. Nesse meio-tempo, o carro de polícia ficou a uns 100 de metros de distância, e Karl abaixa mais.

Tudo bem com o senhor? O rapaz coloca o corpo para fora da janela do carro e tenta olhar para Karl, agachado no meio-fio. Karl adora que esse rapaz o chame de *senhor,* como se estivesse numa loja que vende ternos.

Sim, obrigado, diz ele, ainda agachado, espiando pela lateral do carro enquanto a viatura de polícia se afasta. *Só me desequilibrei.* De repente, Karl adora ser velho, adora o fato de ninguém imaginar que ele seja capaz de mentir. É um preconceito contra os idosos, pensar que são tão inocentes quanto as crianças, mas ele não se importa. Parece apenas justo, uma recompensa por ter conseguido permanecer vivo durante tanto tempo. Depois que o carro da polícia desaparece, ele volta a ficar de pé, espana as roupas com as mãos, pisca para a garota e sorri para o rapaz.

Estamos apaixonados, diz o jovem. *E precisamos de carteira de motorista.*

Karl vê os sinais de L* grudados no para-brisa. *Certo,* diz ele. *Bacana,* reforça ele. *Sabem, pra mim tá tudo sempre bacana.* Examina os rostos deles para ver se "bacana" ainda é uma palavra usada pelos jovens. Eles não entregam muito.

A garota se inclina por cima do colo do rapaz. *Pra nós, tudo bem dar uma passada em Kal primeiro,* diz ela.

Karl acha ótimo. Aponta para o banco de trás. *Tem lugar aí?*

———

Karl senta-se no meio do banco e tenta não pensar nas pernas reluzentes da garota. Em um dos seus lados está Manny. No outro, uma caixa com um liquidificador e uma torradeira. Ele inclina o corpo para a frente e apoia as mãos nos cantos superiores dos bancos dianteiros. As janelas da frente estão abertas, e os braços do rapaz e da moça estão para fora, com as mãos espalmadas para sentir o vento. Esses dois aí não fazem a menor ideia do que Está Por Vir. Há tanta coisa para conhecerem, para descobrirem. Karl se lembra de quando ele descobriu que não sabia de nada? Não. Foi um processo gradual, uma espécie de derretimento que ocorre ao longo de vários anos. Ele se lembra de *O mágico de Oz: estou derretendo!*

A garota sorri para ele pelo espelho retrovisor. *Cinto.*

Karl inclina o corpo para trás, tentando parecer à vontade. Pensando em Branson Spike. *Sabe de uma coisa,* diz ele, *quando eu tinha a sua idade não existia cinto de segurança.* Ele prende o cinto

---

* Em muitos países, deve-se afixar esses sinais quando o motorista ainda está na autoescola ou tem habilitação provisória. (*N. da T.*)

na fivela. *Nem toda essa paranoia com segurança. É meio exagerado, não acham?*

Poxa, senhor, diz o rapaz, virando-se para encarar Karl com olhos arregalados, como se tivesse topado sem querer com uma cidade antiga. *Não existia cinto de segurança? O senhor deve ter, sei lá. Ah, o senhor sabe.*

Aquela história de "senhor" já estava cansando. *Provavelmente vocês também nunca dirigiram bêbados,* acrescenta Karl, travesso.

Não, senhor, diz o rapaz. *Não bebo.*

Ele vai ser neurocirurgião, informa a moça.

É, diz o garoto, encolhendo os ombros com timidez.

Meu amor tem uma mão tão firme!, diz ela.

O garoto ergue a mão na frente do rosto. *Tomara que sim,* diz ele. Karl está começando a não gostar mais dele.

Aham, diz Karl, abraçando Manny e o liquidificador. *Eu costumava dirigir bêbado o tempo todo. Os policiais esperavam isso da gente.* Nota Manny olhando para ele com o canto do olho, desafiando-o a provar aquilo.

O que você fazia, senhor?, pergunta o rapaz.

O que eu fazia?

É, pra viver. Com o quê o senhor trabalhava?

Ah, aquele tempo verbal no passado. *Eu era, há.* Ele vasculha a mente atrás de alguma coisa que possa impressionar.

Quem é esse?, pergunta a moça olhando para Manny pelo espelho retrovisor, poupando Karl de decepcioná-los. *É algum tipo esquisito de, sabe, perversão sexual?* Ela sussurra a palavra "sexual". *A gente não vai criticar você se for,* diz ela.

É, não vamos te criticar, diz o rapaz, erguendo as sobrancelhas para Karl. *Seja lá qual for a onda do senhor.*

Ah, como Karl gostaria que fosse algum tipo esquisito de, sabe, perversão sexual. *É,* responde, antes que seu cérebro alcance a mesma velocidade que sua boca. *Sexual. E tudo o mais. Muito.*

Nossa, diz o rapaz, inclinando a cabeça para o lado e olhando para Manny como se estivesse tentando descobrir como seria a logística daquilo.

Com adultos, acrescenta Karl rapidamente. *Adultos bem velhos.*

A gente gosta daquilo, diz a garota. *Você sabe. AQUILO.*

Qual o problema com suas mãos?, pergunta o rapaz.

O que há com elas?, pergunta Karl.

É. O que o senhor está fazendo aí? Por que tá se retorcendo todo? Tomou alguma parada ou algo assim?

Karl olha para o assento no qual está sentado. *Parada?*

Tudo bem. É por isso que o senhor tá indo pra Kal? Tá querendo arrumar mais?

Mais o quê? Karl se sente muito confuso e leva alguns instantes para se recompor. Vira a cabeça para olhar pelo vidro traseiro, e vê o asfalto negro estender-se atrás deles como se um mágico estivesse puxando uma tira infinita da manga do paletó. Olha para o liquidificador e para a torradeira que estão ao seu lado e pensa que seria bom compartilhar eletrodomésticos com alguém; que bom seria começar uma nova vida sem mais nada além da capacidade de bater alimentos e torrar pão.

Tem uma pessoa naquele ônibus, explica Karl. *Preciso vê-la.*

A garota o olha com curiosidade pelo retrovisor. *Você tá apaixonado por essa pessoa?*

Karl pensa a respeito. *De certa maneira,* responde.

Ah, diz ela. *Os velhos também amam. Que fofo.* Ela se vira para o rapaz. *A gente precisa fazer ele alcançar aquele ônibus. Vamos colocar você naquele ônibus. Você é fofo demais.*

Fofo? Karl pensa a respeito. Não sabe se aquilo é um elogio ou um insulto.

O senhor é casado?, pergunta o rapaz.

Sim. Quer dizer, não. É complicado.

Por quê? Onde está sua mulher?

Karl olha para os seus dedos. *Estou aqui, Evie,* digita ele em seus joelhos.

No Cemitério do Porto, diz ele.

Oh, diz o rapaz, e então, depois de um instante, *isso quer dizer que ela tá...*

Lá, isso mesmo.

Oh. O rapaz vira-se para olhar para Karl. *Sinto muito, senhor.*

Você é tão educado, meu amor, diz a moça, olhando para ele, o carro se movendo para a esquerda.

Do banco de trás, Karl aponta para a estrada. *Há.*

Você é que é, diz o rapaz, olhando para ela também. *Você é que muito educada, amor.*

Ela avança para o acostamento e estaciona. Segura o rosto do rapaz com as duas mãos, olha desesperadamente para ele e diz *Não morra. Não morra nunca.*

Não vou morrer, diz ele, apoiando as mãos nos ombros dela. *Prometo.*

Diga isso, pede ela, apertando o rosto do rapaz. *Diga "Nunca vou morrer".*

Nunca vou morrer.

Ele vai morrer, Karl quer dizer, quando eles começam a trocar beijos babados com uma urgência que devem ter aprendido nos filmes. Estão se agarrando, arrancando as roupas um do outro, puxando lábios e cabelos como se desejassem virar a pele um do outro do avesso. Não vão parar tão cedo. Agora ninguém segura, como dizem as pessoas do interior quando vai chover. *Acho que eu,* diz Karl. *A gente vai só. Sair um pouco, para tomar um ar.* Os dois não ouviram o que ele disse. Ou, se ouviram, não ligaram. O rapaz está tirando a camisa agora. Será que os rapazes de 16 anos em geral têm peitorais assim? *Vamos ficar ali.* Karl aponta para a estrada. *Vou deixar vocês.* Não consegue tirar os olhos do peito do rapaz. É inacreditável. Como algo que só vê na televisão. *Ficarem um.* Karl toca o próprio peito, onde um dia seu peitoral devia estar. Será que chegara a estar? *Pouco sozinhos.*

Karl inclina-se para Manny, abre a porta, empurra o manequim para fora e cai em cima dele. Fecha a porta com cuidado, sem fazer barulho. Não sabe por que faz isso, como se os dois fossem crianças adormecidas. Mas faz. Apanha Manny e o leva até a árvore mais próxima. Inclina Manny contra a árvore e fica de pé ao seu lado. Os dois lados da estrada estão pontilhados de pequenos eucaliptos, e tufos de grama aparecem esporadicamente pela terra vermelha, como o bigode de um adolescente.

Exibidos, diz Karl, puxando a gola de sua camisa e espiando por baixo. Pode sentir os olhos de Manny sobre si. *Não me olhe assim*, diz, recostando-se no tronco da árvore. *Desculpe pela. Você sabe. Perversão sexual.* Ele se pega sussurrando a palavra "sexual" também. *Eu jamais.* Encolhe os ombros. *Não saberia nem por onde começar.* Cruza os braços.

Karl ouve ruídos abafados do carro, que começam a aumentar de volume. *O que eles sabem sobre o amor, Manny?* A buzina começa a tocar, ritmicamente, fazendo um bando de pássaros de penas cinza e rosa saírem voando.

———

Karl adormece sentado, encostado na árvore e com os braços em volta da única perna de Manny. Acorda com o som de portas sendo batidas e risos.

Senhor?, chama o rapaz.

Depressa, Manny!, diz Karl, com um surto de espontaneidade. *Finja que você está morto.* Ele cai no chão. O cascalho machuca a parte de trás de sua cabeça. *Não se preocupe*, diz ele para o manequim, dando-lhe um tapinha no pé. *Vai ser engraçado. Eles vão adorar.*

Por entre os olhos semiabertos, Karl observa o casal caminhar em sua direção. O rapaz dá um tapa na bunda da garota, e ela dá um pulo e balança um dedo para ele, fingindo estar brava.

Senhor?, chama o rapaz, de pé acima dele. Karl pode senti-lo bloqueando a luz do sol e projetando uma sombra sobre seu corpo.

Karl sente alguma coisa cutucar seu ombro. *Senhor*, chama o rapaz novamente. *Já estamos indo agora*. O garoto segura os ombros dele e o sacode. *O senhor precisa se levantar*. Karl não se mexe.

Ele...?, pergunta a moça, engasgando de leve.

Senhor, chama o rapaz, e dá um tapa no rosto de Karl. *Pode se levantar agora*. Karl sente o hálito do rapaz contra o seu rosto.

A moça começa a berrar. *Você matou o velho, seu idiota, seu sacana!*, guincha ela. *Eu sabia que você um dia iria acabar matando alguém*. O rapaz diz *Não fui eu*, mas ela fala *A gente não devia ter dado carona pra alguém tão velho, eu disse que ele era velho demais*, e, ao ouvir isso, Karl se mexe um pouquinho. *Cala a boca, sua vadia!*, diz o rapaz. *Tô tentando pensar, não consigo pensar com tanto chilique*, e ela começa a bater no rapaz, atirando os braços naquele peito, mas o rapaz mal se abala — o que ele é, o Super-Homem? — e ela pergunta *O que a gente vai fazer com o corpo?*, e o rapaz responde *Vamos ter que enterrá-lo*, e começa a puxar as pernas de Karl, e Karl começa a se sentir estranho agora, portanto, abre os olhos e acena para eles com as duas mãos, como os competidores fazem às vezes no *Millionaire*. *Surpresa!*, diz, mas não está muito convincente naquela sua atuação, então o rapaz solta as pernas dele e grita, e a garota faz o mesmo. Será que alguém um dia já havia gritado assim com ele? Ele acha que não, por isso sorri e fica de pé, fazendo uma careta de dor por causa do incômodo que sente em seus ossos velhos. *Foi só uma brincadeira, viram só?* Ele gira o corpo e executa uma dancinha, do melhor jeito que consegue.

Depois disso a viagem segue tensa. Karl tenta bater papo com eles, falar da família, do clima, do carro. Lê as placas que passam por eles — *Kalgoorlie: cem quilômetros, não está tão longe agora. Dê passagem. Gado cruzando a pista*. Aponta para pássaros solitários, animais mortos na estrada, mudanças na vegetação, tenta variar os tons de sua voz para tentar chamar atenção.

Então tenta uma abordagem diferente.

Escutem, quantas Coisas Mortas vocês conhecem?

Como é que é?, pergunta a moça.

Ele pigarreia. *Sabem... alguém que conhecem... já morreu?*

Por que está nos perguntando isso?, indaga o rapaz.

Você vai nos matar?

Não! Claro que não. É só uma pergunta. Quando chegarem à minha idade... Bem, todas as pessoas que vocês amam terão morrido.

A garota para o carro mais uma vez no acostamento e sai. *Vou mijar*, avisa ela. *Quando eu voltar, é melhor ninguém aqui se fingir de morto. Senão, eu mato.* Bate a porta do carro com força e some no meio dos arbustos.

O rapaz se vira para Karl e diz *Mandou bem, meu velho.*

Eu não nasci velho, sabia?, diz Karl. *Meu jovem.* Inclina o corpo para a frente. *Vamos fazer alguma coisa,* sussurra ele de modo conspiratório.

Do que o senhor está falando?

Roubar alguma coisa. Colocar cerveja nos nossos cantis.

O que é um cantil?

Ele se lembra de *Que Piração!*. De Branson Spike. *Derrubar umas caixas de correio. Atirar ovos em alguma casa.*

Mas aí a gente teria que limpar depois.

Você não quer flertar com o perigo?

Pra falar a verdade, não.

Karl desaba amuado em seu banco.

Acabou, velho. O rapaz ergue as duas sobrancelhas para Karl.

Do que você está falando?

Você sabe do que eu estou falando.

Então Karl cruza os braços. Se é assim que ele quer que sejam as coisas...

Karl olha pelo para-brisa traseiro mais uma vez. A estrada parece diferente agora que eles estão parados. Não é mais um truque de mágica. É muito desanimadora em sua quietude. Mas então, justamente neste momento, algo se movimenta no horizonte, em direção a eles. Um ônibus. *Um ônibus*, diz Karl, enquanto o veículo passa zunindo por eles, fazendo o carro balançar. Ele inclina-se para a frente sobre o câmbio de marcha e apoia as mãos no painel. *Ei!*, diz o rapaz. Karl vê os contornos de um papel branco grudado na janela de trás do ônibus. *É ela!*, diz, virando-se para o rapaz. *É ela. Com certeza absoluta. Siga aquele ônibus.*

O quê?, pergunta o rapaz.

O ônibus está se afastando cada vez mais, e Karl fica desesperado, tenta passar para o banco do motorista. Mas o rapaz o empurra para trás e os dois grunhem, lutando um com o outro, mas Karl não consegue vencer, não tem a menor chance contra aquele peito, aquele inacreditável peitoral, por isso afunda de novo em seu banco e não há mais nenhum som agora a não ser o da respiração dos dois.

Fique calmo, diz o rapaz, mas Karl muda de ideia, ele pode vencer, sim, irá vencer, então abre a porta de trás do carro e depois a da frente e tenta deslizar para o banco do motorista, mas o rapaz o empurra e Karl agarra o volante para içar o corpo para a frente, mas o rapaz tenta arrancar seus dedos dali, e isso não é justo, porque ele tem todos os dedos da mão e não perdeu nenhum, esse garoto não sabe o que é perder nada, perder tudo, ele não sabe, ele não sabe, portanto Karl solta o volante, esse garoto não sabe, então Karl canaliza tudo para suas mãos, tudo aquilo que ele já perdeu na vida, está tudo na ponta de seus dedos agora, os que ainda lhe restam, e ele sente que está tudo ali, pulsando ao longo dos dedos, *EU ESTOU AQUI*, e então dá uma pancada no rapaz, dá uma pancada em sua testa com toda a força que consegue reunir.

Ai!, diz o Supergaroto, esfregando a testa e olhando para Karl com ar de acusação.

Desculpe, diz Karl, ofegante, já arrependido da pancada e inclinando-se para se apoiar na lateral do carro, tentando recuperar o fôlego.

Sério, cara, isso não foi nada legal.

Eu já pedi desculpas, diz Karl. *Cara.*

A garota aparece ao lado de Karl.

E aí?, pergunta, colocando as mãos nos quadris.

E aí o quê?

Bem, diz ela, apontando para a estrada.

Karl anda para a frente, afasta-se do capô do carro, cobre os olhos com uma das mãos e olha na direção de Kalgoorlie. O ônibus parou mais à frente.

Está bem ali, diz Karl. *Espere!*, grita ele pela estrada, acenando. *Obrigado pela carona!*, diz ele para o casal. *Foi uma piração!* Puxa Manny do banco de trás e bate a porta com força. *Estou indo!*

Enquanto sai arrastando-se pela estrada, ouve a garota perguntar *Qual o seu problema, hein?*

Ele me acertou no rosto, diz o rapaz.

Meu Deus, como você é patético!, exclama a garota. *Minha mãe estava certa mesmo.*

As vozes dos dois somem atrás dele. *Espere!*, diz ele, arrastando-se o mais rápido que consegue. *Espere por mim!* Como ele gostaria de sair correndo como costumava fazer, ser imprudente e despreocupado com suas pernas. Ele se concentra no quadrado branco de papel grudado na janela de trás. *Por favor, não vá embora,* sussurra. O casal passa ao seu lado de carro. O paletó de Karl é atirado pela janela do passageiro e o atinge no rosto. O casal acelera e vai embora, derrapando no cascalho do acostamento e fazendo uma nuvem de poeira assentar-se sobre Karl. Ele tira o paletó do rosto e observa o casal se afastar no alheamento da juventude. Respira fundo e berra com todas as forças *FIQUE SABENDO QUE ELE VAI MORRER.*

millie bird

O motorista do ônibus é uma mulher, mas parece estar vestida com as roupas do pai: bermuda azul, uma camisa social de manga curta grande demais para ela, meias puxadas até os joelhos, sapato social preto. É muito magra, tem cabelo espetado. Millie caminha pelo corredor levando consigo a perna do manequim.

A verdade do
esplêndido
ir ao banheiro?

Encontra um lugar atrás da motorista. Um adesivo grudado no painel do ônibus diz *Gostaria de falar com o homem responsável ou com a mulher que sabe o que está acontecendo?* Olha para o tracejado branco da estrada. Adora como, quando o ônibus anda rápido o suficiente, ele se une com aqueles pontos e se transforma numa única linha branca comprida que divide o mundo ao meio.

Já viu frango vir num balde?, pergunta Millie à motorista.

A motorista demora um século para responder. Simplesmente fica ali sentada e continua dirigindo, como se Millie não tivesse falado nada. Millie está prestes a repetir a pergunta quando ela diz *Faço isso há trinta anos*. Olha fixamente para a estrada e é difícil saber se está falando sozinha ou com Millie. *Seria de se imaginar que não se aprende muito, fazendo sempre o mesmo caminho, indo e vindo, indo e vindo.* Passam por um pasto verdejante com uma única árvore cinzenta e desfolhada bem no meio. Parece uma pessoa tentando chamar atenção. Millie acena para a árvore.

Dos dois lados da estrada, a terra é plana, ampla e completamente branca. O sol cintila diretamente em cima dela e Millie precisa cobrir os olhos para proteger-se de tanto brilho. *Isso é neve?*, pergunta ela.

A motorista solta um ruído de desdém. *Cê nunca viu as planícies de sal?*

Não, diz Millie, com a maior vontade de lamber o gramado de sal. Sua testa bate de leve na janela.

Aqui teve água um dia, continua a motorista. *Aí veio o sal e...* — ela faz sons de chupar — *chupou tudo. Matou tudo o que tinha por essas bandas.*

Ah. Há espirais e formas desenhadas por cima do sal, como se gigantes tivessem feito pintura a dedo ali.

Mas depois apareceu todo tipo de coisa que não crescia aí antes. Lindão, né? O sal cintila para Millie à luz do sol.

Mas a vida é dura aí, continua a motorista. *Todos esses hippies que se dão ao trabalho de ir até a Índia pra se encontrar. Ficam de ponta-cabeça, comendo lentilhas. Isso aí não é nada. Ande no parque pra você ver! Passe uma noite aí que rapidinho você se encontra.*

Millie pode ver o próprio reflexo na janela. Parece estranho alguém querer se encontrar. Não seria mais lógico querer encontrar outra pessoa? Você não é a única coisa que é certeza nesse mundo? Ela coloca a mão no vidro, em cima de sua mão refletida.

O ônibus passa por filas de eucaliptos que se inclinam para a estrada e se erguem na direção do céu, como dançarinos fazendo pose. *Essas árvores aí*, diz a motorista. *Tá vendo como são cor-de-rosa?* Millie faz que sim. Fazem ela pensar na parte interna da sua boca. *São eucaliptos-salmão. Dá a impressão de que o sol tá sempre se pondo em cima delas.* Millie olha para as árvores.

Aquela lá atrás é sua vó?

Millie dá de ombros.

Que é isso no seu pulso?, pergunta a motorista.

Millie olha para a camisinha de latinha. *Era do meu pai. Ele morreu.*

A motorista olha para Millie pelo retrovisor. *Do que ele morreu? Sei lá.*

Ela parece entender. *Certo.* O ônibus começa a desacelerar.

Eu me chamo Millie Bird.

Stella, meu bem. O nome é Stella. A motorista puxa a gola da camisa. *Essas roupas aqui são do meu irmão. O ônibus também. Ele também morreu.*

Millie parece entender.

E sua mãe? Cadê?, pergunta Stella.

Escuta aqui, Escovão de Banheiro!, interrompe Agatha, depois de andar pelo corredor e se equilibrar segurando no encosto do banco de Stella. *O trem ainda sai de Kalgoorlie?*

Stella esforça-se para olhá-la pelo retrovisor. *Não*, responde.

Não?

Agora eles têm carros voadores. Que levam você direto até lá. E bem rápido, aliás.

Certo, diz Agatha. *Certo, Escovão de Banheiro. Se não quer ajudar, é só dizer.*

Escuta aqui, minha senhora, eu não sou nenhum maldito centro de informações. Posso deixá-la na rodoviária e de lá o resto é com a senhora.

Não dá pra gritar pra um de seus parentes? "Ei, Mary! Que horas o trem sai?"

Stella bate no painel e encosta o ônibus na estrada, fazendo o cascalho deslizar por baixo das rodas. Freia numa área coberta para ônibus. *Lake Cartwheel*, anuncia. A porta se abre e um rapaz alto com fones de ouvido caminha pelo corredor e desce os degraus.

Stella vira o corpo para ficar de frente para a porta, apoiando um dos braços no encosto de seu assento e o outro no volante. *O problema não é meu*, diz Stella para Agatha, mas sem olhar para ela. Em vez disso, observa os passageiros fazendo fila para entrar no ônibus. Um menininho de óculos e cabelo penteado com gel sobe em passadas largas. *'Dia, jovem Lawrence*, cumprimenta Stella. *Oi, Stella*, diz Lawrence sem olhar para ela. Stella conhece todos os novos passageiros pelo nome — *Sra. Cranley, Timbo, Vince, Felicity* — e todos sabem o nome dela também.

O último é um homem grandalhão e largo com colete fluorescente. Seu rosto, os braços e as mãos estão manchados de terra. *'Dia, Stell*, cumprimenta ele. *Trent*, responde ela, jogando a cabeça para cima em reconhecimento. Ele para no topo da escada e aponta o polegar na direção de onde veio. *Tem um cara vindo pra cá*, diz. *Cê vai ter que esperar um pouco. O cara deve ter uns 175 anos.* Ele sorri. É pegar ou largar.

Então vem uma surpresa igual à de balões estourando, porque Karl aparece no pé da escada. O manequim está enfiado embaixo de seu braço e ele respira com dificuldade. O suor pinga de seu rosto. Millie sente o coração batendo com força no peito enquanto desce pulando os degraus e envolve o pescoço de Karl com os braços.

Só Millie, diz ele.

E então Agatha diz *Você andou me seguindo, Gene Wilder?* Enfia a mão na bolsa, tira um biscoito Anzac e o atira em cima dele.

agatha pantha

agatha e karl na verdade (meio que) já se conhecem

Karl costumava passar na frente da casa dela, sempre usando aquele terno roxo. Às vezes usava um casaco comprido também, que ia até os pés. *Careca demais!*, gritava ela de sua Cadeira do Discernimento. *Terno ridículo! Rosto irritante! Tentando parecer o Gene Wilder!*

Certa vez ele ficou ali parado, durante mais do que uns poucos instantes, e acariciou a cerca da casa dela. No início, ela ficou tão pasma que sua cabeça não conseguiu formar nenhuma palavra de verdade. *Gah!*, berrou ela. *Sah!*, tentou de novo. *O quê?*, disse, por fim. Levantou-se com o sangue subindo até a cabeça e apontou o dedo indicador o mais estendido que pôde pela janela. *Pare de molestar a minha cerca!* Colocou a cabeça para fora da janela e apontou o dedo para ele. O homem deu um pulo e olhou em sua direção. *Xôôô!*, berrou ela. É com você mesmo! Pare de tocar aí!

Ele segurou a parte superior da cerca de Agatha com as duas mãos. *Desculpe*, gritou em resposta, digitando na cerca. *Não foi por mal, é que não consigo evitar, por causa desse mato.*

Agatha apontou para a rua. *Vá embora!*, berrou. *Sabe como é que se faz isso?*

E ele foi embora, mas correu o dedo ao longo da cerca enquanto o fazia. Voltou no dia seguinte e no outro e no outro. Inclinava-se sobre a cerca e arrancava as ervas daninhas. Ela inclinava o corpo para fora da janela e tentava atingi-lo com biscoitos Anzac dormidos. Ele a incomodava, incomodava-a muito. *Você me incomoda!*, de vez em quando ela gritava, enquanto ele seguia caminhando pela rua. Pressionava o rosto na janela, fazendo a respiração deixar o vidro embaçado. Ele nunca olhava para trás, e isso incomodava Agatha mais ainda. Ela não sabia por quê. *Por que ele me incomoda tanto?!*, berrava, enquanto ele caminhava pela rua, espiando os jardins alheios. Então um dia ele parou de vir, do nada, e ela ficou esperando na janela das 12h51 até as 13h32 durante uma semana, com os dedos mergulhados numa tigela de Anzacs duros como pedra, esperando, mas ele não apareceu, e a sensação foi de vertigem.

karl, o digitador

Ele havia abraçado Millie e a sensação era de ter ganhado algo que não merecia, mas que gostaria muito de merecer. Com certeza um dia ele também havia abraçado seu filho assim, porém a sensação agora parecia completamente nova. E agora aquela mulher estava ali também, tornando sua vida mais interessante, mais complicada.

outra coisa que karl sabe sobre

agatha

Ele sabia a história daquela mulher, toda a cidade de Warwickvale sabia. Scott e Amy certa vez passaram de carro na frente da casa dela ao levarem Karl até o supermercado.

Amy virou-se para o filho dele e disse *Não vá esperando que eu faça uma barricada dentro de casa se você bater as botas.*

Nossa, Aimes, sabe que eu estava esperando isso mesmo?, disse o filho de Karl. *Mas, se quem partir primeiro for você, vou dar uma festa.*

Amy cutucou o filho dele de brincadeira nas costelas. *Vá mais devagar*, disse ela. *Vamos dar uma espiadinha.*

Ah, não, disse o filho dele. *Deixe a mulher em paz.*

Ah, vamos, insistiu Amy. *Às vezes dá pra ver ela olhando pela janela.*

Karl nunca achou que a história daquela mulher fosse relevante e a guardara no âmbito das coisas que Amy considerava interessantes (os azares dos outros, porcos tão pequeninos que cabem em bolsas de mulher, um homem chamado Dr. Phil). Mas, agora que estava olhando para a casa dela, entendia que sua história era muito relevante. Era como olhar para suas entranhas na forma de uma casa. Escuras e moribundas, já haviam balançado sua bandeira branca há muito tempo.

Aaaaah, ela está ali, disse Amy.

A mulher olhou bem para eles da sua janela, com o rosto duro e frio.

Que medo, disse Amy. Enquanto o carro se afastava, acrescentou *Ficar trancada dentro de casa desse jeito. Será que isso é romântico, deprimente ou é simplesmente loucura mesmo?*

As três coisas, acho, disse o filho de Karl. *Quequecê acha, Pai? Ela é solteira. Quer que a gente deixe você aí no portão?*

Karl não disse nada. Tudo naquela casa e no rosto daquela mulher fez com que ele se sentisse menos sozinho.

———

Eles estão de pé na frente da estação de trem de Kalgoorlie perto de um memorial de guerra, a estátua de um soldado em ação olhando para cima. Picapes 4x4 passam por eles zunindo, com enormes quantidades de vermelho-ferrugem salpicadas ao longo da lataria como uma obra de arte. Os tetos dos bares cruzam o céu em linhas régias e autoritárias. Do ônibus, Karl conseguira ler no quadro-negro em frente a um dos bares *Skimpies Gostosas de Topless,** o que lhe pareceu algo que se poderia apanhar em um

---

* As *skimpies* são uma espécie de "atração turística" de Kalgoorlie: mulheres que usam pouquíssima roupa ou vestes burlescas, contratadas pelos bares para atrair, por uma

lago de sal. Ficou olhando para o quadro durante alguns minutos enquanto o ônibus diminuía a velocidade ao se aproximar de um farol. A lenta compreensão do que aquilo de fato queria dizer espalhou-se pelas suas faces em manchas quentes e vermelhas.

Em sua cidade, na costa sudoeste, as pessoas tinham olhos estupefatos, cabelos com pontas aloiradas, passos grandes de quem anda n'água. As pessoas daqui são diferentes: meio inacabadas, como se tivessem sido rascunhadas depressa num papel, como se tivessem nascido da própria terra vermelha onde arrastam seus pés e fossem feitas do eucalipto-salmão que domina suas ruas. Berram na frente da padaria, do supermercado, dos bares e na avenida principal da cidade, mastigando as palavras como se estivessem atirando as frases dentro de um liquidificador. Karl sente que não se encaixa nesse lugar. Mas, por outro lado, Karl tampouco sente que se encaixa na cidade de onde veio.

O céu está com aquele tom escuro de azul que fica quando o dia está virando noite ou vice-versa. Agatha caminha pesadamente na direção de Karl e Millie. É difícil enxergá-la por causa da escuridão crescente, mas algo em seu jeito de caminhar sugere que ele nunca conseguiria confundir seu passo com o de mais ninguém. Era como se ela estivesse lutando com o ar; como se o ar fosse tão espesso quanto um lençol e ela precisasse abrir caminho rasgando-o.

Bom, o trem só parte amanhã, diz ela, com uma nuvem de poeira parecendo um campo magnético ao seu redor. *Aposto que aquela tal de Stella sabia disso! Nunca confie numa mulher mais magra que você! Anote isso! O que vamos fazer? Digitador! Não vou ficar sentada aqui a noite inteira olhando pra sua cara! São sete e meia da noite! Não temos dinheiro nenhum!*

Karl sente um pânico crescente quando se dá conta de que é o único homem por ali. Os homens têm certas obrigações naquelas circunstâncias, ele sabe disso. Pode sentir os olhares de todas as

---

taxa, os clientes. *Skimpy*, na tradução literal, é um adjetivo e significa "em quantidade mínima" ou "com o mínimo de roupa". (*N. da T.*)

mulheres em cima dele. Não apenas daquelas que estão com ele agora, mas de gerações e gerações de mulheres, ao longo dos séculos, dos países, das culturas. *Bom*, diz ele, no que espera ser um tom de comando, *precisamos fazer alguma coisa*. Ele aponta para o ar com o indicador, a fim de pontuar a frase. Começa a andar de um lado para o outro, torcendo para que aquela movimentação acorde a região do seu cérebro que toma decisões. *Vamos...*

Nos esconder, sugere Millie.

Karl pensa naquela ideia. *Parece ótimo.*

Uma amiga minha veio pra Kalgoorlie um dia!, diz Agatha. *Nunca mais voltou! Não sei o que aconteceu com ela! Ninguém sabe com certeza! Mas eu sei! Ela está num desses bordéis neste exato momento! Fazendo seu negócio!* Ela respira fundo, mas em seguida fecha a boca. Pelo visto, algo chamou sua atenção. Segura a grade do memorial de guerra e olha feio para a estátua. *Eles Não Envelhecerão,* lê. *Como Nós que Restamos Envelhecemos.*

Agatha parece incapaz de se mover. *Como Nós que Restamos,* repete. Apoia a mão desanimadamente na base da garganta.

Millie enfia os braços na abertura entre as barras da grade e olha para Agatha. *O que é um bordel?*

Agatha dá as costas para a estátua. Justamente quando pergunta *O que vocês dois estão olhando?*, um ônibus sai da estrada, entra no estacionamento e para ao lado deles.

A porta do ônibus se abre. É Stella. *Sete da manhã,* diz ela.

Desculpe, não entendi, diz Agatha, espiando dentro do ônibus, com os pés bem plantados no chão, afastados um do outro, como se estivesse num impasse.

O trem, Maluca Rabugenta. Sai às sete da manhã.

Achei que a gente não fosse problema seu, retruca Agatha.

Mudei de ideia, não foi?, diz Stella.

millie bird

A casa de Stella faz muitos barulhos. O chão fala quando Millie anda sobre ele e é como se houvesse gente andando em cima do teto e pelas paredes, talvez tentando entrar ou sair, ou quem sabe dançando sapateado. Millie não sabe. A casa inteira parece o velho brechó de sua cidade, cheia de coisas que não combinam empilhadas e forçadas a terem um bom relacionamento umas com as outras. Millie não para de encontrar coisas novas que não tinha visto antes e pensa: será que Stella faz isso para ficar sempre se esquecendo das coisas e descobrindo-as?

Millie toma um banho e faz cidades inteiras com as bolhas: casas, arranha-céus, ruas, árvores, um cemitério, um supermercado, uma escola, uma delegacia, uma agência dos correios. Demora tanto tempo na banheira que a água fica fria, e Stella a tira da banheira, enrola-a em uma toalha e a coloca na frente de um aquecedor com barras vermelhas brilhantes.

Mais tarde, Millie senta-se à mesa da cozinha com Karl e Agatha enquanto Stella prepara espaguete para todos. Stella deixa Manny ficar na cozinha também, mas, como não há cadeira para ele, Karl o apoia na parede, perto do micro-ondas. Millie sorri pra Manny enquanto chupa o espaguete. Depois que eles terminam de jantar, Stella prepara chá para todo mundo, menos para Millie, que ganha uma tigela enorme de sorvete. Agatha e Karl vão se sentar na sala — *Vamos ligar pra sua mãe amanhã de manhã,* diz Agatha, quando vai para lá —, enquanto Millie fica na cozinha com Stella e Manny.

Seja legal, dissera seu pai, e, no entendimento de Millie, Stella sabe o que isso significa.

Millie observa Stella assoprar seu chá, fazendo a fumaça subir e desenhar formas no ar, igual os cafés das pessoas na loja de departamentos faziam. E se todo mundo respirasse daquele jeito? Os bichos, as pessoas, a grama, as árvores... Se tudo e todos sempre formassem espirais curvas de fumaça que desenhassem coisas no ar, então algumas pessoas teriam respiraçõezinhas curtas e rápidas ao correr ou sofrer um ataque do coração, enquanto outras teriam respirações longas e lentas ao dormir ou ver televisão. Seria como ver música, se a música tivesse a forma de alguma coisa, e o mundo estaria sempre cheio da música da respiração.

Talvez, quando você desse seu último suspiro, soltasse tudo, suas lembranças, seus pensamentos, coisas que desejou um dia dizer e coisas que gostaria de não ter dito, as imagens de fumaça de café quente da sua mente, o último olhar no rosto do seu pai, a sensação da lama entre os dedos, o vento quando você desce um morro correndo, a cor de todas as coisas, para sempre.

Nunca entrei lá, diz Stella. *O cemitério fica no fim dessa rua. Passo por ali de ônibus toda noite, mas nunca entrei. Sei onde ele tá. Descendo a trilha logo que você entra. Vira à direita. Na primeira esquina.* Stella bebe seu chá. *Errol. Meu irmão menor.*

Errol, repete Millie.

Aham, confirma Stella. *Meu irmão. Sabe de uma coisa, voltei pra casa hoje de noite, sentei no sofá e pensei nele. Eu sei que ele teria cuidado de você sem nem pensar duas vezes. Por isso eu entrei de novo no meu maldito ônibus. E, pronto, aqui estamos.*

Millie enfia uma colher de sorvete na boca. *Você viu seu irmão quando ele virou uma Coisa Morta?*

Stella assopra seu chá. *Vi,* responde ela.

Como ele estava?

Ela faz uma pausa. *Sabe quando alguém usa óculos o tempo todo?*

Millie faz que sim.

E daí de repente tira os óculos pra limpar?

Aham.

E aí os olhos da pessoa parecem maiores, ou menores, ou um pouco diferentes.

Hum-hum.

Era assim que ele tava.

Tem certeza de que era ele?

Bom, não fiz nenhum maldito teste de DNA.

Você sabe onde ele tá agora?

Além de no Cemitério de Kal, é isso? Sei lá. Depende do jeito que você pensa nas coisas. Tem gente que vai me dizer que ele tá lá em cima. Stella aponta para o teto.

Com Jimi Hendrix?

Quem?

Jimi Hendrix.

O cara da guitarra?

Millie dá de ombros. *É. Papai conhecia ele.*

Acho que ele tá embaixo da terra e pronto, acabou. E ele não vai voltar na forma de um besouro ou algo assim. Nem vai ficar flutuando por aí me observando enquanto eu tô sentada na privada. Ele tá morto, só isso. Ponto final. Você tá vivo e depois tá morto, e é isso, acabou.

Acabou?

Acabou. Stella observa Millie. *O que você acha que acontece?*

Não sei.

Olha só que resposta.

Isso não é resposta.

A única coisa que eu sei com certeza é que ninguém sabe o que acontece no fundo do mar, nem no nosso cérebro, nem quando a gente morre. E tudo bem, eu acho. Não tem problema. Dá alguma coisa pra gente pensar. Quando a gente tá dirigindo um ônibus ou sei lá o quê.

Millie olha para Stella, depois para Manny, depois de novo para Stella. Abaixa a voz. *Acho que as Coisas Mortas se transformam em plástico e, às vezes, vão parar nas lojas.*

Stella parece concordar. É justo. Olha para Millie. Como se fosse uma máquina de raios X. *Onde está sua mãe, meu amor?,* pergunta ela por fim. *Sem gracinhas, agora.*

Onde tá a sua?

Isso tá me parecendo uma gracinha. Ela cede mais uma vez. *Nessa mesma rua. A gente não se fala.*

Por que não?

É uma dessas coisas da vida, eu acho.

Millie olha para Stella, que solta um suspiro. *Não tem muito o que explicar, na verdade. Muita falação.* Ela se levanta e começa a colocar os pratos na pia. *Ninguém da minha família se fala, sabe? É como se a gente não soubesse falar. Tenho certeza de que com você deve ser diferente.*

Millie pigarreia. *Ela foi embora. Mamãe.*

Stella vira-se para a menina e apoia na pia. De suas mãos pingam água com sabão, que caem em cima da bermuda. *Pra onde, meu amor?*

É uma dessas coisas da vida, eu acho.

Stella sorri.

Millie tira o papel do bolso e o desdobra com cuidado. Alisa o papel em cima da mesa. É o itinerário da minha mãe, explica, torcendo pra ter pronunciado a palavra direito.

Stella tira seus óculos do bolso e segura o papel procurando a claridade, a luz. Volta a dobrá-lo e o devolve a Millie. Tira os óculos. Esfrega os olhos. O zumbido da geladeira parece ficar mais alto de repente.

Stella fica parada na frente da pia e olha pela janela. Suas mãos seguram a pia com tanta força que os nós de seus dedos ficam brancos. *Olha*, diz ela, sem olhar para Millie. *Já passou pela sua cabeça que sua mãe não quer que você encontre ela?*

Millie prende a respiração.

Stella se vira e cruza os braços. *Eles não são seus avós, né?*

Millie olha para o outro lado. *Eles estão me ajudando a encontrar mamãe.*

Stella senta-se na cadeira e inclina o corpo para perto de Millie. *Amanhã vou levar você de volta pra casa, meu amor*, diz ela. *Vai ficar tudo bem. Você vai ver só.*

———

Millie acorda no meio da noite. Tira um papel da mochila, sai do quarto, desce o corredor, abre a porta da casa e o prende ali com fita adesiva.

Estou aqui, mamãe.

Mesmo assim não consegue dormir, então começa a vagar pela casa, apanhando bibelôs, tocando os rostos nas fotos, sentando-se nos sofás, experimentando chapéus. Faz desenhinhos na poeira da mesa de centro. Abre a porta dos fundos e se senta no degrau.

A lua está enorme e ilumina um quintal pequeno protegido por uma cerca, que tem uma pilha de buquês velhos de flores amarradas com fitas e plásticos. O varal balança com o vento e geme fazendo um círculo lento. A pilha é mais alta que a cabeça de Millie. Além dos plásticos de embrulho, há fitas coloridas, verdes, cor-de-rosa, vermelhas e de outras cores vivas, mas todas as flores estão secas e mortas. Ela desce a escada e passa as duas mãos pela pilha, na ida, só as costas das mãos, na volta, só as palmas. É como as imagens de cortes laterais da Terra que Millie viu em livros. Um pedaço cortado da Terra.

Mais tarde, ela escreveria em seu Livro das Coisas Mortas: *Número 30. Pilha de flores de Stella.*

Sua cabeça se desvencilha do corpo e ela visita seu pai no hospital. Millie nunca tinha visto uma pessoa só ganhar tantas flores. Deitou-se de costas embaixo da cama dele e ficou olhando os pés de todas as visitas. Pezinhos pequenos, pés grandões, pés mais ou menos. Tênis, saltos altos, sandálias. Sapatos vermelhos, sapatos pretos, sapatos verdes.

Depois que os pés de todas as visitas foram embora, seu pai disse: *Onde será que está a Millie?* Respirava com dificuldade, como os velhos ou os gordos, mas ele não era nem velho nem gordo.

Não sei, disse a mãe, cujos pés se cruzaram e recruzaram enquanto ela ficava ali, sentada na grande poltrona. *Provavelmente saiu pra roubar um banco. Ou pregar a paz mundial.*

Eles falavam de um jeito sério e arredondado, como se estivessem piscando um pro outro.

A mão do seu pai ficou pendurada ao lado da cama. Ela engatinhou até a mão. Nunca a tinha visto tão branca. As máquinas bipavam, soltavam vários barulhos. Ela acomodou a mão dela na dele e a segurou.

———

E agora ela sobe na pilha de flores, as pernas se afundam no plástico e nas flores mortas como se eles fossem areia movediça. Ela se lembra dos lagos feitos de sal, das árvores feitas de peixe, de como as pessoas podem se esconder de si mesmas e de que o mundo é um lugar igual a nada que ela poderia imaginar. Lembra-se do que Stella disse, que ninguém sabe o que acontece no fundo do mar, e imagina: será que as Pessoas do Mar levam vidas quietinhas ali embaixo, vendo a Televisão do Mar e rindo das Piadas do Mar? Será que chamam o céu de mar e o mar de céu? Será que a música deles viaja pelo ar dentro de bolhas? Millie gostaria que todas as palavras e as músicas viajassem em bolhas. Que a gente tivesse de estourar cada uma para ouvir o som. Como o mundo seria silencioso e surpreendente. A gente estaria sempre se assustando quando alguém estourasse alguma bolha e o som saltasse de dentro, *tcha-ram!* O único problema é que aí algumas pessoas poderiam ser atropeladas, e seria mais difícil chamar atenção da sua mãe do outro lado da rua. E se uma bolha *SOCORRO* saísse voando pelos céus, fosse estourada por um avião e ninguém pudesse ouvir o pedido de socorro por causa do barulho das turbinas?

O varal gira e gira e gira sem parar, rangendo como uma cama velha. Ela apanha as novas flores no alto da pilha. *Errol,* diz o cartão.

———

Millie escreve *Volto daqui a pouquinho, mamãe* em letrinhas miúdas na parte de baixo do papel, deixa o quintal e caminha pela rua segurando um punhado de flores de Errol. Quando encontra o cemitério, ele está iluminado pelas luzes dos postes e não se parece com o da sua cidade. É plano, e não há grama. Só terra vermelha, até onde os olhos de Millie conseguem ver. Grandes baldes pintados, cheios de flores vermelhas e roxas. Eucaliptos-salmão gigantescos ladeiam a trilha e assomam por cima das sepulturas. Ela estica o pescoço para ver a parte superior delas. Seu pai sempre parecia tão alto. Ao passar perto de uma árvore, roça seu tronco e pensa *As árvores não precisam de sombra também?* A casca da árvore ainda está quente do calor do dia. A terra vermelha manchou o cascalho com um cor-de-rosa claro. Os túmulos ficam separados por placas de diferentes religiões, para que, pensa Millie, os Céus não acabem se misturando.

Aquele pensamento sempre a atinge como um chute no estomago: *Será que eu vou pro mesmo Céu que papai?* E em seguida, com mais pânico agora, *Pra qual Céu ele foi?* Ela nunca pensou em perguntar.

Não há carros passando por ali, nem aviões zumbindo pelos ares, nem pássaros cantando, apenas as folhas das árvores deslizando umas sobre as outras, como o som de alguém limpando os pés no capacho da entrada de uma casa. É o som mais perfeito do mundo, um som que quase não chega a ser som, um Som Suficiente, só para ela saber que ele continua ali.

Então ela vê. Primeiro à direita, na esquina.

Ajoelha-se ao lado do túmulo, coloca as flores com cuidado na frente dele. As pedras vermelhas deixam marcas em seu joelho. Millie umedece os dedos com saliva e limpa a terra vermelha das inscrições na lápide.

Errol, diz ela. Seu nome está afundado na lápide, como se ela o estivesse inspirando para dentro de si.

A data de nascimento e a data da morte são sempre os marcos mais importantes de uma lápide, escritos em letras grandes. O hífen entre um e outro é sempre tão pequeno que mal se consegue ver. Com certeza o hífen deveria ser grande, brilhante e impressionante, ou não, dependendo da vida que a pessoa teve. Com certeza o hífen deveria mostrar como viveu aquela Coisa Morta.

Será que Errol um dia desconfiou de que sua vida se transformaria em um simples hífen numa lápide? Que tudo o que ele fez, toda a comida que comeu, todas as suas viagens de carro, os beijos que deu terminariam num traço gravado numa pedra? Num cemitério cheio de estranhos?

Millie se deita de costas, o topo da cabeça tocando a base da lápide. Se esparrama o máximo que pode, esticando bem os braços e os dedos para que fiquem o mais longe possível um do outro.

Olha para o céu noturno através da abertura entre as copas das árvores e só consegue pensar em uma palavra, por isso a diz em voz alta.

Pai?

E, de repente, Millie tem certeza de que ela é a menor coisa que já existiu, menor até que os pedacinhos de cascalho que estão grudados em suas costas ou as formigas que estão subindo pelos seus pés, porque o mundo é grande demais, cheio de árvores, estrelas e mortes, tão grande que talvez um hífen seja exatamente o que ela é.

outro fato que millie sabe com certeza

Quando seu pai estava no hospital, as palavras *Papai, você tá virando uma Coisa Morta?* não saíam da boca de Millie de jeito nenhum.

agatha pantha

21h06: senta-se em uma cadeira estranha numa sala estranha numa casa estranha e bebe chá numa xícara estranha num horário estranho, mas tenta não pensar nisso. *Qual o problema com as suas mãos?*, berra Agatha para O Digitador. O Digitador pousa a xícara na mesa de centro e esconde as mãos embaixo das axilas. *Nada*, diz ele. *Por que elas ficam se retorcendo assim?*, insiste ela. *Elas não estão se retorcendo*, responde ele. *Mas parecem estar se retorcendo*, diz ela. *Elas não estão se retorcendo*, repete ele. *Estão digitando. Digitando?*, pergunta ela. *Digitando*, confirma ele. *E por que estão fazendo isso?*, pergunta ela. Ele dá de ombros. *Não quer me contar?*, indaga ela. *Na verdade, não*, responde ele.

21h11: *Esse chá é horroroso!*, diz ela para ele.

21h13: *O que é isso?*, pergunta ele. O Caderno da Velhice dela está saindo de sua bolsa. *Seu diário?* Ela o empurra para dentro de novo e fecha o zíper da bolsa. *Isso o quê?*, questiona ela. *Essa coisa que você acabou de guardar na bolsa*, explica ele. *Não guardei nada na minha bolsa*, diz ela. *Guardou, sim*, insiste ele. *Não guardei, não*, diz ela.

21h16: *E sua esposa?*, pergunta Agatha. *Faleceu*, responde ele. *Ron também*, diz ela. *Ataque do coração na frente do pet shop. E ela?* Ele se senta em cima das mãos. *Câncer*, diz. Agatha assente.

21h17: *Por que você ia me importunar na minha casa?*, pergunta ela. *Está apaixonado por mim?*, acrescenta. *Não estou apaixonado por você*, diz O Digitador. *Isso seria o que alguém que está apaixonado por mim diria!*, fala Agatha. *Eu nem conheço você*, continua ele. *Não*, diz ela. *Não conhece mesmo.*

21h18: mas o que ela realmente queria dizer era *Por que você parou de ir até a minha casa?*

21h20: O Digitador cai no sono, com a cabeça apoiada no encosto do sofá e a boca escancarada, roncando.

21h22: *Eles não envelhecerão*, sussurra ela, *como nós que restamos envelhecemos.*

21h23: Agatha Pantha se permite sentir-se só.

karl, o digitador

Em algum momento entre a noite e a manhã, Karl anda pelo corredor para ir ao banheiro, mas para quando ouve Stella falando com alguém na cozinha.

É, diz ela. *Uma criança abandonada, isso.*

Karl se encosta na parede ao lado da porta. A luz da cozinha se estende até o corredor como uma entrada para outro mundo, um mundo melhor.

Não sei muita coisa, continua ela. *A mãe se mandou da cidade. O pai não está mais entre nós. Uns velhos estão tentando ajudar a menina.* Ela faz uma pausa. *É, escuta, não sei. A mulher é completamente maluca. O cara não é muito melhor. Os dois são só... velhos, eu acho.*

Karl aperta os dedos com força.

Ótimo, diz ela. *Isso. Amanhã vou levar todos eles. E, Bert,* ela hesita, *desculpe ligar tão cedo. Mas não conseguia dormir pensando nisso.* Ela faz outra pausa. *Você é um cara legal, Bert. Tchau, tchau.*

As entranhas de Karl se reviram. Ele ouve o barulho do telefone sendo recolocado no gancho. A luz se apaga, e o outro mundo, o mundo melhor, desaparece. Karl se encosta na parede, respira fundo e fecha os olhos com toda força, usando a mesma lógica de uma criança: *Se eu não posso ver você, você também não pode me ver.*

Quando abre os olhos, vislumbra os contornos de Stella, no fim do corredor, virando-se para entrar em seu quarto. Ele vai até a cozinha e olha para o telefone. As chaves de Stella estão ali, em cima da mesa, frias, metálicas, como um inseto exótico

Ele entra de fininho no quarto de Agatha. *Agatha,* sussurra ele o mais alto que se atreve, tentando acordá-la com delicadeza. Os roncos dela são implacáveis. *Agatha,* chama ele mais uma vez, agora um pouco mais alto.

O que foi?, pergunta ela, sentando-se e puxando a colcha até o queixo. *Quem é você? O que você quer de mim?* Ela tateia a mesinha de cabeceira, procurando seus óculos escuros.

Shhh, faz Karl, pedindo silêncio e entregando os óculos a ela. *Por favor.*

Ela coloca os óculos e olha para ele. *Digitador! Você não vai deitar nessa cama comigo! Vou te contar uma coisa! São quatro e quarenta e seis da manhã! Nesse horário eu durmo!*

Karl se senta na beira da cama. Sente o calor sob suas pernas. *Precisamos ir embora, Agatha. Precisamos ir agora mesmo.*

Mas, quando acendem a luz no quarto de Millie, ela não está lá.

———

Karl coloca Manny embaixo do braço, Agatha apanha a mochila de Millie e os dois saem da casa de Stella o mais silenciosamente que as tábuas do assoalho permitem. A perna de Manny não cabe toda na mochila de Millie, os dedos de plástico balançam para cima e para baixo atrás da cabeça de Agatha. Karl encosta Manny na lateral do ônibus de Stella e coloca a mão no ombro do manequim. *Fique de olho, Manny,* diz ele, sério.

Ele é de plástico, Digitador, sibila Agatha, e coloca a mochila ao lado de Manny.

Juntos, Karl e Agatha caminham pela rua chamando Millie, procurando embaixo dos carros, nos jardins das casas e em cima das árvores.

Ao passar pelo cemitério, eles ouvem vozes. Do outro lado da rua, com a ajuda das parcas luzes intermitentes dos postes, Karl avista três homens bêbados cambaleando em sua direção. Os homens estão rindo e xingam. Um deles tenta subir numa árvore, outro mija para o alto, o terceiro atira uma garrafa numa lápide. A garrafa se quebra e o barulho se amplifica na noite estática. Os cachorros da vizinhança começam a latir.

Oh, não, diz Karl.

O que foi?, pergunta Agatha.

Karl aponta.

Oh, não, diz Agatha.

Lá está Millie, não muito longe dos bêbados, sentada no chão com as costas encostadas numa das lápides.

Eles estão indo na direção dela, diz Karl, inclinando o corpo para as barras pretas do portão.

Não posso entrar aí, diz Agatha rapidamente. *Eu não...* Ela para. *Todos esses mortos*, diz ela baixinho. *Você não pode me obrigar.*

Os bêbados avistam Millie. *Ei*, chamam eles, e, em seguida, *Quequecê tá fazendo aqui sozinha no escuro? Você é só uma criança, né?* Millie fica de pé, o estômago de Karl dá um pulo, outra garrafa se espatifa ruidosamente, e Millie tenta ir embora, mas eles fizeram uma roda em volta dela. Então, *Tá achando que você é a Dora Aventureira ou uma dessas merdas, é isso?*

Agatha pousa a mão sobre a de Karl.

E algo acontece. A mão envia uma descarga elétrica pelo braço dele. Seu cérebro se reinicia como se estivesse saindo de um estado dormente. Estado de Bela Adormecida. Ou seja lá qual for a versão masculina disso. Deve existir uma, mas Karl não consegue pensar direito. Está ocupado demais concentrado naquela mão. Áspera e grudenta de suor. Sua mão parece macia perto daquela.

Quequecê tá fazendo aqui sozinha, hein, Dora?

Agatha aperta a mão de Karl.

Karl olha para ela com sua visão periférica. Aquela corrente elétrica. Vira-se para Agatha. *Vamos pegar o ônibus*, sussurra ele.

Como assim, vamos pegar o ônibus?, sussurra ela em resposta.

Quer dizer, explica ele, entregando as chaves de Stella para Agatha. *Dar partida no ônibus. Quem sabe roubá-lo.* Então ele pensa ter visto um sorriso no rosto dela. Ou talvez tenha sido só um tique.

Eu não... ela tenta dizer, mas Karl já está correndo, embora aquilo na verdade pareça mais um arrastar-se à la Cliffy Young.* Os bêbados agitam as cervejas no ar para Millie. *Quer um pouquinho de suco da selva, Dora?*, oferece um deles, e Millie parece petrificada. Karl não sabe o que vai fazer quando chegar lá, pensa *Evie, Evie, Evie,* ela saberia o que fazer, mas ele precisa chegar lá de qualquer jeito, porque Millie é só uma criança, elaésóumacriança. *Ei,* diz ele aproximando-se dos homens, mas eles não escutam, portanto Karl berra *Ei!* Todos se viram de uma vez só, e Millie corre até Karl e abraça suas pernas. Ele pousa a mão em sua cabeça e fica na frente dela, protegendo-a dos bêbados. *Ei,* diz ele novamente, dessa vez em voz mais baixa, equilibrando melhor o corpo no chão.

Eles podiam ser a mesma pessoa que não faria diferença, aqueles três. Calça jeans, botas, cabelo espetado para cima em ângulos tão estranhos que com certeza não tinham sido criados de propósito. Como se tivessem sido borrifados com fixador dentro de um túnel de vento. Os olhos deles seguem Karl com ar vazio, como se aquele idoso fosse invisível, e eles estivessem olhando na direção de sua voz. Um deles usa um boné azul com uma marca de artigos de surfe estampada, outro veste uma camiseta na qual está rabiscado *Breast Police,* o terceiro está com uma camisa de flanela de manga comprida. É o Vovô de Dora!, diz Boné Azul, e empurra Karl, e Karl diz *Não quero confusão,* e Breast Police diz *Não sabia, seu velho de merda? Isso aqui é a Creche do Cemitério de Kal.* Karl começa a recuar, com as mãos levantadas como vê as pessoas fazerem nos filmes, e Boné Azul diz *Vamos só dar o leitinho da Dora e depois*

---

* Cliff Young é um fazendeiro australiano que, aos 61 anos, quebrou o recorde da maratona australiana de 875 quilômetros. (*N. do E.*)

colocar ela na cama, e volta a empurrar Karl; ele, Karl, tropeça e depois diz *Podem fazer o que quiserem comigo, mas não machuquem a menina, ela é só uma criança, deixem ela ir embora.* Eles têm olhos vermelhos, cambaleiam e rodeiam os dois em todas as direções. Fedem a álcool e não estão nem aí, Karl percebe com clareza, não estão nem aí nem para eles mesmos, não ligam para suas vidas, e isso os torna perigosos, então Karl diz *Corre, Millie, corre*, mas ela não corre, apenas coloca a mão sobre a dele e enterra o rosto em sua perna, e ele fecha os olhos e pensa *Bom, é isso, acabou.*

Mas então. Uma voz. *Bêbados demais!* Agatha aparece atrás dos homens balançando a perna de Manny como se fosse um tacape. Atinge Camisa de Flanela na parte de trás da cabeça e ele cai no chão, batendo em uma lápide. É nocauteado na hora. Ela balança a perna como uma maluca para os outros dois.

Ei, diz Boné Azul.

Espera aí, minha senhora, diz Breast Police com a voz enrolada. *A gente só tava* — ele parece feito de geleia; cai em cima de um tronco de árvore e o abraça, empurrando o rosto para dentro da casca — *se divertindo.*

Ah, é?, indaga Agatha. *É? Pois não parece nada divertido pra mim!* Ela tenta atingir Boné Azul com a perna, mas erra.

Boné Azul coloca as mãos atrás da cabeça e começa a rebolar. *Quer um pouquinho disso aqui? É só pedir, benzinho.*

Agatha caminha na direção dele e lhe dá um chute com toda a força na canela. *Ei*, diz ele, segurando a perna, pulando num pé só e em seguida caindo na terra.

Calça apertada demais! Ela brande a perna de Manny para Breast Police e erra por pouco. *Não tem dentes suficientes!* Outro golpe, este quase atinge o cotovelo dele. *Nenhum futuro!*

Você é maluca, minha senhora!, diz Boné Azul. Agatha fica em pé na frente dele e volta a chutá-lo, agora na bunda. *Pare com isso*, diz ele, e tenta pegar o tornozelo dela, mas erra e cai de cara no chão.

Agatha pisa nas duas mãos dele. *Eu* — diz ela enquanto ele se retorce inteiro, tentando se libertar — *não sou* — ele levanta a cabeça e tenta cuspir nela — *maluca!* Ela chuta terra no rosto dele.

Vamos nessa, cara, diz Boné Azul enrolando a língua, arrastando-se de quatro para longe de Agatha e tentando ficar de pé. *Isso aqui não vai prestar.*

É, concorda Breast Police. *Não vai prestar MESMO.*

Vou escrever pras suas mães!, diz Agatha.

Quequecê falô aí da minh' mãe?, pergunta Boné Azul.

Cara, vamos nessa!, diz Breast Police.

Não, não, fala Boné Azul. *Escuta aqui, minha senhora. A gente vai chamar Nunnas, Scob e Fleety e vai voltar. Essa história não vai ficar assim, não.* Ele aponta um dedo trêmulo para Agatha. E em seguida vomita na própria camiseta. *Merda,* diz ele. *Merda.*

Deixa pra lá, cara, diz Breast Police.

Mas essa camiseta não é minha, cara.

Deixa pra lá. Vai sair.

Eles passam os braços nos ombros um do outro como se fossem velhos amantes e cambaleiam em direção à saída, cruzando o cemitério de um lado a outro como se o lugar fosse uma pista de esqui e cantando trechos incompletos do hino de um time de futebol australiano. *...Up, up, to win the premiership flag.**

Millie abraça Agatha pela cintura, e ela dá um tapinha sem jeito na cabeça da menina. Karl também sente vontade de abraçar Agatha, apoiar o queixo em sua cabeça, dizer *Obrigado* e colocar a mão na cabeça de Millie e falar *Tá tudo bem,* mas não faz mais isso. O que Branson Spike faria? Em vez disso, ele diz *Vocês duas, vão já pro ônibus. Lá é seguro.* De repente ele se sente forte e no comando. *Eu cubro a retaguarda.* Faz um sinal na direção de Camisa de Flanela.

---

* Tradução livre: "Para a frente, para a frente, para ganhar o título." Hino do Essendon Football Club, conhecido como "The Bombers". (*N. da T.*)

Agatha olha para ele, não muito convencida. *Bom, não fique dando bobeira por muito tempo. Você ouviu o que eles falaram. Vão trazer Flooty e Nunchuck e Scab.*

Um minutinho só, diz Karl.

Enquanto Agatha e Millie saem do cemitério, Karl pega o hidrocor que roubou do asilo. Ajoelha-se ao lado da lápide, enrola a manga da camisa de Camisa de Flanela e escreve em seu antebraço *Karl, o Digitador, 'Teve Aki.* Afasta-se um pouco, olha para seu trabalho e abre um sorriso enorme. O suor no antebraço de Camisa de Flanela faz a tinta escorrer e as palavras parecerem compor o título de um filme de terror.

Karl olha para a estrada. Está amanhecendo. Eles precisam dar o fora dali. Ele enfia as mãos nos bolsos do Camisa de Flanela e tira de lá uma carteira. Abre a carteira. Sente um zumbido percorrer seu corpo, como se este fosse o Karl que ele estivesse tentando alcançar durante toda a sua vida.

Pensa, *Sou Karl, o Digitador: tempo Presente.*

———

O sol está nascendo. Karl sente-se invencível. Tomou decisões, protegeu mulheres — tudo bem, com a ajuda das referidas mulheres —, vandalizou propriedades públicas, roubou dinheiro, resistiu a uma ordem de prisão. Não consegue parar de sorrir enquanto prende o cinto de Manny no banco dianteiro do ônibus. Millie senta-se ao lado do manequim e nina sua perna solta.

Você fez um bom trabalho tomando conta do ônibus, Manny, elogia Karl, dando-lhe um tapinha na cabeça.

É mesmo, reforça Millie, apoiando a cabeça no ombro de Manny. *Bom trabalho, Manny.*

Sim, sim, sim, diz Agatha. Senta-se no banco do motorista e remexe sua bolsa. *O homem de plástico fez um ótimo trabalho.*

A gente tá roubando o ônibus?, pergunta Millie.

Vamos levar você até sua mãe, Millie, responde Karl.

A gente vai de trem?

Sim, Millie.

Não tenho dinheiro.

Karl sente o chumaço de dinheiro pulsando em seu bolso. *Deixa essa parte comigo.*

Millie olha pela janela, para a casa de Stella. *Então quer dizer que a gente tá roubando o ônibus?*

Pegando emprestado.

Que nem você fez com as teclas dos computadores?

Sim. Exatamente.

Então a gente tá roubando mesmo.

Sim.

Mas esse ônibus é da Stella.

Sim. Não é nosso.

O irmão da Stella morreu.

Eu não sabia.

Acho que a gente não devia roubar o ônibus.

Às vezes os adultos sabem o que é melhor, diz Karl.

Às vezes os adultos não sabem de nada, fala Millie.

Mas antes que eles consigam decidir quem sabe o que é melhor, Boné Azul aparece na frente do farol do ônibus. *Ei!*, diz ele, batendo no capô.

Fecha a porta, Agatha, diz Karl baixinho.

Eu não...

Ei!, diz Boné Azul mais uma vez, chutando o pneu. *Eu avisei que a gente ia voltar!*

Karl levanta e vê Breast Police em uma das laterais do ônibus e na outra um homem que ele não reconhece. Breast Police está com um taco de críquete e sorri ameaçadoramente para Karl através do vidro. Os homens batem nas laterais do ônibus com as palmas das mãos. *Fecha a porta, Agatha*, diz Karl mais uma vez, agora mais alto.

Como é que você...

Ei! Boné Azul está na frente da escada da porta do ônibus, brandindo uma garrafa quebrada, os olhos ferozes, as narinas dilatadas. *Fecha essa porta, Agatha!*, berra Karl. Boné Azul pisa no degrau no momento que Agatha encontra o botão certo e o aperta com força. Boné Azul está metade para dentro e metade para fora do ônibus, e enfia um dos braços pela fresta enquanto empurra com o ombro a porta que está se fechando. Agita a garrafa quebrada e quase corta a mão de Karl quando ele tenta empurrá-lo para fora do ônibus. *Não chegue perto, Millie!*, diz Karl. Millie encontra objetos para atirar no homem, um kit de primeiros socorros, um par de óculos, uma camiseta, um miolo de maçã, e Boné Azul desvia todos os itens com a garrafa como um esgrimista amador. Karl tenta chutá-lo sem chegar muito perto dele. Alguém quebra uma das janelas dos fundos do ônibus. Karl diz *Ligue o ônibus, Agatha, vamos!*

Não dirijo há sete anos!

Se vira!

Certo, eu não — será que — isso é...

Você consegue, Agatha, diz Millie.

O ônibus resfólega e gorgoleja e finalmente dá partida. *Consegui! Consegui!*, comemora Agatha. *E agora, o que eu faço?*

Dirige!

Ah, é!

E então o ônibus começa a se mover, lentamente, parando de vez em quando, e Boné Azul pula ao lado dele com um pé para dentro e uma das mãos segurando a porta. Karl desafivela o cinto de Manny, ergue-o acima da cabeça e diz *Isso não vai doer nem um pouquinho, Manny*, mas está mentindo, e atira Manny na direção de Boné Azul. Manny irá salvá-los mais uma vez, Karl sabe, vai derrubar a garrafa da mão de Boné Azul, deslocar seu pé, esmagar as pontas dos seus dedos. *Diga tchauzinho, Boné Azul*, fala Karl, mas, quando faz isso, o tempo parece desacelerar, as batidas nas laterais do ônibus soam como batidas de tambores distantes numa ilha remota, e é nesse momento que Karl percebe que aquele homem não passa de um garoto bêbado e irritado, que não é um homem, nem de longe. Seu rosto está cheio de espinhas e seus olhos, tomados por um tipo de raiva que não conhece outra saída. Ele está bravo por algum motivo, mas esse motivo não é Karl. Karl reconhece a luta para Virar um Homem e sente vontade de dizer *Tudo bem, eu estou do seu lado*, e por um instante pensa que talvez seja possível negociar com aquele homem bêbado, aquele rapaz bêbado, então começa a abaixar Manny, mas de repente sente um clarão; o rapazote bêbado deu um golpe e abriu um talho na palma da mão de Karl.

Karl, diz Millie atrás dele.

O que foi?, pergunta Agatha, e o ônibus vira para escapar de uma sarjeta.

Está tudo bem, garante Karl, embora não saiba ainda se está tudo bem e sinta certa fraqueza nos joelhos ao pensar no sangue que está jorrando da palma de sua mão, portanto não quer olhar para ela. Chega de tentar entender aquele rapazote bêbado. *Sabe de uma coisa, rapazote bêbado?*, pensa ele, *eu também tenho muitos motivos pra ficar bravo*, e então direciona toda a sua raiva para os seus braços e se sente igual ao Super-Homem, ou ao Incrível Hulk, ou àquele rapaz de 16 anos que conheceu de manhã, e segura Manny triunfalmente acima da cabeça e o atira na porta com toda a força de que é capaz.

Mas o ônibus passa por cima de um quebra-molas naquele exato momento e Karl perde o equilíbrio. Manny é atirado para cima. Karl cai para trás, sentado, e Manny desaba ao seu lado. O ônibus ainda está andando devagar, mas Boné Azul precisa começar a dar pulos para acompanhá-lo. Millie empurra o pé de Boné Azul com o próprio pé e morde a canela dele, então Boné Azul xinga e tenta lhe dar um golpe, e Karl diz *Fique longe dele, Millie*, e Agatha cai na sarjeta e exclama *Oh!* quando quase bate em uma árvore na faixa lateral. Agatha volta mais uma vez para a rua; Boné Azul cai e seu pé se solta do ônibus.

Karl e Millie correm para a janela lateral e assistem a Boné Azul rolando pela rua atrás deles.

Está todo mundo bem?, pergunta Karl. *Só Millie?*

Acho que sim, responde Millie, subindo no assento atrás de Agatha.

Karl apanha Manny do chão e o analisa, procurando ferimentos. *Agatha?*

Ah, estou ótima!, diz Agatha. *Ótima! Só estou sofrendo de Transtorno de Estresse Pós-Traumático, mas fora isso... Ele foi embora?* O ônibus roda rua abaixo, passando por casinhas de tijolos escuros. Há crianças de uniforme escolar, um homem de roupão apanhando um papel, uma mulher passeando com o cachorro.

Foi, responde Karl. Senta-se no banco ao lado de Millie, mas do outro lado do corredor, e segura Manny no colo.

Que bom, diz Agatha. *Porque são seis e seis da manhã!* Ela aponta para seu relógio de pulso.

E daí?, questiona Karl, examinando o corte em sua mão e sentindo-se meio sem chão.

Você! Capitã Funeral! Agatha vira-se para encarar Millie. *Assuma o volante!*

Eu só tenho sete anos.

Exatamente! Quando eu tinha sete anos já atravessava o país inteiro dirigindo caminhão!

Não atravessava, não.

Assuma o volante e pronto! Agatha sai do banco.

Agatha!, diz Karl. *O que você está fazendo?* Ele dá um pulo e consegue segurar o volante antes de eles saírem da rua.

Agatha cai pesadamente ao lado de Millie e abre a bolsa. Coloca um caderno e um espelhinho no colo e ergue uma régua diante do rosto.

Karl observa-a pelo espelho retrovisor. *Agatha, o que...?*

Escuta aqui, Dedos Ágeis Matreiros!, diz Agatha. *Estou ocupada! Não estou atendendo no momento!* Ela anota alguma coisa em seu caderno.

millie bird

Depois de algumas ruas erradas, rotatórias e discussões, finalmente eles chegam à estação de trem de Kalgoorlie. O ar está pegajoso e difícil de respirar quando eles caminham pela plataforma. O trem já está lá, sendo aos poucos carregado com pessoas e bagagens. Turistas tiram fotos uns dos outros na frente do logo da Indian Pacific na lateral do trem. Funcionários e funcionárias de uniforme checam passagens e orientam os passageiros para diferentes seções do trem. Famílias se abraçam, choram e riem juntas.

Karl compra as passagens e eles são direcionados até sua cabine. É pequena, com um assento em forma de sofá que vira cama, uma pia num canto e um janelão com uma cortina que está puxada pela metade.

É isso?, pergunta Agatha, e começa a desdobrar a cama.

Ouvem uma comoção na plataforma do trem ao lado de sua janela. Uma voz masculina diz *Não posso deixar a senhora entrar sem passagem. O trem já vai sair.*

Ah, pelamordedeus, Derek!, retruca uma voz feminina. *A gente estudou junto, me poupe. Namorei um tempo com o maldito do seu irmão no sétimo ano. Eu ia aos churrascos na sua casa aos domingos.*

Estamos com o horário bem apertado, Stella, diz a voz do homem. *Não vou poder ajudar. Você sabe. Os horários dos trens e tal.*

Millie abre a cortina. *Stella?*, diz. Millie bate no vidro da janela e a escancara. *Stella!*, grita.

Ai, meu Deus, diz Karl, e mergulha para se esconder.

Todos a bordo!, chama o homem de uniforme na plataforma, enquanto entra no trem.

Stella acena para o homem e corre até a janela deles. *Estou vendo você, Karl!*, diz ela.

O trem começa a andar enquanto Karl fica de pé. Ele cambaleia um pouco.

Cadê minhas chaves?, pergunta Stella, caminhando ao lado do trem.

No ônibus, responde Karl, envergonhado.

É melhor vocês encontrarem a mãe dela, senão..., ameaça Stella.

Ele olha para Millie. *Vamos tentar*, diz Karl.

Tudo bem com você, meu amor?, pergunta Stella.

Millie confirma. *Sim.*

Jura?

Juro.

Tá bem, então. Stella para de andar e enfia as mãos nos bolsos.

O trem começa a ganhar velocidade, e Millie observa Stella ficar cada vez menor na plataforma. A menina olha para a camisinha de latinha e diz *Mas eu queria que você viesse com a gente*. Sente as lágrimas chegarem aos seus olhos e não consegue evitá-las, porque Stella é boazinha e o pai dela morreu e a mãe dela pode muito bem ter morrido também. Millie fica olhando para Stella até não conseguir mais enxergá-la e, no fundo de suas entranhas, aquilo dói. Todos os adultos que ela conhece estão o tempo todo levando embora pedacinhos de suas entranhas, e nunca devolvem.

parte três

Karl, o digitador

Quando o trem começa a se mover, Karl deixa as meninas e Manny se acomodando na cabine e vai até o toalete. Limpa o corte, seca a mão e enrola papel higiênico ao redor da ferida. Vê de relance sua imagem no espelho. Sempre foi estranho se olhar no espelho, mas aquele exercício só ficou mais e mais estranho ao longo dos anos. Ele conhece seu rosto, e aquele não é o seu rosto. Como é possível você estar dentro de um rosto por 87 anos e o tempo inteiro se surpreender com sua aparência? De repente lhe ocorre que todas as outras pessoas conhecem melhor aquele rosto que ele mesmo. Ele não sabe nem como são as próprias expressões faciais. Tenta fazer cara de bravo. Triste. Feliz. Preocupado. Contemplativo. Desaparecido. Procurado. Mas só se vê cansado. Muito cansado.

Nunca mais vou fazer sexo, diz. *Não com esse rosto.* Fecha os olhos, aperta os lábios e caminha em direção ao espelho. Abre um olho, vê algo parecido com a Morte tentando beijá-lo e recua.

Certo, diz ele. É isso então. Porém Evie o amara, e amara aquele rosto. Ele passa a mão boa pelos cabelos. Mal consegue sentir as mechas moribundas.

Ele sentiu tanta inveja daquele rapaz ontem, aquele com um peito igual ao de Charlton Heston em *Ben-Hur*. Quis ter tudo o que ele tinha, aquele corpo, aquela garota, aquele carro, aquela liberdade, aquele jeito de pensar. Aquele cabelo, aquele maldito cabelo. O que ele não daria para ter cabelos que se movimentassem tão livremente ao vento. Mas, e aquele garoto, também não deveria sentir inveja de Karl? Não deveria sentir curiosidade para saber o que Karl havia visto e feito?

Não deveria olhar para Karl e pensar *Ah, se eu pudesse ter uma vida como a sua...*

———

Quando Karl volta para a cabine, Millie fez um novo cartaz no qual havia escrito *ESTOU AQUI, MAMÃE* para pregar na porta, enquanto Agatha está deitada toda esparramada na cama, com os olhos fechados e a boca aberta.

Millie leva um dedo aos lábios *Shhhh*. Karl assente. Millie faz um gesto para ele se aproximar. Está de mochila. *Posso sair pra explorar?*, sussurra ela.

Claro, diz Karl, também sussurrando. *Mas não converse com nenhum homem estranho.*

Você é um homem estranho.

Karl pensa naquilo. *Outros homens estranhos.*

Millie fecha a porta e Karl coloca um travesseiro embaixo da cabeça de Agatha. Senta-se bem ereto ao lado dela, com as costas encostadas na parede, as mãos no colo. Olha pela janela. Vermelho, verde, azul. A terra, o mato, o céu. Repete tudo sem parar. O mato baixo e as arvorezinhas que parecem pessoas corcundas procurando coisas no chão. E uma ou outra árvore grande querendo alcançar o sol, erguendo-se da terra vermelha.

Manny está encostado na pia do canto da cabine. *Dormiu*, sussurra Karl para ele, assentindo na direção de Agatha. *Ela teve uma noite cheia.*

Agatha ronca e depois muda de posição, virando-se para o outro lado. Ele sente o calor dela ao seu lado. Lembra-se de Evie assim, deitada ao seu lado na cama. Fecha as cortinas.

outra coisa que karl sabe

evie (parte dois)

Ela era como um dente-de-leão, como se uma única respiração dele pudesse fazê-la sair voando pelos ares para nunca mais ser vista. Era muito quieta também, não apenas no modo de falar, mas na maneira de se comportar — como se estivesse sempre rodeada de gente dormindo e caminhasse sempre pé ante pé, mal formando pegadas na areia quando eles andavam juntos na praia no início das manhãs.

Será que era muito quieta? Talvez. Todo mundo é muito alguma coisa, é o que Karl acha.

Porém foi a pessoa mais estável que ele já conheceu. Cada palavra sua era medida, como se ela despejasse as palavras em xícaras de medição e depois achatasse os topos antes de entregá-las para o mundo. E sempre havia uma quantidade enorme de espaço para ela, para ele, para todo mundo. Ela estava sempre abaixando as armas e levantando os braços, convidando a uma vulnerabilidade que a maioria das pessoas não conseguia ter.

Karl tinha a impressão de, ao lado dela, estar sempre pisoteando, amassando as folhas sob os pés com enorme violência, cada espirro seu era como se fosse uma tentativa de abrir um rasgo no ar. Não gostava do jeito como aquele corpo causava tanto impacto nas coisas. Mas, quando tocava Evie e ela o tocava também, ela o fazia se sentir suave, e aquelas rugas ao redor dos olhos dela, aquelas que se tornaram mais profundas, maiores e numerosas... alguma coisa nelas lhe dizia que ele era compreendido.

Estou aqui, Evie, sussurra ele, enquanto as lágrimas escorrem pelo seu rosto. Quando abre os olhos, Agatha está sentada com o rosto próximo ao dele. Karl dá um pulo.

Ron? O que aconteceu, Ron?, pergunta ela. Está de óculos escuros e está escuro ali e eles não conseguem se ver direito.

Agatha, diz Karl, *não sou o...*

Ela cobre a boca dele com a mão. *Ron,* diz. Segura as bochechas dele com as duas mãos. Com o polegar, limpa suas lágrimas. *Desculpe,* diz ela.

Karl não sabe o que dizer. *Tudo bem,* acaba falando.

Você está chorando por minha causa?

Não, Agatha, responde ele, com o nariz quase tocando o dela.

Desculpe, Ron, diz ela, e se inclina para a frente a fim de beijar Karl.

Mais do que jamais quis qualquer coisa, Karl quis que ela fosse Evie. Respira bem fundo e fecha os olhos, e então aguarda os lábios dela, mas, antes que qualquer coisa possa acontecer, a cabeça de Agatha cai no peito dele e ela começa a roncar.

Ele suspira e ajuda Agatha a se acomodar na posição em que ela dormia antes. Ela fica ali deitada, com os sapatos ortopédicos ainda nos pés, a cabeça balançando sobre o travesseiro, a boca bem aberta, roncos irregulares ricocheteando pelas paredes e fazendo seu nariz vibrar. Há música em seus roncos, com certeza, no subir e descer, uma indicação de como é a vida, com seus altos e baixos. Ele tem vontade de fazer um gráfico daquele som e imagina montanhas numa página, linhas curvas e onduladas.

Abre ligeiramente as cortinas e olha para Agatha deitada ao seu lado. Percebe então que nunca olha fixamente para ninguém. Lembra que olhava quando era criança, embora naquela época não soubesse que as pessoas podiam ver o que os olhos dele estavam fazendo. Por que as pessoas têm tanto medo de serem olhadas? Quando ele parou de olhar as pessoas nos olhos? Deve ter havido um momento em que ele se deu conta do que aquilo significava. O que aquilo significava?

Você parece não ver problema em fazer isso, sussurra para Manny, que olha sem piscar para ele do canto da cabine.

Ele se lembra de como olhava para Evie. De alguma maneira, o amor fazia com que olhar fixamente não fosse proibido. Os dois ficavam deitados na cama quando jovens, esfregando um nariz no outro e roçando os pés uns nos outros, olhando-se fixamente. Ele conhecia cada pedacinho do corpo dela, mas, mesmo assim, continuava olhando. Parecia sempre haver um ângulo novo a conhecer, ou um novo tipo de luz que se refletia em seu corpo, uma dobra, uma ondulação.

outra coisa que karl sabe

agatha não é evie

Isso com certeza. Ele imagina Agatha de uniforme, sentada à cabeceira, inclinada sobre uma mesa, com os punhos bem enfiados no tampo, apontando mapas, declarando que países vai invadir, comandando homens. Gosta dessa nova versão de feminilidade que vê nela, uma versão que permite que ele não seja exatamente um homem.

Karl é um homem, ele sabe disso, pelo menos quando se trata de ter um órgão que o identifique como tal, mas jamais soube como caminhar, falar ou se comportar como um homem. Mesmo hoje, aos 87 anos, sente-se como um garotinho dando uma baforada escondida no charuto do pai, brincando de usar a camisa social do pai.

O nariz de Agatha se retorce e ela estala os lábios. Suas mãos estão cruzadas em cima da barriga. Ele observa os dedos dela. São grandes e grossos, e ele os imagina caindo pesadamente sobre as teclas de uma máquina de escrever, como uma trouxa de roupa caindo do sétimo andar.

Deita-se ao lado dela na cama pequena e cruza os braços na frente do corpo, escutando os roncos de Agatha. As costas dela estão encostadas em seu braço. Pela janela, vê à distância casas de fazenda, carros enferrujados e máquinas não identificáveis, todos espalhados ao redor, como se tivessem despencado do céu. Grama sai das janelas, dos pneus e das botas, como um desses homens cujos pelos saem pela gola da camisa. Karl espia por baixo de sua camisa. Arqueia o peito. Suspira. Esfrega o pescoço. Pingos de chuva caem nas janelas. Ele consegue ver onde está chovendo e onde não está no horizonte, manchas escuras pairam sobre o deserto como hematomas, de tão pesadas no céu.

O caderno de Agatha está sobre a cama, ao lado dela. Ele olha para o caderno, depois para Agatha. Olha de novo para o caderno. *Idade*, diz a capa com uma letra emaranhada. Em letras miúdas, quase indecifráveis, foi rabiscado *Agatha Pantha (TIRE AS MÃOS!)* na parte inferior da capa. Ele mantém um olho nela enquanto apanha o caderno e folheia suas páginas com o polegar. A caligrafia é tão agressiva que parece estar tentando esmagar o papel. Olhar para aquilo não traz uma boa sensação.

Ele recoloca o caderno no lugar. Sente o ritmo do trem embaixo de suas costas, o seu movimento, como um ninar, como a nostalgia.

millie bird

Millie está sentada em um banco na área comum do vagão e apoia a parte de trás da cabeça na janela. À sua frente, uma mulher lê um livrinho para uma menina pequena, menor que Millie. O livro não tem muitas palavras e faz perguntas superfáceis. *O que a vaca faz?*, pergunta a mãe, e incita a menininha a fazer *Muuuu*, e a menininha apenas imita a mãe, como um eco, mas a mãe parabeniza a menina. Como se ela tivesse inventado as vacas. A menininha fica ali sentada com a cabeça erguida, balançando as perninhas, e a mãe se inclina e beija sua cabeça. Millie fecha os olhos e deseja com todas as forças que seja sua cabeça, então, quando a mãe pergunta *O que um cavalo faz?*, Millie relincha de um jeito bem caprichado, chega até a levar a cabeça para trás como um cavalo, e olha para a mãe, esperando ganhar alguma coisa, mas a mãe olha para Millie como se ela tivesse feito algo errado.

E de repente Millie se enche de ódio daquela menininha minúscula. *Sabe de uma coisa?*, pergunta ela, saltando do assento e olhando bem para a menina. *Você bem que podia morrer hoje.* Então entra no próximo vagão.

Sanduíches
O quê?

e cortinas
leia isso
batatas

Millie caminha a esmo pelo vagão-restaurante e senta-se em um dos sofás com mesa. O assento de vinil gruda na parte de trás de suas pernas. Ela fica vendo o mundo passar pela janela do trem e, quando coloca as mãos ao redor dos olhos como se fossem óculos, o mundo inteiro fica cheio de listras verdes, vermelhas e amarelas que passam bem depressa. Tem algo de aterrorizante nisso, mas também algo de excitante. É as duas coisas ao mesmo tempo, e ela pensa *Tudo é sempre as duas coisas ao mesmo tempo.* Ela está triste por se despedir de Stella, mas, ao mesmo tempo, feliz por ir com Karl e Agatha. Está triste por seu pai ter morrido, mas, ao mesmo tempo, feliz por ele não sentir mais dor. Ama sua mãe, mas, ao mesmo tempo, a odeia. Dá para amar e odiar a mesma pessoa? Se você a ama mais do que a odeia, será que um dia ela perdoará você? Deixará você encontrá-la? Ela tira os óculos, recosta-se no banco e inspeciona toda a extensão do que está lá fora e sente como se nada nunca, nunca tivesse fim nem começo.

Uma mulher com o uniforme da Indian Pacific caminha pelo vagão na direção de Millie. Tem cabelo loiro comprido e seus olhos brilham quando ela sorri. *Com licença*, diz Millie em seu tom mais educado. *Quando a gente vai chegar a Melbourne? Preciso chegar lá daqui a dois dias.*

A mulher sorri de um jeito compreensivo para Millie. *Oh, meu amor*, diz ela. *Eu sei que é uma viagem meio longa.* Enfia a mão no bolso. *Tome*, diz, entregando um chocolate Caramello Koala a Millie.

Millie olha meio sem acreditar para o Caramello Koala na palma de sua mão. Olha de novo para a mulher. *Preciso chegar lá daqui a dois dias*, repete.

A mulher ri. *Vou trazer um livro de colorir pra você*, diz ela e vai embora.

Millie dá uma mordida nas pernas do coala justamente quando uma voz masculina anuncia no alto-falante: *Bom dia, pessoal. Para vocês que se juntaram a nós em Kalgoorlie, bem-vindos a bordo da Indian Pacific. Temos certeza de que irão gostar da viagem. Usarei este alto-falante não só para dar alguns avisos ao longo do caminho, mas também para fornecer algumas informações sobre nosso glorioso país. Logo, logo estaremos viajando pela planície de Nullarbor. "Nullarbor" vem do latim e significa "sem árvores", mas a planície é coberta por pequenas árvores e arbustos que são resistentes à seca e ao sal. A planície é o maior pedaço contínuo de calcário do mundo, tem entre 20 e 25 milhões de anos e duas vezes o tamanho da Inglaterra. É também um antigo leito do oceano, formado basicamente de conchas do mar.*

Millie pressiona o rosto na janela. *Então o fundo do mar é assim*, diz. Precisa se lembrar de contar isso para Stella. Coloca aquela informação na parte do seu cérebro que se lembra das coisas para mais tarde.

Na mesa ao lado, um menino mais ou menos da sua idade lê uma revista em quadrinhos. Na frente está um desenho de um homem com capa, o braço esticado para a frente, o cabelo agitado pelo vento, uma pessoa enfiada embaixo de seu braço. Um prédio arde em chamas lá embaixo. Ele usa uma faixa no pulso cheia de luzes e botões.

Millie olha para a camisinha de latinha do seu pai no seu antebraço. Imagina-se com uma capa voando pelos corredores do trem, pairando sobre todas as pessoas, salvando-as. Voando pela janela do trem e indo direto para Melbourne. Sua mãe então iria perdoá-la, porque ela teria sido muito boazinha. Seus olhos se encontram com os do garoto por cima da revistinha. Ele parece estar lhe dizendo *Vá em frente*.

Então ela entra escondido no vagão da primeira classe...

então eu aceitei a maçã
era entendido no início como
como foi que
Nova Scotia?

... e rouba uma toalha de mesa branca. Tira da mochila seu Estojo de Funerais, escreve *CF* na toalha com um hidrocor preto grosso e a amarra no pescoço. Tira as galochas e escreve *C* na direita e *F* na esquerda. Escreve *Estou aqui, mamãe* em um antebraço e *Sinto muito, mamãe* no outro. Reúne todos os cardápios do vagão-restaurante e, ao lado do letreiro que diz *Bem-vindos à Indian Pacific*, escreve com sua melhor letra *Todos vocês vão morrer*. Embaixo, em letras maiúsculas, *Não tem problema*. Desenha uma carinha feliz.

Observa uma mulher passar batom cuidadosamente nos lábios. Depois, quando a mulher não está olhando, Millie enfia a mão em sua bolsa e tira o batom de lá. *Só estou pegando emprestado*, diz Millie. Usa o batom para escrever sua mensagem na parte inferior das janelas, nos espelhos dos banheiros e nas mesas do restaurante. Ninguém parece perceber nada.

Caminha pelos corredores dos vagões sentindo a capa branca embolar atrás dela, sentindo como se suas galochas tivessem molas nas solas dos pés. As pessoas olham para ela. Millie sorri para todos. Seu sorriso parece fornecer toda a eletricidade do mundo. Ela se propulsiona pelo corredor, com o braço esticado na frente do corpo, a mão em punho fechado.

Uma senhora idosa coloca a mão no assento ao seu lado, como se estivesse imaginando o calor de alguém sentado ali. Millie se ajoelha e desliza pelo chão na direção dela.

Você vai morrer um dia, diz ela.

A senhora olha para Millie. *Espero que sim, meu bem*, diz ela, dando um tapinha na cabeça de Millie.

Uma menina está sentada no chão da sala de estar do vagão escovando o cabelo de uma Barbie.

Você vai morrer um dia, diz Millie, de pé à sua frente.

A menina não olha para ela. *VOCÊ é que vai.*

Eu sei, fala Millie.

Um pai alimenta uma criança pequena enquanto tenta impedir que dois outros garotos se esmurrem.

Todos vocês vão morrer um dia, diz Millie, parada orgulhosamente com a camisinha de latinha erguida acima da cabeça.

O pai tenta tapar os ouvidos dos filhos. *Cai fora,* diz ele.

A mãe, que está ao lado lendo uma revista, revira os olhos. *Ela é só uma criança, Gerard.*

Charles Manson também foi, um dia!

Eu não sou só uma criança, Gerard, sussurra Millie enquanto se afasta.

Há um bebê num carrinho. Millie deixa que ele segure seu dedo. Inclina-se para perto de sua cabeça. *Você também vai morrer,* sussurra ela.

Ele sorri, solta um pum e dá mais um sorriso.

Aquela menina é bizarra

Eu sei

Ela encontra uma porta na qual está escrito *Derek Fauntleroy: Chefe de Cabine.* Entreabre a porta e vê um homem sentado diante de uma mesa, com a cabeça apoiada nas mãos e um telefone colado ao ouvido.

Pai, não posso, estou trabalhando

Este é o meu trabalho de verdade

Meu Deus do céu, pai

Por que não pergunta ao Garoto de Ouro

Bom, essa que é a verdade

Não desligue

Pai

Pai

Merda

Millie escreve com o batom na janela em frente ao escritório dele. *NÃO TEM PROBLEMA.* As letras parecem voar ao longo da linha do horizonte.

Millie senta-se embaixo de uma das mesas do vagão-restaurante. Todas as pessoas estão tristes e mostram isso ou escondem esse sentimento. Algumas andam tristes há muito tempo, outras não tanto tempo assim. E a ideia de ajudar todo mundo é muito, muito cansativa. *Será que é assim que um super-herói se sente?*, pergunta-se ela, pressionando o rosto no estofado do assento.

Um menino enfia a cabeça por baixo da mesa e vem ficar ao seu lado. É o mesmo menino que ela viu antes, lendo a revistinha de super-herói. Seu cabelo é castanho, e seus olhos parecem tomar conta de todo o seu rosto. Ele e Millie olham um para o outro.

Já estive 37 vezes nesse trem, diz ele para Millie, por fim.

Bom pra você, retruca ela.

Sei tudo sobre ele. Pode me perguntar qualquer coisa.

Tô ocupada.

Você é um super-herói, diz ele, apontando para a capa dela.

Aham, diz ela.

Eu também.

Que super-herói você é?

Ele suspira, apoia o corpo sobre o cotovelo e o queixo na mão. *Segredo.*

Eu sou a Capitã Funeral.

Ele se senta empertigado. *Eu sou o Capitão Tudo.*

O que é que você faz?

Hã... tudo, diz ele, revirando os olhos. *Dá.*

Ah.

E você?

Ainda nada.

Tênis, chinelos e pés descalços passam por eles.

Você gosta de pés?, pergunta o menino.

Millie pensa um pouco. *Em geral, sim*, responde.

Minha mãe me disse pra nunca tocar no pé de ninguém. Ela falou que, depois das maçanetas, dos corrimões e das costas peludas, os pés são a coisa mais nojenta que existe nesse mundo.

Existem coisas mais nojentas.

Tipo o quê?

Meninos.

As meninas são mais nojentas que os meninos.

Cocô, diz Millie.

Cocô na sua cara, talvez.

Minha avó tinha verrugas nas pálpebras.

Talvez ela fosse uma bruxa.

Você vai...

... morrer um dia, tô sabendo.

Como você sabe?

Todo mundo sabe.

Você estava me espionando!

Não estava, não.

Estava, sim.

Ele recosta na perna do assento. *Quer um pouco da minha barrinha de cereal?*

Millie encolhe os ombros. *Tá bom.*

Os dois mastigam alto, juntos. Millie come sua porção depressa. O menino a observa. Enfia a mão no bolso, tira algumas bolachas e as entrega para ela. Millie as come agradecida.

Pra onde você vai?

Tô fazendo uma viagem.

O menino revira os olhos de novo. *Isso tá na cara. Mas pra onde?*

Ela respira fundo. *Vamos tentar encontrar minha mãe. Ela esqueceu de me levar. Aí todas as coisas dela sumiram de casa. Mas, antes disso, papai ficou internado no hospital. E depois morreu. Acho que foi por isso que ela esqueceu de me levar e por isso que ela quis ir pra bem longe e agora eu só preciso encontrar ela antes que ela vá pra mais longe ainda.*

Ah.

Sua mãe é legal?, pergunta Millie.

Normal.

Que tipo de coisa ela faz?

Coisas de mãe.

Tipo o quê?

Tipo trazer coisas. Ir me pegar nos lugares e tal. Faz coisas pra mim. Esse tipo de coisa.

Minha mãe vai me levar pra Terra do Cinema, diz Millie. *Na Costa Dourada. Sabe, quando a gente encontrar ela.*

Fui lá no ano passado.

Provavelmente a gente vai pro Sea World depois disso.

O show dos golfinhos era bacana, acho.

Minha mãe tá nesse show dos golfinhos, diz Millie.

Eu não vi sua mãe lá.

Você não sabe como ela é.

Sua mãe não tá no show dos golfinhos coisa nenhuma.

Provavelmente a gente vai pro espaço sideral depois disso.

Você não pode ir pro espaço sideral, diz o menino, cruzando os braços.

Quem disse?

Todo mundo.

Minha mãe conhece um cara que pode ir pro espaço.

Um astronauta?

Não, é só um cara rico.

Ah. Você conhece muita gente rica?

Algumas.

Eu conheço um monte de gente rica.

Não conhece, não.

Conheço, sim. Tem uma menina na minha escola que compra o almoço todo dia.

E daí?, indaga Millie.

Todo dia.

Ela pode ir pro espaço sideral?

Provavelmente.

Mas aí onde ela vai comprar o almoço?

Ela vai comprar antes e levar, responde o menino. *É óbvio.*

Qual é o seu nome de verdade?

Não vou dizer. Qual é o seu?

Millie Bird.

O meu é Jeremy.

Jeremy o quê?

Não, Jeremy Jacobs.

Gostei do seu nome.

Obrigado. O seu também é legal.

Obrigada.

Eles ouvem uma voz do outro lado do vagão. *Com licença, senhor.*

Jeremy arregala os olhos. É o Derek, sussurra ele. *O Chefe de Cabine.*

Derek passa por eles. Millie só consegue ver os pés dele. Sapatos pretos e brilhantes. Andar reto e rápido. *Não respire perto das janelas, senhor,* diz ele.

Mamãe disse que antes ele era inspetor de trânsito, conta Jeremy. *Mas,* ele se inclina para mais perto dela, *foi despedido. Ele mexia nos parquímetros pra conseguir aplicar mais multas.*

Millie engatinha para sair debaixo da mesa a fim de olhar Derek melhor. Só consegue ver suas costas, mas percebe que é o mesmo homem do telefone. Sua camisa está enfiada para dentro da calça, e suas calças não têm uma ruga. Ele passa um pano sobre as mesas, os assentos, nas paredes e em toda superfície que encontra por perto. Uma criança com o rosto lambuzado de Vegemite está sentada a uma das mesas enquanto sua mãe está na fila do balcão para fazer seu pedido. Derek limpa seu rosto com o pano de forma rude, e, por alguns instantes, a criança fica ali parada, atônita, depois começa a chorar. Derek passa pela mãe ao se afastar da criança aos berros. *Não é permitido chorar no vagão-restaurante*, diz ele.

Os inspetores de trânsito vão pro inferno, diz Millie, voltando a engatinhar para baixo da mesa.

O quê?

Papai que disse.

Ah.

A mulher que deu um Caramello Koala para Millie enfia a cabeça embaixo da mesa. *Encontrou uma amiguinha, Jeremy?*

Ela não é minha amiga, mamãe.

Ela se senta. *Namorada, então.*

Mamãe! Que nojento.

Ela sorri para Millie, e Millie sorri para ela. *Ela parece legal*, diz a mãe de Jeremy.

Bom. Mas não é.

Ele também não é muito legal, diz Millie.

A mãe de Jeremy ri. *Vocês dois formam um casal perfeito.*

Mãe, diz Jeremy, cruzando os braços.

Daqui a pouco terei um intervalo de descanso, meu amor, diz ela para o filho. *Por que não vem jantar comigo?*

Ele olha para ela com o canto do olho. *A gente pode jogar Uno?**

Claro, querido.

Sapatos pretos e brilhantes param ao lado da mãe de Jeremy. *Melissa*, diz uma voz. *Saiba que você não é paga para ficar sentada no chão.*

Certo, Derek, diz a mãe de Jeremy. Os sapatos pretos e brilhantes se afastam.

Ele me dá medo, mamãe, fala Jeremy. *Não gosto dele.*

Oh, meu querido, não seja assim tão duro. Ele é só uma criança, na verdade.

Não é não. Ele é um adulto.

---

* Um dos jogos de cartas mais vendidos no mundo. (*N. da T.*)

Meu querido, eu quis dizer por dentro. Ela faz cócegas na barriga dele.

Millie põe as mãos sobre sua própria barriga. A mãe de Jeremy é tão linda e tem cheiro de mãe, por isso Millie diz *Você é muito linda e tem cheiro de mãe*; o rosto da mulher se suaviza, ela pousa uma mão cálida sobre a perna de Millie e diz *Obrigada, querida.* E Millie sente vontade de se aninhar em seus braços e ficar ali pra sempre, mas não faz isso porque aquela mulher não é a sua mãe, e a gente não pode fazer isso com mães que não são nossas. Mas a gente devia poder abraçar todas as mães que não são nossas, porque algumas pessoas não têm mãe — e o que vão fazer com todos os abraços que elas têm?

agatha pantha

14h02: Agatha acorda assustada quando o alto-falante dá um aviso. *Senhoras e senhores, por gentileza, adiantem os relógios uma hora e meia. Durante a viagem, vamos viver no que chamamos de "Fuso Horário do Trem". Manteremos os senhores informados quanto a futuros ajustes.*

Agatha se senta. *Fuso Horário do Trem?* Adianta todos os seus relógios.

15h32: Agatha saca seu bloco de anotações das Cartas de Reclamação e sua caneta e começa a escrever: *Caro* —— sua mão pula ao balanço do vagão, e o *r* risca a página. *Argh*, resmunga Agatha, arrancando a folha e amassando-a. *Caro*, escreve novamente, depois para.

Agatha olha pela janela. Eles estão passando muito depressa entre os arbustos. Tudo sempre estala e silva para ela na savana australiana, as árvores abrem-se para cima como se estivessem em estado de agonia. E aquela terra, aquela terra profundamente vermelha que gruda embaixo de suas unhas, mancha suas roupas e nunca parece abandonar você!

De repente ela se lembra do cabelo de Ron. Era vermelho como um fio de cobre, achatado no topo da cabeça com uma onda na frente e uma risca perfeita em um dos lados. Ela tinha 15 anos quando o conheceu; ele, 18. Era uma época vulnerável e misteriosa. Ela se lembra de não levantar a voz com muita frequência. Lembra-se de sentir-se bem ridícula só de estar viva. Sua pele sempre se sentia observada. Fazer contato visual era uma coisa perigosa. Seu corpo a estava levando para lugares a que ela não queria ir, para esse endereço estranho — a vida de mulher —, do qual ela só ouvira falar. Ninguém jamais lhe disse o que ela devia fazer depois que chegasse lá. Ela simplesmente seguia aos trambolhões, torcendo para que ninguém notasse o que estava acontecendo embaixo de suas roupas.

Tinha visto Ron pela primeira vez em um parque perto da casa de sua avó. Voltava da escola a pé e sabia que estava pensando demais em como deveria andar, que estava pensando demais em como deveria mover os braços, e que isso devia dar na vista para quem a olhasse.

Qual foi mesmo a primeira coisa que ele lhe disse?

Joga a bola pra gente, por favor? Ela acha que foi isso.

Os garotos estavam jogando críquete. Ela ouviu o que ele disse, mas não olhou para ele. Sentiu seu corpo se enrijecendo quando viu com o canto do olho a bola rolando em direção a seus pés. E aquela bola continuava vindo, rolando em sua direção como uma bola de neve, ficando cada vez maior em sua visão periférica.

Joga a bola pra gente, por favor?

E então veio aquele olhar, que ele lhe deu, sob a mão que estava bloqueando a luz do sol, e o jeito como ele veio caminhando em sua direção, e sua voz, seus gestos e o jeito como ficava parado.

Não dá pra você apanhar a bola, disse ele, e sorriu para ela enquanto apanhava a bola. Não era uma pergunta, na verdade. Agatha olhou para o chão. *Tá bom então*, falou ele, e foi embora. Mas havia uma hesitação em seu passo, que Agatha percebeu, guardou e sentiu, deitada na cama à noite, de olhos bem abertos, olhando para o teto.

E mais tarde, quando eles já estavam casados, tinham sua própria casa e haviam compartilhado uma vida inteira, ele colocou a mão em sua cabeça depois que a mãe dela morreu. Foi apenas de passagem, enquanto ele caminhava da pia até a cadeira, mas a mão na cabeça dela pareceu tão pesada de amor que ela teve a impressão de ter impedido que sua cabeça caísse em seu peito.

Ele preparava um Bonox para ela todas as noites sem que Agatha precisasse pedir. Ele não jogava. Nem fumava. Lia o jornal para a mulher quando ela estava doente. Comia o bolo de carne que ela fazia, mesmo quando estava horrível. Não sorria muito, mas nunca reclamava de nada.

Será que isso fazia dele uma boa pessoa?

Teria ele sido uma boa pessoa? Uma pessoa melhor? Melhor do que ela? Do que a maioria das pessoas?

15h46: mas aconteceu uma coisa. Quando já estavam casados há algum tempo, Agatha viu Ron olhando para o bumbum de outra mulher. Daquela tal de como-era-mesmo-o-seu-nome, Tallulah ou Tiffany, algum nome de marca de bolsa, que estava aparando as roseiras com roupas que fariam uma prostituta corar. Suas roupas de baixo pulavam do jeans como se estivessem tentando subir até seu pescoço. Como um cachorro puxando sua corrente para tentar alcançar a tigela de comida. Ele estava esperando no carro, e Agatha viu o rosto do marido através do vidro enquanto trancava a porta de casa. Eles não faziam sexo havia anos, mas ainda assim algo naquela situação deixou Agatha balançada. Algo no rosto de seu marido — imperceptível a olhos não treinados, certo estreitar do olhar meio diferente, o ligeiro entreabrir da boca —, algo solto no ar em relação àquele bumbum, em relação ao espaço entre o rosto dele e aquele bumbum. Algo em relação ao que Agatha não era.

Ela abriu a porta do carro e entrou. Ao sentar, sentiu seu bumbum espalhar-se por todo o assento, até as beiradas. Marca de Bolsa acenou para eles quando o casal passou por ela, toda lábios vermelhos e curvas. A boca de Ron estava bem fechada, numa linha rígida embaixo do nariz, como um monitor cardíaco. *Beeeeep*, parecia dizer.

Beeeeeeep, diz Agatha agora, olhando pela janela do trem.

15h52: ela olha para o papel à sua frente. *Caro*, diz ela.

Como o rosto dela deveria ser para o marido? Ela não consegue se lembrar de jamais ter olhado para ele com uma expressão suave. Será que ele um dia foi apaixonado por ela? Havia um tom de impaciência na voz de Agatha que sempre pairava ao redor das palavras. Ela nunca lhe fazia perguntas abnegadas. Se ela servia suco de laranja para os dois, sempre ficava com o maior copo. Saía por uma porta, e mesmo sabendo muito bem que ele estava logo atrás, deixava a porta fechar atrás de si. Ela não fazia massagem nele, deixava que ele mesmo virasse o pescoço de um lado para o lado e pressionasse suavemente os músculos com os próprios dedos, tateando como um mecânico em busca da fonte da dor. Ela via a careta que ele fazia, mas continuava enfiando colheradas de purê de batata na boca. O desconforto dele lhe parecia irrelevante, como se ele fosse uma dessas crianças órfãs de algum país devastado pela guerra.

Estaria ela testando-o? Será que o relacionamento inteiro deles não passara de um desafio, de um empate? Quanto exatamente você consegue aguentar, Ron? Quanto está disposto a suportar? E por quê? Por que, Ron, você está disposto a suportar isso?

16h01: ela foi má para Ron. A frase aterrissa tão alto em sua cabeça que é como se ela a houvesse berrado. Ela foi má para Ron simplesmente porque podia ser, porque era fácil, porque ele nunca fez nada para impedi-la.

Karl, o digitador

Karl senta-se no sofá de uma das mesas do Matilda Café e divide uma garrafa de vinho com Manny enquanto assiste ao sol se pôr no deserto. O trem dá um solavanco e range, e aquele som, sua constância suave, é confortador, como o barulho da chuva caindo sobre um telhado. Um redemoinho se forma no horizonte, como um raio de poeira, e Karl observa de olhos arregalados seus rodopios e giros até que ele desapareça completamente.

Karl desenrola o papel higiênico de sua mão e a examina. Mostra o corte para Manny, subindo e descendo as sobrancelhas. *Cê devia ter visto como ficou o outro cara.* Na mesa à sua frente, espalha as teclas da máquina de escrever de Evie. *Esqueceu o quê, Manny?*, pergunta ele, suspirando. Embaralha as teclas. *Onda fuiv?* Vira-se para o manequim. *E existe isso?*

Um casal de idosos entra no vagão. Os dois sorriem para Karl ao se sentarem em outro sofá. Karl os cumprimenta educadamente. A mulher abre seu livro e começa a ler. O homem pisca um olho para Karl. *Gostando do trem?*

Oh, sim, responde Karl. *Bastante.*

Essas árvores, diz o homem, apontando pela janela. *Estão mortas.* Cutuca a mulher. *Estão mortas, mas têm brotos.* A mulher não esboça reação, portanto ele olha para Karl esperando uma resposta.

Bom, eu vou estar, diz Karl.

O homem se vira para a mulher, que não levanta os olhos do livro. *Vou lá dar uma olhadinha para ver o que eles têm.*

Volta com duas xícaras de chá. *Ai*, diz ele, colocando-as em cima da mesa. *Caramba. Como está quente!* Sopra as mãos e as esfrega uma na outra de um jeito meio teatral. *Nossa, como isso estava quente.* A mulher não pisca nem ao menos uma vez e continua lendo. *Essas árvores*, diz ele novamente, sentando-se e apontando pela janela. *Brotos!*

Os outros funcionários eram bacanas, diz a mulher de repente, como se o marido não estivesse falando todo aquele tempo, dizendo aquilo com a urgência confusa de alguém que acabou de acordar de um sonho.

O quê?, pergunta o marido.

Os outros funcionários eram bacanas, diz ela, sem aumentar o tom de voz.

Os outros funcionários eram sacanas? Como assim?

Bacanas, diz ela, sem levantar os olhos do livro.

Ah, diz ele. *Bacanas.* Bebe seu chá enquanto ela lê o livro.

Karl olha para o rosto dela. Aquele homem não parece despertar nenhum tipo de sentimento nela, em nada. Ela parece completamente incapaz de expressar qualquer reação em relação a ele.

Por que eles ainda estão vivos enquanto outras pessoas não?, sussurra Karl. Olha com o canto do olho para Manny. *Eu sei, eu sei.* A mesa parece dura e fria sob seus dedos quando ele digita em cima dela. É cruel. Mas... Ele olha fixamente para o homem, que ainda está balançando a cabeça, observando as árvores pela janela, e para a mulher que não é nem um pouco apaixonada por ele. *Eu amava Evie, e ela me amava. A gente não devia receber alguma espécie de recompensa por isso?*

Karl vira para Manny, que olha diretamente para o casal. *Manny*, diz ele, ficando corado de vergonha, *não deixe dar tanto na cara que estamos falando deles.* Karl vira o rosto de Manny para sua direção. Segura o antebraço do manequim ao fazer isso e sente a curva do seu músculo. *Manny*, diz. Karl desabotoa a parte de cima da camisa de Manny. *Uau*, exclama ele. Levanta a parte de baixo da camisa do manequim. *Uau*, repete, esfregando a barriga de Manny.

Olá, senhor, diz uma voz, e Karl dá um pulo de susto. Um homem com o uniforme da Indian Pacific está parado em frente à mesa de Karl. Há um caderno pendurado em seu pescoço, preso por um cordão. Um pano de prato está dobrado caprichosamente sobre seu cinto. *Sou o Derek. O chefe de cabine.* Dá uma batidinha no crachá com o indicador. Passa um dedo suavemente na risca de seu cabelo e usa o punho para acertar a franja de lado.

Oi, Derek, o Chefe de Cabine, diz Karl. *Sou Karl, o Digitador.*

Vai jantar conosco esta noite, senhor?

Com certeza, responde Karl. Passa um braço em volta de Manny. *Eu e meu amigo aqui, mais a mulher e a neta.*

Senhor, diz Derek em voz baixa. *Não permitimos objetos de fantasia sexual neste trem.*

Objetos de quê?, pergunta Karl, inclinando o corpo para a frente.

O que o senhor faz na sua intimidade não é da nossa conta, mas enquanto o senhor estiver neste trem...

Desculpe, objetos de quê?

Não sei qual é a onda do senhor...

Qual é a minha onda?

Mas o senhor precisa tirar este boneco sexual do vagão-restaurante o mais rápido possível.

Karl retira o braço dos ombros de Manny. Olha para o manequim como se pedisse desculpa. Pousa um dos cotovelos sobre a mesa e entrelaça as mãos. *Manny não é desses*, diz em voz baixa.

Escute, continua Derek, segurando o caderno pendurado em seu pescoço e anotando algo nele, *não sei como as pessoas do seu tipo chamam essas coisas hoje em dia, mas tire esse negócio da minha frente. Entendeu?* Arranca a folha de papel do caderno e a pousa com autoridade sobre a mesa, na frente de Karl.

1 x MÁ CONDUTA SEXUAL, é o que informa a nota em letras maiúsculas. A palavra *SEXUAL* está sublinhada.

Antes que Karl tenha chance de responder, Millie entra no vagão. *Karl,* chama ela, sentando-se ao lado de Manny. *Manny,* diz ela, e o abraça. Agatha vem logo em seguida e senta-se em frente a Karl. Ele enfia o papel no bolso.

Isso é um aviso, diz Derek. *Três avisos e o senhor será obrigado a desembarcar do trem. Passar bem.*

Aviso de quê?, quer saber Millie.

Com licença, diz Agatha para Derek, com os olhos fixos no nome do crachá. *Que horas são?* Ela parece agitada.

Derek olha o relógio de pulso. *Seis e meia da tarde.* Faz uma pausa. *No Fuso Horário do Trem.*

Quer saber de uma coisa?, diz Agatha, batendo um dedo na mesa, *você não pode simplesmente mudar o fuso horário e dar a ele o nome que quiser.*

Para seu governo, posso sim, diz Derek. Ele apoia o peso do corpo nos calcanhares e cruza os braços na frente do peito. *Isso aqui é como se fosse a minha casa. E, enquanto a senhora estiver na minha casa, terá que usar o meu fuso horário.*

E o Fuso Horário da Millie?, pergunta Millie.

É, diz Karl. *E o Fuso Horário do Karl?*

Não, diz Derek, pousando as duas mãos sobre a mesa. *NÃO. Somente o Fuso Horário do Trem.* E depois de olhar demoradamente para cada um deles, fala *MINHA CASA* e dá as costas, afasta-se pelo corredor e sai do vagão.

Camarada mais simpático, murmura Karl. *Quem quer sandubas?* Retira três sanduíches de uma sacola de plástico sob a mesa.

Eu!, diz Millie, levantando a mão.

Karl entrega um para Millie e outro para Agatha.

Obrigada, agradece Millie e desembrulha seu sanduíche.

Que horas são, Digitador?, pergunta Agatha, apanhando bruscamente seu sanduíche, como se alguém pudesse roubá-lo.

Karl olha para seu antebraço. *Sarda e meia, segundo meu relógio,* diz ele. *Que horas são, Millie?*

Cabelo em ponto, diz ela, rindo.

Agatha ainda parece agitada. *A única coisa que eu sei é que é hora de beber alguma coisa, Agatha*, diz Karl, no que espera ser um tom compreensivo. *Pode tomar o vinho do Manny*, oferece. *Você não se importa, né, Manny? Ele não se importa.* Enche a outra taça e a empurra na direção de Agatha.

Agatha pega a taça, vira o vinho e empurra-a novamente para Karl. Limpa a boca com o braço e olha para Karl como se estivesse testando um *bartender*.

Karl ri, meio nervoso, e serve outra taça para Agatha. Senta-se bem empertigado e diz em sua voz mais grave *E então, o que você aprontou hoje, Millie? Parece que esteve ocupada.* Ela está usando uma espécie de capa feita à mão e decorou o braço com letras e coisas coloridas.

Conheci um menino, responde ela.

Certo, diz Karl. *E as garotas da sua idade costumam fazer isso? Conhecer meninos?*

Ele disse que vai me mostrar um negócio, conta ela, mastigando seu sanduíche. *Estou muito animada.*

Certo, diz Karl. *E você, Agatha?*

Ela não diz uma palavra, simplesmente vira a segunda taça de vinho e volta a empurrá-la na direção de Karl.

Quem sabe agora não está na hora de uma água, hein?, sugere ele, com a voz um pouco trêmula.

Agatha bate o dedo na lateral da taça.

Certo. Ele solta um soluço, cobre a boca com a mão. *Oops.*

Aqui está a sobremesa que o senhor pediu, diz uma mulher com o uniforme da Indian Pacific que está vindo na direção deles, e entrega um pote de iogurte para cada um. Pisca um olho para Millie. Millie pisca um olho para ela também.

Mas eu não pedi..., fala Karl.

A mulher — Melissa, segundo o crachá — pousa a mão no ombro dele e leva um dedo aos lábios. O ombro de Karl derrete-se sob o calor daquela mão.

millie bird

Terra chamando Capitã Funeral. Capitão Tudo chamando Capitã Funeral. Câmbio. Pssst.

Millie olha para baixo da mesa. Jeremy está lá. Ela se levanta do assento e vai ficar ao lado dele.

Oi, Capitão Tudo, diz ela.

Quem é esse?, pergunta ele.

Esse quem?, quer saber Millie.

Esse, responde ele, apontando para Manny.

Manny. Ele é uma Coisa Morta.

Não é, não. Bate na perna de Manny. *Ele é de plástico.*

É nosso amigo. Ele salvou a minha vida.

O menino olha fixamente para o manequim. *Você não pode ter um amigo que é um homem de plástico.*

Quem disse?

A Bíblia.

Não disse, não.

Ele tem uma, você sabe, uma coisa? Ele balança o indicador no ar.

Acho que não.

Os dois olham para a virilha de Manny, incertos.

Você já viu uma Coisa Morta?, pergunta Millie para Jeremy.

Já. Claro. O tempo todo.

Tipo o quê?

Tipo... sei lá. Umas coisas aí. Aposto que você nunca viu.

Aposto que já vi.

Tipo o quê?

Millie tira seu Livro das Coisas Mortas da mochila, abre-o e o mostra a ele. *Tipo todas essas coisas. Rambo. O Velho. A Aranha. Meu pai. E tem mais.*

Seu pai?

O que você acha que acontece depois que a gente morre?

Jeremy tira uma rosquinha do bolso e a come, mastigando-a pensativamente. *Vem uma nave espacial e leva a gente embora.*

Pra onde?

Pra outro planeta, lógico.

Que planeta?

Plutão, quem sabe. Júpiter também.

Quem pilota a nave espacial?

Deus.

Deus pilota a nave espacial?

Lógico.

Mas ele não tem um monte de outras coisas pra fazer? Tipo ajudar as pessoas, cuidar do universo e tudo mais?

Ele tem ajudantes.

Tipo elfos?

É, mais ou menos. Só que eles não ficam cantando, se é nisso que você tá pensando.

Como você sabe tanta coisa?, pergunta Millie.

Ele dá de ombros. *A gente aprende uma coisa aqui, outra ali. Sua mãe é velha, hein.*

Ela não é minha mãe. Já te contei o que aconteceu com a minha mãe.

Eu só estava te testando.

Quer que eu te mostre como se faz Poemas Andantes?, pergunta Millie.

Quero.

Jeremy e Millie engatinham sob mesa, andam pelo corredor e entram no vagão seguinte sem Agatha e Karl perceberem.

———

Millie e Jeremy sentam-se no chão em frente ao banheiro no último vagão.

Não é engraçado, sussurra Millie para Jeremy, *pensar que alguém tá usando o banheiro bem aqui?*

Acho que é.

Que alguém tá com as calças abaixadas ali dentro.

É.

Que tá fazendo cocô ou xixi aí.

Eu peguei o telefone da mamãe emprestado, diz ele de repente, levantando o celular para Millie ver.

Millie pega o celular da mão dele. *Você roubou, isso sim.*

Eu vou devolver depois, promete ele.

Millie olha para o telefone. Sente Jeremy olhando para ela. Mais do que qualquer coisa nesse mundo quer ligar para a mãe, mas e se ela não atender? E se atender? E se atender e não quiser falar com ela? E se atender e não quiser mais ser sua mãe?

Se a pessoa quiser, pode parar de ser a mãe de alguém?

Jeremy toma o celular de volta.

Ei, diz Millie.

Fale o número, pede ele.

Millie obedece, ele digita o número, aperta o botão verde e coloca o aparelho no ouvido dela.

Millie respira fundo e segura o celular.

Tu-tuuum. Tu-tuuum. Tu-tuuum.

O telefone toca sem parar. E toca sem parar. *Caixa de mensagens*, diz Millie para Jeremy. *Sinto muito, mamãe*, começa ela, mas sua voz fica esquisita e ela começa a chorar, e as palavras não saem mais, porque é a voz da sua mãe e ela acabou de dizer *mamãe* em voz alta, e não sabia o quanto aquelas duas palavras iriam machucar.

Jeremy apanha o celular de Millie, mas ela não olha para ele. Só para de chorar quando ele lhe dá uma maçã.

Obrigada, diz Millie, e pousa a maçã no chão ao seu lado.

Desculpe fazer você chorar, Capitã Funeral, diz Jeremy.

Não tem problema, Capitão Tudo, diz ela, enxugando as lágrimas com a camisinha de latinha. *Tenho um plano.*

Eu tenho um monte de planos.

Certo, então qual é o seu plano?

É segredo.

Millie revira os olhos.

Qual é o seu então?, pergunta ele.

Você fala primeiro.

Não falo, não.

Fala, sim!

Não falo, não!

Certo, diz Millie, aproximando-se dele. *Promete?*

Prometo, responde ele, piscando os olhos solenemente.

Você disse que sabe tudo.

Aham. Basicamente.

Você sabe como aquela mulher fala às vezes com todo mundo, pro trem inteiro?

No interfone?

Pode ser.

Aquilo se chama interfone.

Preciso encontrar esse interfone.

Pra quê?

Ela olha para a camisinha de latinha. *Pra fazer uma coisa boa.*

Você vai se meter em encrenca.

Ela aproxima o rosto do dele. Ele parece não saber para onde olhar. *Preciso da sua ajuda, Capitão Tudo. Você vai me ajudar?*

Ele engole em seco. *Vou. Vou sim. Ca-Ca-Ca*, gagueja. Pigarreia. *Capitã Funeral.*

karl, o digitador

O que é o amor, Agatha Pantha?, pergunta Karl, fazendo o vinho girar em sua taça.

O amor?, repete ela, encostando o nariz na janela. *Não dá pra ver nada!*

Isso mesmo. Isso mesmo, Agatha Pantha.

É escuro demais!

É.

A testa dela desliza para baixo e para cima no vidro da janela. *Faz eu me sentir sem jeito!*

Karl, de olhos fechados, concorda vigorosamente. Inclina-se para a frente, meio bambo. *Mas valhapena*, declara ele, digitando com o indicador sobre a mesa diante de Agatha e depois levantando o dedo como se estivesse fazendo um apelo para algum juiz de críquete.

Agatha vira-se para ele. *O quê?*

Vale a pena.

Vale a pena o quê?

O amor.

Mas que pena?

O esforço, a dor, a confusão.

Não tenho a menor ideia do que você está falando!

Karl bebe um gole do vinho. *Voxê já xi apaxonô, Agatha Panfa?*, pergunta ele baixinho, balançando de leve.

Como assim? Fui casada durante a maior parte da minha vida! Você sabe disso!

É, mas... Karl segura as mãos de Agatha com sua mão livre e olha bem no fundo dos olhos dela. *Voxê. Amava. Ele. VOXÊ-AMAVA-ELE?*

Agatha puxa a mão, vira o resto da sua taça de vinho e pousa-a com força sobre a mesa. Enxuga a boca com a manga. *Acho que sim!*

Você acha que sim. Você disse isso pra ele?

Por que eu faria uma coisa dessas? Estava implícito!

Implícito? Implícito! Karl se levanta e grita para o resto do vagão-restaurante, como se estivesse fazendo uma declaração pública. Ele acaba derramando vinho sobre a mesa quando agita os braços. *Você acha que estava implícito que você o amava? Que ele saberia disso?*

Agatha se levanta, pega a taça da mão dele e joga o resto do vinho para trás. *Sim! Acho!*, diz desafiadoramente, sem fôlego por tanta atividade.

Os dois se encaram por alguns instantes, sem saber ao certo o que o outro iria fazer. Acabam então se abaixando até se sentar, como se estivessem na frente de um espelho.

Karl gosta da veia que aparece no pescoço dela e sobe até o lóbulo de sua orelha quando ela grita. Sente uma necessidade súbita de lambê-la; de correr a língua por ela e colocar aquele lóbulo entre os dentes. Quer tirar os óculos dela, beijar-lhe o rosto, pressionar seu corpo no dela. Queria ver o que havia embaixo do terninho marrom.

Ele amava voxê?, pergunta Karl, depois de algum tempo. Arrasta os dedos pelo vinho derramado sobre a mesa.

Agatha encolhe os ombros e olha para a escuridão.

Karl faz coraçõezinhos no vinho. *Tenho certeza de que amava.*

Não importava. Não importa. Essa nunca foi a questão.

É a única questão que existe, retruca ele.

Agatha encosta a cabeça nas costas da cadeira.

Karl olha para ela: seu rosto velho e cansado, seus lábios velhos e cansados, seus olhos velhos e cansados. Levanta-se e empurra Manny para o outro lado do sofá. Senta-se ao lado dela. Agora pode sentir seu cheiro, uma mistura parecida com naftalina e suco. Ela se recusa a olhar para ele. Ele se aproxima, sente o terno engomado encostar em seu braço, o calor do corpo dela contra suas pernas. Poderia ele amar aquela mulher?

Poderia ela amá-lo?

Respira fundo, segura o rosto dela, puxa-o em sua direção e lhe dá um beijo.

Afasta-se de Agatha, deixando-a atônita e sem fôlego, e levanta-se. *Só estamos aqui por causa do sexo. E você tem vergonha disso. Vocês todos têm vergonha. Você. E você. E você também. É, você mesmo. Copule com ela e pronto*, diz Karl para o jovem casal no sofá ao lado. Olha para Manny em busca de apoio. Karl tem certeza de que vê Manny levantando um polegar em aprovação. *Não*, diz ele. *Trepem*, diz. *Trepem um com o outro*, diz ele para o casal.

Pode deixar, responde o homem.

A mulher solta um ruído estrangulado e lhe dá um soco no bíceps.

Assim que eu gosto, diz Karl. *Trepem*, repete. A sensação da palavra em sua boca é sensacional. *Trepem trepem trrrrepemmm trepem. Repita comigo, Agatha.*

Agatha continua sentada no sofá sem olhar para ele, segurando a mesa como se fosse a única coisa que a estivesse impedindo de cair.

Há outras palavras também, diz Karl, empolgado agora. *Púbico! Mamilos! Perereca!*

Controle-se, senhor!, manda Derek, andando furiosamente pelo corredor, fazendo o caderno balançar sobre o peito.

Duas crianças pequenas na mesa atrás da deles estão de olhos arregalados. *Mamãe?*, pergunta uma delas. *Trepem*, acrescenta a outra.

A velha que estava envolvida demais com seu livro para olhar o marido de repente diz *Tetas*.

O quê?, pergunta o marido.

É isso aí, diz Karl, apontando para ela. *Isso mesmo.*

Ei!, Derek bate o pé. *Você.* Aproxima-se de Karl e tenta empurrá-lo. *Você está... Você está.* Cospe ao falar. *Eu sabia que você ia causar problemas.* Anota algo no caderninho, arranca a página e a atira para Karl. O papel balança no ar como se estivesse regendo uma orquestra. *Fora! Você está banido do restaurante!*

Karl abre um sorriso enorme. Ótimo, diz ele. *Legal, porra.*

Agatha, que até então estivera em silêncio, levanta-se e berra *Acho que são nove e vinte e três, mas não tenho certeza!*, e empurra Karl para o lado para ir embora.

Agatha, chama Karl. Ele ergue Manny para apoiá-lo no ombro, do mesmo jeito que Branson Spike fazia com seu *micro system*, e a segue para fora do vagão. Mas não sem antes de se virar para encarar seu público. *Obrigado!*, agradece, com uma reverência.

O quê?, pergunta o velho para sua esposa.

———

É uma noite longa para Karl. Agatha tranca a cabine e ele fica do lado de fora.

Os dois estão bêbados e falam alto, e ele gosta disso. Sente-se um italiano. Ou mediterrâneo. Um estrangeiro, enfim; como se eles estivessem em um país distante, abrindo caminho com dificuldade em um terreno montanhoso. Agita os braços como se estivesse dirigindo alguma coisa, usa linguagem cinematográfica, sente o rosto se retorcer em expressões que ele nunca fez antes.

Ela o empurrou de lado e passou correndo por ele, e ele ficou impressionado consigo mesmo, e com aquele momento, porque estava todo mundo olhando para ele, portanto saiu desajeitadamente atrás dela, porque é isso que ele deveria fazer, não é? Agora ele berra *Agatha!*, só para agradar o público que está assistindo ao seu drama (o SEU drama!), e bate na porta da cabine, mas o silêncio é tanto, tão grande e vazio, como o deserto e o céu, e ele olha para suas mãos, levanta-as contra a luz e pensa *Seu grande filho da mãe.*

Sabe que Agatha não quer saber dele, mas isso não o machuca onde deveria machucar — na verdade, não o machuca em lugar nenhum. ISSO SIM é a vida real! Coração partido! Seu coração foi partido! Por uma mulher de verdade! Ele a beijou, exatamente como as pessoas fazem nos filmes — ou talvez como as pessoas façam na vida real, ele não tem como saber —, simplesmente segurou o rosto dela e a beijou! Com todo mundo olhando. Todo mundo olhou para ele como se Karl fosse alguém que FAZIA coisas, alguém que podia até mesmo ter um espírito questionável, e nunca ninguém havia olhado assim para ele antes, e sentiu a empolgação de não ser linear, de segurar o rosto de uma mulher com as duas mãos e beijá-la. Com todo mundo olhando!

Portanto, senta-se em frente à cabine e fala sem parar, conta para ela tudo o que há para saber a seu respeito, o número que ele calça, fala de sua professora preferida no primário, do seu filho, daquela vez que Evie beijou outra pessoa, da fobia que sente de objetos que voam baixo, do motivo de ele não sentir falta dos seus dedos, do asilo, da fuga. De tudo. E justamente quando está quase caindo no sono, sussurra pelo buraco da fechadura *É isso, é tudo o que eu tenho.*

Começa a adormecer, com as costas apoiadas na porta e as pernas esticadas no corredor, mas então lembra-se de outra coisa e diz *Espere um pouco*, e gruda os lábios na porta. *Acho que eu amo você, mas nunca poderia amar você como amei Evie.* Porém Agatha não expressa nenhuma reação, absolutamente nenhuma. Ele tenta ouvir alguma coisa, mas não há nenhum som; pensa ter escutado

Agatha chorando, mas não tem certeza e adormece em uma posição desconfortável, com um braço ao redor de Manny e tem sonhos povoados de vazios e escuridão, onde parece não haver nada.

outra coisa que karl sabe (um pouquinho)

chorar

Karl pode contar nos dedos de uma das mãos quantas pessoas já choraram na sua frente. Evie. Sua mãe. Seu tio chorou quando a mãe de Karl morreu, mas não de nenhum jeito que ele vira antes, o jeito retraído de alguém que não consegue conter mais o choro. Seu tio chorou como se aquilo fosse uma atividade, cada lágrima empurrada para fora com tamanha violência que Karl teve a impressão de que ele mesmo não devia estar chorando direito.

Todos sabem que todo mundo tem uma cara de choro, do mesmo modo como todo mundo tem uma cara de orgasmo, mas ambas pertencem à Lista de Caras Que Ninguém Vê. Todo mundo sabe que todo mundo se masturba e chora, mas você fala com os outros mediante um contrato, você conversa através de uma parede transparente entre você e as outras pessoas: *Eu não me masturbo nem choro, eu não me masturbo nem choro, eu não me masturbo nem choro, mas porque na verdade eu me masturbo e choro, sei que você também faz a mesma coisa, porque somos todos iguais.*

Ele viu a Cara de Choro de Evie. Sua Cara de Orgasmo. Sua Cara de Medo. Sua Cara de Morte. Então aquilo era o amor? Quando você parava de fingir? Quando você era capaz de dizer a outra pessoa *Eu me masturbo. Eu choro. Eu sinto medo. Eu morro?*

agatha pantha

7h36: Agatha acorda. Olha o relógio de pulso. Será este o horário? O verdadeiro? Ou será que está no Fuso Horário do Trem? Começa a realizar seus Testes de Velhice mesmo assim.

7h38: tenta usar a janela como espelho e olha com descrença para o próprio rosto, mas seus olhos não param de focar no que está além do vidro, na paisagem lá fora. O azul da noite lentamente abre caminho para o calor da luz da manhã; já não é mais noite, mas também ainda não é de manhã, e o ar parece feito de mel. *Será que isso acontece todas as manhãs?*, questiona-se.

7h40: não consegue parar de olhar para a luz de mel. *O que eu faço de tão importante todas as manhãs que não vejo isso?*

7h42: sente o corpo de Karl do outro lado da parede. Ouve seus roncos no corredor. Quando deitou na cama na noite passada, ela ouviu o que ele disse do outro lado da porta, mas tentou não escutar e cobriu os ouvidos com as mãos, sem fazer muito esforço, e pensou nele sentado ao seu lado, na mão dele sobre a cabeça de Millie, no jeito como segurava as canecas de café, no modo como sempre se sentava de pernas cruzadas, balançando o pé de cima. Pensou em tocá-lo e em ser tocada por ele, e a ideia não era desagradável.

Quando foi a última vez que foi beijada?

Então pensou na pergunta dele, se ela amara o marido, mas achava que não sabia a resposta.

7h53: *Eles estão tentando me levar na conversa*, sussurra ela, com a mão no pescoço.

7h54: *Karl olha pra mim de um jeito que Ron nunca olhou*, diz ela.

7h55: deita-se na cama e sente que não merece nada de bom.

7h57: abre a porta. Karl está ali de pé com o punho erguido, como se estivesse prestes a bater na porta.

Agatha, diz ele.

Karl, diz ela.

Eu estava..., começa Karl, mas ela pergunta *Você está...?*

Os dois balançam a cabeça timidamente. *Pode falar você primeiro*, diz Karl.

Não, você primeiro.

Uma voz fala pelo interfone. *Todos vocês vão morrer. Não tem problema.*

Karl e Agatha olham um para o outro. *Millie!*, dizem ao mesmo tempo.

E então vem Derek, caminhando pelo corredor na direção deles. *Você!*, aponta para Karl. *E você!*, aponta para Agatha. O rosto de Karl quase colado ao dela. Agatha consegue sentir até o cheiro do hálito dele. Creme dental e café. *Vocês. Dois. Estão. Numa.* Agora quase colam seus rostos um no outro. *Enorme. Enrascada.* Ele olha para o manequim. *E você também, se quer saber.*

———

8h06: Agatha está sentada numa cadeira na sala de Derek. Numa cadeira semelhante às que ela tem em casa: é marrom e range quando ela se mexe. Agatha observa Derek andando de um lado para outro, indo de uma parede a outra. O lugar é minúsculo, portanto ele só consegue dar dois passos e logo precisa parar e se virar de novo. Ele respira com dificuldade pelo nariz. O caderninho bate em seu peito quando ele anda.

8h07: Agatha tenta pensar em nomes para aquela cadeira. Está com as mãos cruzadas sobre o colo. Karl está sentado ao seu lado.

Pousa a mão hesitante sobre as mãos dela. Agatha lhe dá um tapa, e ele recolhe a mão. Karl solta um gemido de dor. Ela não olha para ele. Cadeira da Desafeição.

Xingamentos, diz Derek, e dá dois passos. Suas mãos em punhos fechados, estendidos nas laterais do corpo. Ele vira. *Beijos.* Dois passos, vira. Seus passos são rápidos, decididos, mas contidos, como se ele estivesse correndo para tentar pegar um ônibus que está virando a esquina, mas não quisesse dar na vista. *Confraternização com bonecos eróticos.* Dois passos, vira. Indica com a cabeça o manequim de plástico que Karl chama de Manny. Olha para eles com os braços cruzados. *Isso aqui é o trem da Indian Pacific. Não é o* Big Brother. *Entendido?*

8h08: *Calma, cara*, diz Karl. Derek para no meio de um passo e berra *Eu estou calmo!* Respira fundo e massageia as têmporas. *Só estamos vivendo a vida, Derek*, diz Karl. *Você devia experimentar fazer isso qualquer hora dessas.* Derek diz *Não me venha com esse papo de "só se vive uma vez"! Isso aqui é a MINHA casa, esqueceu?* Derek segura a beirada da mesa com as duas mãos.

8h08min46s: há um breve momento em que Agatha sente algo por Derek. Em que ela reconhece a dor em outro ser humano. Mas não dura muito.

8h09: Derek senta-se na cadeira e cruza as pernas. *Mais alguma coisa que desejariam compartilhar?*, pergunta. Agatha balança a cabeça *Não*. Supõe que Karl faz o mesmo, mas continua sem olhar para ele.

Derek saca um celular do bolso. Agatha vê uma tênue camada de suor sob o lábio superior dele e faz uma careta. As bolinhas de suor revelam algo a seu respeito e isso soa como fraqueza para Agatha. Ela se retorce diante da traição do corpo de Derek, de sua incapacidade de controlar as emoções e a temperatura corporal. Cadeira do Desgosto.

Derek atira o celular na frente dos dois. Agatha e Karl se inclinam para a frente a fim de olhar a tela. Tem uma foto do rapaz bêbado de camisa de flanela em Kalgoorlie. Em seu braço está escrito, claro como o dia: *Karl, o Digitador, 'Teve Aki.*

Oh, diz Karl.

Agatha dá um tapa no braço dele. *Digitador!*

Karl esfrega o braço e não olha para ela.

Saibam vocês que este é o filho do prefeito de Kalgoorlie, diz Derek, olhando para eles com o tipo de alegria odiosa geralmente reservada aos canibais que conquistam uma presa disputada. *Ah*, diz Karl. *Ele é um homem poderoso, o prefeito de Kalgoorlie*, continua Derek. Agatha dá outro tapa no braço de Karl. *Ai!*, geme ele. *E, aliás, compararam essa inscrição com a da Casa de Repouso Warwickvale e a da loja de departamentos próxima a ela*, diz Derek. *Com certeza eu não devo ser o único Karl, o Digitador do mundo*, fala Karl. *Com certeza, é*, retruca Derek. *Bom, você deve estar se fartando de alegria, não é, Derek?*, pergunta Karl. *Com toda certeza, não*, retruca Derek.

8h10: *E tem mais uma coisinha.* Derek mostra para eles uma foto no telefone da cara de Karl com a palavra PROCURADO escrita embaixo. Karl sorri. *Ahá!*, diz ele. *Está achando isso aqui engraçado, não é?*, pergunta Derek. *Não*, responde Karl, engolindo o sorriso. *Vou repetir,* diz Derek. *Mais alguma coisa que desejariam compartilhar comigo? Se cooperarem, a pena talvez não seja tão severa.*

8h10min35s: enquanto Karl balança a cabeça *Não*, Agatha sente alguma coisa borbulhar dentro dela. Está borbulhando há muito tempo, tempo demais, e ela precisa colocar um ponto final nisso, portanto responde àquela pergunta com algo que poderá dar fim àquela sensação; ela não pode demonstrar nenhum sentimento, não quer que o suor sob seu lábio superior a traia, portanto diz *Esse homem me sequestrou.*

8h11: Karl vira-se para olhar para Agatha, mas ela não olha em seus olhos. Olha para os próprios joelhos, como se fossem algo muito interessante. E são mesmo, um pouquinho. *Nova ruga joelhal?*, pensa, coçando o joelho esquerdo por cima da meia-calça. A porta se abre de repente. A loira de uniforme da Indian Pacific entra segurando Millie pela mão. *Millie*, diz Karl. *Graças a Deus.* Agatha pensa *Millie. Graças a Deus*, mas não diz nada. A mulher diz *Ela está bem. Estava com o meu filho.* Millie sobe no colo de

Karl. Agatha olha de novo para seus joelhos interessantes. *Pegue leve, Derek*, diz a mulher, ao deixá-los. *Ela é só uma criança, não se esqueça.* Derek observa-a fechar a porta. *Ah, vá se catar, Mel*, diz ele, depois de alguns instantes. Olha para Millie. *Criança dos infernos, isso sim.* Millie se aninha no peito de Karl.

8h12: *Procurado*, diz Derek, lendo na tela do seu celular. *Agressão física. Roubo.* Agatha pergunta *Roubo?* Karl responde *E daí?*, como se isso pudesse ser discutido.

Derek coloca o celular de volta no bolso. *E agora sequestro. É o prego final no caixão, não concorda? Quem está rindo agora, hein?* Karl pergunta *O que eu estou fazendo?* Millie pergunta *Sequestro?* Karl diz *Ninguém aqui sequestrou ninguém.* Agatha diz *A não ser você!* Karl: *Agatha, sei que você está brava comigo, mas...* Agatha interrompe: *Senhor! Por gentileza pare com essas intimidades!*, erguendo a mão espalmada na frente dele. *Sabe aquele homem da foto do seu telefone?*, pergunta Karl. *Fique sabendo que Agatha deu uma porrada na cabeça dele com uma perna de plástico.*

8h14: *Você vai pro inferno*, diz Millie. *O que foi que você disse?*, pergunta Derek. *Papai disse que os inspetores de trânsito vão pro inferno*, diz Millie. *Seu pai morreu*, lembra Agatha. *Eu sei*, diz Millie.

8h15: *Você*, diz Derek em voz baixa, apontando para Agatha. *A que vive berrando. Não minta pra mim. Se mentir, vai parar no mesmo lugar que ele. E ele não vai pra nenhum lugar agradável, isso eu garanto.* Agatha se prepara para o pior. *Você foi ou não foi sequestrada por esse homem?* Derek aponta para Karl.

8h15min28: Agatha sente que a menininha está olhando para ela. Olha para Millie. Ela olha para Agatha, calmamente. Uma criança. Uma menininha. Agatha de repente está sentada à mesa de jantar com o marido. *Não quero ter filhos*, disse ela. E o rosto dele, a gravidade daquele rosto, o modo como absorveu as palavras dela, e o arrependimento que ela sentiu, a sensação em seu corpo, mais tarde.

8h15min52: Cadeira da Decepção.

8h16: *Fui*, responde, olhando diretamente para Derek. *Fui, sim.*

millie bird

Não somos tão invisíveis assim, acho, diz Millie. Ela e Karl foram trancafiados na sala de Derek, que levou Agatha embora.

Não, concorda Karl. *Não mesmo.*

O que vai acontecer agora?

Ele beija a testa de Millie. *Não sei, Só Millie.*

Por que Agatha tá brava com você?, pergunta ela.

Ela é mulher.

E eu, sou mulher?

É.

Mas eu não tô brava com você.

Obrigado.

Você tá bravo comigo?

Claro que não.

A culpa é minha.

Não.

A gente vai encontrar a minha mãe?

Claro que sim.

Você tá falando a verdade?

Mas, antes que Karl possa responder, eles escutam alguém destrancar a porta e a cabeça de Jeremy aparece pela porta entreaberta. *Pssst. Capitã Funeral,* chama ele. Olha para o corredor atrás de si para ver se não há ninguém e em seguida entra. Fica ali parado com as mãos nos quadris. *Olá, senhor*, cumprimenta Karl, dando-lhe um aperto de mão. *Sou o Capitão Tudo, senhor.* Ele olha para Millie. *O Capitão Tudo chegou.* Ele havia desenhado uma máscara preta ao redor dos olhos e um bigode, e estava usando um guarda-napo de pano da Indian Pacific ao redor do pescoço como se fosse uma pequena capa.

O que você tá fazendo?, pergunta Millie.

Vocês estão encrencados. Vim resgatar vocês.

Millie, diz Karl. *Quem é esse menino?*

Sou o Capitão Tudo, senhor, responde Jeremy. *Já falei. Estão falando do senhor.*

Quem?, pergunta Karl.

Todo mundo no trem. A polícia vem prender o senhor na estação de Kirk.

Millie e Karl se entreolham.

Derek falava assim: Vou ligar pra p. da polícia! Aí, Jeremy salta alguns centímetros para a esquerda, *minha mãe disse: Melhor esperar um pouco, Derek, e aí*, ele pula de volta, *Derek falou: Vou fazer isso, Melissa, chamar a p. da polícia e, se você tentar me impedir, vai ver só, e ela tentou impedir Derek de chamar a p. da polícia, mas ele chamou a p. da polícia mesmo assim, e mamãe chamou ele de um nome feio, e eu estava disfarçado e por isso eles não me viram, então roubei a chave dessa sala, mas, mesmo que eles tivessem me visto, eu teria dado golpes de caratê pra chegar até aqui* — ele dá um chute no ar e simula golpes de caratê —, *porque eu sei fazer todo esse tipo de coisa.*

O que é isso na sua cara?, pergunta Millie.

Ele toca o rosto com a ponta dos dedos e sorri. *Meu disfarce.*

Gostei do seu espírito, meu jovem, diz Karl. *E do seu bigode.*

Jeremy olha para os dois com uma expressão séria. *Vocês precisam ir embora agora!*

Está falando sério?, pergunta Karl.

Nunca falei tão sério em toda a minha vida, senhor.

Jeremy sai primeiro. Olha pela porta entreaberta, direita, esquerda, e vira-se para fazer um sinal indicando que a barra está limpa. Karl sai em seguida, levando Manny pela cintura, de modo que o queixo do manequim fica apoiado em seu ombro. Depois é a vez de Millie. Manny olha para ela por cima do ombro de Karl enquanto eles andam de vagão em vagão. Ela observa o cabelo de plástico de Manny. A cabeça dela se desprende de seu corpo. O cabelo de papai quando eles estão na praia e Millie diz *Seu cabelo parece um abacaxi*, o cabelo de papai no piso frio da barbearia, o cabelo de papai ao acordar de manhã, o cabelo de papai o cabelo de papai o cabelo de papai, e seu estômago dá um nó, e sua cabeça volta a se prender ao corpo, então eles passam pelo bebê que solta pum, pelo homem bravo, pela vovó tranquila, pela garota que tem mãe. Millie leva a mochila na frente do corpo e sente a capa em suas costas, pendurada ali, sem se mover, como a pele de um bicho morto.

Jeremy conduz os dois até uma porta que dá para fora do trem, nos fundos. O vento faz reviver sua capa e esta tremula ao seu redor, como se estivesse tentando conseguir o melhor ponto de observação, animada de estar ali, ao vento, ao ar livre. Eles olham para o deserto. Millie nunca viu tanto céu em sua vida.

E Agatha?, Millie quer saber.

Quem se importa?, pergunta Karl.

Isso não é legal, diz ela.

Ela não é legal.

Jeremy coloca garrafinhas de água e barrinhas de cereal na mochila de Millie. *Vá por ali.* Ele aponta, mas olha para Millie.

Isso é incrível, diz Karl, erguendo Manny. *Está vendo só, Manny? Isso é a Austrália.*

Tome, é um mapa, diz Jeremy. *Mamãe me ajudou a desenhar esse mapa quando eu disse que queria mostrar pra todo mundo o que eu faço nas férias. E aqui tem uma bússola. Tem um bar logo aqui — O*

Grande Bar Australiano. Ele aponta o lugar no mapa. *Vocês podem passar a noite lá.* Ele olha para trás, depois olha de novo para Millie. *Mamãe e eu ficamos lá quando vamos visitar o papai. Vá pela estrada na direção sul, não tem como errar.*

Onde você conseguiu tudo isso?, pergunta Millie.

Eu sou o Capitão Tudo.

Tem certeza?, pergunta Millie, sentindo a própria capa chicoteando ao vento, atrás dela.

Jeremy levanta-se e olha bem nos olhos dela. Seu bigode desenhado com canetinha treme um pouco. *Tenho, Capitã Funeral.*

Nossa, sinto como se eu estivesse num filme, diz Karl. *Será que vão fazer um filme sobre a minha vida, Millie? Você acha que o Paul Newman poderia me representar? Ou aquele cara que fez o Branson Spike?*

Millie olha pela beirada do trem. O chão está correndo velozmente lá embaixo. *Como é que a gente vai descer?*

É, Capitão Tudo, como é que a gente vai descer?, pergunta Karl.

Jeremy começa a dizer alguma coisa, mas Karl o interrompe. *Não se preocupe, Millie,* diz ele. *Manny e eu saltamos, depois eu corro pra acompanhar o trem, e então você pula. E eu apanho você, prometo.*

Mas, senhor, diz Jeremy. *Tem uma...*

Karl cobre a boca de Jeremy com uma das mãos. *Você já fez mais do que o suficiente por nós, Capitão Tudo.* Ele respira fundo. Enfia Manny embaixo do braço e prende-o em seus suspensórios para ficar com as mãos livres. *Você confia em mim, né, Millie?* Ela não responde, portanto Karl toma aquilo como uma espécie de sim e diz *Vou fazer isso. Sou uma pessoa muito descolada.* Segura a grade, preparando-se para saltar e correr. *Vou fazer isso, vou fazer isso...*

Então, o trem começa muito lentamente a parar.

Karl solta a grade. Vira-se para Jeremy.

Esta é a Estação Roald, explica Jeremy, olhando para Karl. *Precisamos pegar e deixar a correspondência aqui. O trem sempre para por alguns minutos. Desculpe, senhor.*

Karl solta um suspiro e murmura consigo mesmo. Há uma escada nos fundos do trem, e Karl desce por ela, mas salta do último degrau. Faz uma careta de dor ao aterrissar. Millie desce a escada. Na metade do caminho, ela para. Jeremy está olhando para ela. Ela sobe novamente os degraus.

O que você tá fazendo?, questiona Jeremy. *Você precisa ir. Eu ordeno, como outro capitão, que você saia do trem. Estou mandando. Saia desse trem ag....*

Millie segura Jeremy pelos ombros e beija seu bigode de mentira. O rosto dele fica vermelho como fogo, como o cabelo dela, como a terra naquele deserto. *Por favor, conte pra Agatha onde nós estamos*, pede ela, e torna a descer a escada.

Karl e Millie ficam parados nos trilhos do trem. Millie acena para Jeremy. *Obrigada, Capitão Tudo.*

Boa sorte, diz ele, com um sorriso torto estampado no rosto.

Millie fica parada na linha férrea até o trem recomeçar a andar e se afastar, cada vez mais devagar. *Nunca vou me esquecer de você, Capitã Funeral!*, grita Jeremy, e Millie fica olhando o trem até ele sumir de vista e não haver nenhum som além do sol quente sobre sua pele.

Karl abraça Manny. *Olhe só para tudo isso.* Com a mão livre, ele gesticula, mostrando tudo ao redor. *Isso aqui é a Austrália. Sabia? A verdadeira Austrália.*

Millie começa a andar na direção que Jeremy indicou. *Vamos, Karl*, chama.

Olhe só para este céu. Olhe esta terra. Karl chuta a terra, que voa para todos os lados. *Olhe este arbusto. Pode ser que existam corpos enterrados em cada centímetro desse lugar e a gente não saiba. Os ingleses detonaram bombas de teste aqui, e ninguém ficou sabendo. Bombas, Millie. Na minha cidade eu não posso nem coçar a bunda que meus vizinhos começam a se perguntar que espécie de doença de bunda eu tenho. Mas aqui ninguém sabe o que eu estou fazendo.* Ele ergue Manny por cima da cabeça. *Ouviu isso, Universo?* Para, respira fundo e berra a plenos pulmões: *NINGUÉM SABE O QUE EU ESTOU FAZENDO AQUI!*

Millie não está prestando atenção. A única coisa que ela ouve é o ruído de seus pés caminhando. Cada passo murmura: mamãe, papai, mamãe, papai, mamãe, papai.

Karl está poucos metros atrás dela, olhando para o céu e dando voltas como Millie faz às vezes, quando quer ficar tonta. Ela está irritada com ele. Não há tempo para isso. *Depressa,* grita Millie para trás.

parte quatro

agatha pantha

10h37: a loira ajuda Agatha a descer do trem na estação de Kirk. *Aguente só um pouquinho, Agatha, diz ela. O trem de volta para Perth vai passar daqui a algumas horas. Eles sabem que precisam esperar você.* Ela sorri para lhe dar apoio. *Não se esqueça de descer em Kalgoorlie. Lá tem um ônibus de conexão que irá levá-la de volta ao litoral sul. Você vai estar em casa antes do que imagina. Se cuide, combinado?*

Agatha assente e observa a mulher se afastar. *Em casa*, repete Agatha, apertando a bolsa no peito. *Sim.* Ajusta os óculos.

10h39: um homem se aproxima dela. *Com licença, diz. A senhora tem horas?*

Agatha cobre o relógio de pulso com a mão. *Se eu tenho as horas? E eu lá sou DONA das horas? Não, não tenho! Mas gostaria muito de falar com a pessoa que tem! Não sei que horas são. Estou no Fuso Horário da Agatha agora!*

Nossa, minha senhora, diz o homem. *Foi mal perguntar.*

Sim!, diz Agatha. *Foi mal mesmo!*

10h41: o trem continua ali e as pessoas estão de bobeira, esperando que lhes digam quando podem embarcar novamente. Uma mulher passa por Agatha. Uma dessas atrevidas, com um coque bem alto, como se fosse uma cobertura de sorvete. *Você não é uma sobremesa, moça*, diz Agatha, inclinando-se para a frente. Um homem passa por ela com um suéter cor-de-rosa. *Suéter rosa demais*, diz ela, um pouco mais alto. *Passada larga demais*, diz ela, levantando a voz mais um pouco. Segura na beirada do banco com as duas mãos. *As nuvens não deveriam estar fazendo isso!*, berra, levantando-se. *Nariz insensato! Cabelo de serial killer! Óculos escuros grandes demais! Filhos demais! Olhos muito juntos!*

É interrompida por um menininho, que corre em sua direção. Ele tem um bigode preto desenhado no rosto. *Você deixou cair isso, senhora*, diz ele, entregando-lhe seu Caderno da Velhice. Ela o apanha, e ele sai correndo depois, com a echarpe esvoaçante. Ela olha o menino saltar, dar chutes no ar e depois sumir dentro do trem.

Não é um bigode de verdade, diz ela. Abre o caderno e corre os olhos pelas medidas cuidadosamente tiradas de Elasticidade das Bochechas. Flacidez dos Braços. Distância Mamilos-Cintura. Número de Vezes Que Quase Beijei Karl.

O quê?, estranha ela.

Numa letra que ela não reconhece, aquilo continua. Gráfico de Roncos. Momentos Sorridentes. Número de Vezes Que Karl Quis Me Beijar. Minhas Expressões de Agatha Preferidas. Número de Ônibus Que Tentei Roubar. Ela vira a página. Homens Bêbados Em Que Bati. Ela ri e continua virando as páginas. Número de Insultos Que Já Berrei. Coisas Mortas Que Já Vi. Distância Que Percorri de Ônibus/Trem/A Pé. Pessoas Que Amei.

Depois dessa última, há uma grande interrogação.

Um mapa está colado na página seguinte. Outra pessoa escreveu ali *Oi. Você Está Aqui*, com um xis vermelho e o desenho de um carro. *Eles Estão Aqui*. Outro xis vermelho e outro desenho, dessa vez de uma construção em cima da qual está escrito *Grande Bar Australiano*. Uma seta preta une um xis ao outro. *Atenciosamente, Capitão Tudo*.

O caderno treme em suas mãos.

10h54: ela fica de pé na frente do espelho do banheiro da estação de trem. *Eles não envelhecerão*, fala. Belisca suas bochechas. *Como nós que restamos envelhecemos*.

Antebraços manchados demais!, berra ela de repente. Desabotoa o paletó e o atira no chão. *Mãos masculinas!*, grita, erguendo as mãos à sua frente. Chuta os sapatos na parede. *Pés gordos!* Desabotoa a blusa e a deixa cair no chão. *Peitos caídos demais!* Abre o zíper da saia e a retira, sacudindo os quadris até que a peça de roupa caia no chão. *Umbigo muito pra cima!* E fica ali parada, de sutiã, calcinha, meia-calça, os óculos ainda firmemente presos ao rosto, olhando-se no espelho, respirando com dificuldade por causa do esforço de olhar-se assim. *As narinas se alargam quando fala!* Ela une as mãos em sua frente, resignando-se a fazer alguma coisa, tentando emprestar uma espécie de sofisticação e dignidade a uma situação que não tem nem uma coisa nem outra. *Velha demais*, diz. Tira os óculos e os coloca em cima da pia.

Pousa a mão no rosto, na bochecha, e inclina-se para a frente. *Velha demais*, conclui, olhando-se nos olhos.

Então lhe ocorre que o rosto de Ron jamais irá envelhecer. Ela jamais o verá se tornar um homem realmente velho. De algum modo, aquilo não parece justo, o fato de que ela seja obrigada a mostrar ao mundo sua aparência velha, e ele não. Como se ele tivesse se safado de alguma coisa.

Ela está se odiando, odeia seu corpo, e agora começa a chorar, as lágrimas escorrem pelo seu rosto de um jeito patético, ela é uma mulher velha velha velha e triste triste triste, e se odeia, se odeia muito; mais do que qualquer outra coisa nessa vida, isso é o que ela sente com mais intensidade.

Então escuta o som de uma descarga, e uma mulher sai de um dos reservados.

A mulher vai direto até a pia com espelho e lava as mãos. É magra, musculosa e tem um nariz comprido e fino, que chama atenção. Agatha se controla para não gritar isso para ela e fica ali parada com sua roupa de baixo, sem saber o que fazer. Há um silêncio estranho enquanto a mulher lava as mãos.

E então. *Pra onde a senhora está indo?*, pergunta a mulher.

Hum. Pra costa sudoeste, responde Agatha, sentindo seu corpo imenso ao seu redor.

Perth para os íntimos, apresenta-se a mulher, sorrindo para Agatha. Então ela puxa a pele ao redor dos olhos. *Só estou tentando fugir*. Mostra a língua para si mesma no espelho. *Você sabe como é*. Ajeita a saia, pisca para Agatha e sai.

11h12: novamente vestida, Agatha posta-se perto do balcão do café da estação de trem, olhando desejosa para todas aquelas frituras, sentindo seu estômago roncar. Ela fica a alguns metros do balcão.

O balconista olha para ela. *Tudo bem com a senhora?*

Sim!, responde ela, mas não se mexe.

Quer alguma coisa?

Sim!

Ele solta um suspiro. *O que vai ser, então?*

Um destes! Ela aponta para um rolinho primavera. *E uma destas!* Aponta para uma torta de carne.

O balconista coloca os dois num saco de papel pardo e desliza o saco por cima do balcão. Faz um sinal para o saco. *Seis e vinte e cinco, obrigado.*

Agatha está com muita mas muita fome. Pensa em pegar o saco e sair correndo. As pessoas fazem isso, não fazem? Ela nunca quis tanto alguma coisa na vida. Mas sua boca diz *Não posso*.

Não pode o quê?

Não tenho... Ela suspira.

Ele segura o saco de papel. *Isso aqui não é associação de caridade, minha senhora.*

Eu pago, diz uma voz às costas de Agatha. Ela se vira e vê a mulher do banheiro agitando uma nota de 20 dólares no ar. Ela sorri para Agatha e caminha até o balcão. *Eu pago.*

Só estou tentando tocar o meu negócio.

Tenha dó.

Passe a grana pra cá. Ele apanha a nota e despeja o troco em cima do balcão. Ergue o saco de papel e o balança, olhando para Agatha. *Que sorte, hein?*

A mulher apanha o saco da mão dele e sai. Faz sinal para Agatha segui-la. *Meu nome é Karen*, diz ela, e pousa a sacola numa mesa ocupada por um homem. *Este é Simon*, diz Karen, passando carinhosamente a mão ao redor do ombro dele.

Simon é nitidamente mais jovem que Karen. Tem um rosto moreno, de traços marcantes. *Filho dela?*, pensa Agatha. Simon dá um tapinha brincalhão na bunda de Karen. *Não*, conclui.

Oi, diz Simon para Agatha com um aceno e um sorriso. Há pedacinhos de massa folhada nos intervalos entre seus dentes. Karen puxa uma cadeira e dá um tapinha de leve na mesa.

Agatha senta-se e observa a sacola, como se esperasse para ver o que poderia acontecer.

Você tem nome?, pergunta Karen.

Sim, responde Agatha.

Karen sorri. É do tipo reservado, dá pra ver. Bom, vá em frente. Pode comer.

O que você quer de mim?, pergunta Agatha.

Hã?, Karen estranha a pergunta. *O que eu posso querer de uma mulher que não tem dinheiro nem pra comprar uma torta de carne? Que berra consigo mesma de calcinha e sutiã? Coma sua torta e pronto, minha senhora.*

Alguém aqui disse calcinha e sutiã?, pergunta Simon. Ele puxa o elástico do cós das calças de Karen.

Karen lhe dá uma cotovelada de brincadeira. *Meu Deus do céu, Sime*, exclama Karen, afagando seu rosto. *Você tá com os dentes emporcalhados.* Os dois reprimem risadinhas. *Vá se limpar, tá bom?*

Simon se levanta. *Seu desejo é uma ordem.* Sorri, faz uma reverência e desaparece.

Agatha tira a torta do saco e coloca-a sobre a mesa. Apanha talheres no suporte de talheres de aço inoxidável que está em cima da mesa, corta a torta em quadradinhos e começa a comer, um quadradinho de cada vez. Sente os olhos de Karen em cima dela.

Quer falar sobre o que aconteceu no banheiro?, pergunta Karen.

Não, responde Agatha.

Posso te contar um segredo então?, pergunta Karen, inclinando-se mais para perto.

Não, responde Agatha com a boca cheia.

Karen ri. Inclina-se mais para a frente ainda. Olha para trás e depois vira-se novamente para Agatha. *Fiz uma coisa terrível,* sussurra. *Estou tentando, você sabe, realinhar toda essa história de carma. Não sei se acredito nisso ou não, mas...* Ela dá uma piscadela. *Por via das dúvidas. Beleza?*

Agatha assente. *Obrigada*, diz ela. E em seguida, *Você não matou ninguém, matou?*

Não! Claro que não. Karen se remexe na cadeira.

Drogas?

Não.

Armas?

Não.

Você é uma mulher da noite, né?

Não!

Ruim mesmo?

Muito, muito ruim.

De um a dez?

Oito.

Agatha engole o lanche e olha para Karen.

E meio. Karen aperta as mãos nervosamente. *Dez. Com certeza dez. É dez mesmo. Eu... eu...* Ela pousa os cotovelos sobre a mesa e entrelaça os dedos. Olha Agatha nos olhos. *Não sou uma boa pessoa.*

Agatha apanha o rolinho primavera e dá uma mordida nele, com o canto da boca. Observa Karen enquanto mastiga. Agatha engole, limpa a boca com um guardanapo. *Eu, hã...* Agatha pigarreia e diz, alto e bom som, *Eu também não sou uma boa pessoa.*

Karen solta um som trêmulo, como se as palavras de Agatha tivessem puxado aquele ruído do interior de sua boca. Ela estica a mão por cima da mesa e segura a de Agatha. *Acha que alguém é?* Aperta a mão da senhora.

Agatha olha para a mão em cima da sua. Pode ver a Velhice acomodando-se como um filme plástico sobre a superfície da mão daquela mulher, e não se sente feliz por ela estar vivenciando as iras da Velhice, como em geral se sentiria, mas, por outro lado, também não se sente triste, como se sente em relação ao próprio corpo; sente apenas uma conexão com aquela mulher, como se ela fosse Agatha, e Agatha fosse ela, como se fossem a mesma pessoa.

E então?, diz Karen. *Acha que alguém é bom?*

Ron. Ela pensa em Ron. E então o rosto de Millie lhe vem à mente e paira à sua frente, forte e imóvel. E Karl? Será que ele é bom?

Eu me chamo Agatha, diz ela, porque não sabe como responder àquela pergunta.

Simon volta para a mesa. *Mijei no desodorizador do mictório*, conta ele. *Foi demais.* Mostra os dentes para Karen. *Saiu tudo?*

Karen segura a mão dele. *Bem melhor, amor*, elogia ela. Agatha olha para as mãos deles acariciando-se, como se fossem a única coisa que existisse por ali. Não consegue se imaginar com alguém com quem tenha tamanha intimidade. *Olha, Sime*, diz Karen, checando as horas no relógio de pulso. *Dá pra ir enchendo o tanque do carro? Melhor a gente pegar a estrada.*

Sim, mamãe. Ele pisca um olho.

Simon sai e Karen se vira para Agatha. *Larguei meu marido ontem. Simon largou a mulher.*

Agatha olha para ela.

Tenho filhos. Não são muito pequenos. Mas também não são muito grandes. Não contamos a ninguém. Simplesmente fomos embora. Karen estica os braços por cima da cabeça e torna a abaixá-los. *Meu Deus, como é bom colocar isso pra fora. Espero que não se incomode.*

Eu me incomodo, diz Agatha.

Karen ri. *É justo. Enfim. Só quero estar com Simon. Amo meus filhos. Mas também amo minha vida. Quero ter uma vida. Uma vida, ponto. As crianças um dia vão entender.*

Provavelmente não, fala Agatha.

Karen assente. *Bom, espero que você esteja errada.*

Agatha pensa na mãe de Millie. Que aquela mulher abandonou a filha. Sente a raiva tomar conta de seu corpo. Sente a raiva subir pelo seu corpo, fazendo sua pele inchar. Sente vontade de ver a mãe de Millie, de dizer: *Quem você pensa que é? Ela não passa de uma criança.* E tem vontade de falar para Karen agora *Quem você pensa que é?* Mas, em vez disso, Agatha diz *É dez mesmo.*

Karen desaba na cadeira. As duas ficam sentadas em silêncio por alguns instantes. A caixa registradora faz barulho, as geladeiras abrem e fecham e as pessoas ao redor têm conversas inaudíveis umas com as outras. *Olha, quer carona pra algum lugar?*, pergunta Karen por fim. *Estamos indo mais ou menos para a mesma direção. Eu ficaria contente em ter companhia.*

Não, reponde Agatha, rigidamente. *Vou voltar de trem, obrigada.*

Agatha, sentada à mesa da estação de trem, olha seu Caderno da Velhice. Pessoas Que Amei. Aquela interrogação. Aquele olhar que a mãe de Millie lhe deu através da janela, meses atrás, surge em seus pensamentos. *Como envelhecer sem deixar a tristeza tomar conta de tudo?* Ela se lembra dos momentos logo após a morte de Ron, quando ela caminhou pela rua e depois entrou em casa, e a pressão que sentia, a sensação de que seu corpo estava implodindo. Pensa no quarto extra em sua casa. E se, quando entrasse por aquela porta depois de ver o marido morto, um filho, o seu filho, estivesse sentado naquele quarto extra, e Agatha tivesse de se sentar na cama dele... dele? Ou dela? Teria sido uma filha? Às vezes ela se permitia imaginar que sim. E seria obrigada a lhe dizer... O quê? O que ela poderia dizer? *Seu pai morreu.* Como se conta a uma filha, a um filho, ao seu filho, à sua filha, que a vida é assim? Que vivemos simplesmente para morrer? Que, ao longo da vida, as pessoas que você conhece, que você ama, irão morrer? Que, realmente, o melhor que se tem a fazer é jamais gostar de ninguém?

Agatha, Karen chama, lá da fila para pagar a gasolina. Parece arrasada. *Desculpe, amor, mas você sabe dirigir? Você se importa em afastar o carro um pouquinho das bombas de combustível? Só Deus sabe onde Simon se meteu. As chaves devem estar aí dentro. Desculpe incomodar.*

Agatha se levanta para olhar lá fora. Uns seis ou sete carros estão enfileirados, esperando a vez de chegarem às bombas. Um deles buzina de vez em quando. O balconista está tendo problemas com o sistema. Agatha olha novamente para Karen. Se estreitar bem os olhos, Karen fica um pouco parecida com a mãe de Millie. *Como é que se conta ao seu filho, à sua filha, que a vida é assim?*

Você precisa encontrar um jeito, diz Agatha, pendurando a bolsa no ombro.

O quê?, pergunta Karen, enquanto Agatha anda em direção às portas automáticas.

Eu disse, sim, sei dirigir, responde Agatha.

Ah, obrigada, meu amor. Karen sorri. *Sime provavelmente encontrou outra coisa pra mijar em cima.*

Provavelmente, concorda Agatha. Para ao chegar às portas e vira-se para Karen. *Escute.* A porta se abre atrás dela, e Agatha sente o calor em suas costas. *Sinto muito, muito mesmo.*

Karen faz um gesto para dizer que não tem problema. *Não foi nada, meu amor. O que é uma torta? Não custa nada.*

Não, diz Agatha para si mesma enquanto caminha em direção ao carro. *Não é por isso.*

Ela abre a porta e entra. As chaves estão na ignição. Agatha as envolve com a mão em concha, e elas tilintam. Dá partida no carro. De repente vê seu rosto num cartaz, como o de Karl. *Procurada.* E pisa forte no acelerador.

O problema é que ela não para. Lembra-se daquele carro desenhado seguindo a seta negra em direção ao Grande Bar Australiano e não para.

Bem, diz ela para ninguém. *Isso, com certeza, é um dez de um a dez.*

12h17: e então se vê dirigindo pela autoestrada. Ela, Agatha Pantha, está dirigindo um carro na autoestrada, no meio de um deserto. Não anda a mais que 60 quilômetros por hora, mas, mesmo assim, está dirigindo. *Estou dirigindo*, diz pela janela. *Estou dirigindo!*, berra ela para um trabalhador que está parado fumando no acostamento. *Não brinca, minha senhora!*, grita ele de volta. *Estou dirigindo!*, berra ela para uma mulher cujo carro parece ter quebrado. *Vai se foder!*, grita a mulher. *Estou dirigindo!*, grita ela para o céu, para os pássaros, e nada grita para ela, há apenas o vento em seu rosto e o som que ele faz, o som do vento veloz, veloz.

Bom trabalho, pássaros!, grita pela janela. *Essa estrada é especialmente boa!* Ela segura o volante com as duas mãos e sorri para tudo. *Caixa de correio impressionante! Sinalização perfeita! Belo lugar esse aí, vacas! Bonitas árvores! Aquela nuvem está sorrindo pra mim! Lindo tom de azul, céu!*

Agatha ergue a mão para ajustar os óculos no rosto, mas eles não estão mais lá. Ela os vê, com os olhos da lembrança, pousados na pia do banheiro da estação de trem. Tenta não piscar e arregala cada vez mais os olhos, deixando o ar frio entrar pelas órbitas oculares.

Vê uma placa na lateral da estrada. *Oh!*, exclama, e freia o carro fazendo barulho. *O Grande Bar Australiano* está escrito na placa, que aponta para uma longa estrada de terra que parece não ter fim. Ela consulta o mapa.

Agatha engole em seco e encontra a seta. Liga-a. *Belo som, seta*, sussurra. E vira à esquerda.

karl, o digitador

Bom, a gente vai morrer, Millie, diz Karl. Os dois estão andando pelo deserto seguindo para o sul durante praticamente o dia inteiro. O sol continua forte e quente lá em cima, e o suprimento de água deles está no fim.

Era o que eu tava tentando te dizer, fala Millie.

Não, eu quero dizer em breve, e não um dia. Era isso o que você queria, Agatha Pantha?, fala ele para o céu. *Assassina.* Sua voz não ecoa, simplesmente desaparece na imensidão reta dos arredores. *Eu estou. Com tanta. Sede.*

Segura Manny à sua frente e olha no fundo de seus olhos. *Certo, Manny? Você entende. Eu odeio esse lugar! Austrália... que espécie de nome é esse? É tão seco. É tudo igual. E não tem fim, Manny.* Chuta a terra. *Odeio essa terra. É terra. Quem gosta de terra? Ninguém. É isso aí. Odeio esse céu. Odeio esses arbustos. Como é que se espera que alguém viva aqui?* Ele se ajoelha no chão, apoiando-se em Manny. *NÃO TEM NADA AQUI!*, berra, e enterra o rosto no peito do manequim.

Depressa, diz Millie.

Karl se levanta e continua andando. *A gente não vai chegar a Melbourne amanhã, Millie.*

Vai, sim.

Não vamos conseguir.

Vamos conseguir, sim.

É impossível.

Você não sabe de tudo, diz Millie, parando de repente. *Aquilo ali é o bar?*, pergunta ela, apontando para um lugar.

Ele estreita os olhos para enxergar melhor à distância, olhando para a direção que o dedo de Millie aponta. *Não brinque comigo, Millie. Estou com muita sede. Estou ficando desidratado. Você sabe o que isso quer dizer? É um dos primeiros estágios da morte.*

Tem um bar bem ali, retruca Millie, erguendo o mapa. *É aquele de que o Capitão Tudo falou.*

Bom, eu não estou vendo nada. Karl pousa a mão na testa de Millie para checar sua temperatura. *Oh, meu Deus*, diz ele. *O calor está subindo até sua cabeça. Tudo bem, Millie. Vamos ficar bem.* Ele tenta erguê-la para carregá-la nas costas, mas ela se debate.

Eu tô bem. Millie o empurra para longe.

Poupe suas energias, Millie, orienta Karl.

Millie começa a andar na frente dele. *Eu disse que tô bem.*

Espere!, diz Karl. Ouvem um som retumbante ao longe. *O que é isso?* Um SUV vem rugindo por uma estrada de terra a um quilômetro de distância, jogando a terra para trás, como se estivesse esquiando num lago vermelho. *É um carro*, diz Karl. *Um carro, Millie. Pessoas.*

O SUV começa a desacelerar e então para. O pó se assenta na paisagem, é sugado de volta por ela, como se ela estivesse respirando. É quando Karl percebe que está olhando para uma construção. *Esse é o...?* Karl fecha os olhos e em seguida os abre novamente. A construção continua ali. *Millie, é um bar*, grita ele, atrás dela. Karl levanta Manny e lhe dá um beijo na boca. *Estamos salvos!*

———

Karl nunca se sentiu tão feliz em ver uma construção. É marrom, de madeira, com um ar brega que a faz parecer um brinquedo, como se uma criança gigante tivesse juntado uns pedaços disso e outros daquilo e grudado tudo com cola. As letras grandes e arredondadas da placa presa na frente dizem *O Grande Bar Australiano.*

É aqui, diz Millie. Depois entra, mas não sem antes escrever *ESTOU AQUI, MAMÃE* na terra com os dedos.

Karl já ouviu falar no tipo de homem que frequenta esses lugares. São todos bravos e prontos para uma briga; com mãos calejadas e olhos semicerrados o tempo todo por conta do sol. Suas frases não passam de uns poucos substantivos e verbos amparados por palavrões.

Ele se prepara para um "momento *saloon* de faroeste", em que ele entra e todo mundo se vira para olhar, a música para, um copo se quebra em algum lugar, inexplicavelmente (quem o interpretaria num filme? Ele acaba de lembrar que Paul Newman morreu. Será que alguém que ele conhece ainda está vivo?), e, com um novo ímpeto de confiança, ele entraria com Postura de Homem, você sabe, os ombros para trás, o peito estufado, o Passo de Homem; esses tipos são capazes de farejar de longe um impostor, mas ele é Um Homem, ele Enfrentou a Morte Cara a Cara e venceu! Ele venceu a morte! Ele é Um Homem! Atenção, todos! Um Homem! Vejam este Homem! Ele atravessaria o bar em dois ou três passos, puxaria um banco e sentaria sua Bunda de Homem, bateria seu Punho de Homem no balcão e pediria — pediria não, *exigiria* — um duplo qualquer coisa (o que Paul Newman beberia?), e o bar inteiro olharia para ele, então ele se inclinaria para o *bartender* e diria — numa voz baixa e trovejante, porque alguém poderoso não tem necessidade de falar em voz alta — *Duplo não, triplo.* Será que haveria então um murmúrio geral de espanto? Talvez. Ele, porém, não ouviria, porque estaria ocupado demais Sendo Um Homem. E então os outros Homens ficariam animados em sua presença, viriam cumprimentá-lo com um aperto de mão ou um *high five,* ou seja lá o que eles fazem, e então todos conversariam sobre Coisas de Homem, como Ferramentas, Agricultura,

Centrefolds, sei lá, e Muitas Outras Coisas que com certeza ele iria descobrir com o andamento da conversa.

Mas, quando abre a porta, percebe que não vai dar para atravessar o bar em três passos.

Karl, por que você está dando passos tão largos assim?, sussurra Millie.

O quê?, sussurra ele em resposta. *Estou parecendo um bobo?*

Sim, diz ela.

Ele vai até o balcão, voltando a andar normalmente. Há placas de carro de todas as partes da Austrália penduradas em uma das paredes, como se fosse uma espécie de cemitério de registros mortos. Há cinco telas enormes espalhadas pelo bar, e todas exibem o mesmo jogo da Liga de Futebol Australiano. O lugar é escuro e carpetado. O teto, baixo. O ar, denso. Poeira rodopia em pequenos feixes de luz do sol.

Dois homens estão sentados ao balcão, batendo papo, e mal notam Karl. O *bartender* está enxugando copos e cumprimenta Karl com a cabeça. Karl retribui o cumprimento. *Ele sabe*, pensa. *Sabe que eu sou Um Homem*. Puxa um banco, arranhando o chão ruidosamente. Olha para o *bartender*. *Desculpe*, diz, fazendo alguma coisa diferente do normal com o rosto. Alguma coisa bem feminina, isso ele percebe. Já está se odiando. Karl apoia Manny no balcão. O *bartender* ergue as sobrancelhas. Karl quer se sentar no banquinho, mas está envergonhado porque todos os olhares estão sobre ele, por causa da pressão de Ser Um Homem; então calcula errado e cai para trás, de bunda no chão; Manny cai com um estrondo em cima dele, e o som combinado de todas essas coisas ecoa pelo bar inteiro.

Porém, o pior não é isso. O pior é o barulho que Karl faz, que escapa involuntariamente de sua boca como se ela fosse um vulcão liberando algum tipo de gás tóxico que esteve represado durante centenas de anos. Um ruído que apenas os Homens Muito Velhos fazem quando são submetidos ao máximo de esforço físico:

Arrrrrggggggghhhhhh. É o pior ruído que ele já soltou na vida, ele nem mesmo sabe se conseguiria reproduzir aquilo outra vez, e o ouve como se estivesse de pé, fora do próprio corpo.

Ele fica caído no chão por alguns instantes, refletindo sobre o ínfimo mas alegre momento de sua vida em que aqueles homens pensaram que ele era Um Deles. Deixa o nariz de Manny apoiar-se no dele, fecha os olhos e respira fundo.

Tá tudo bem aí, parceiro?, pergunta uma voz lá de cima.

É, tá precisando de uma mãozinha, parceiro?, diz outra voz.

E então, de repente, ele se vê sentado ao balcão de um bar junto com dois homens (Homens!) que lhe dão tapinhas nas costas, riem, pedem uma bebida para ele e perguntam *E aí, qual é a sua história?*. E Karl é incapaz de apagar o sorriso que se forma em seu rosto.

millie bird

Millie está sentada com as costas apoiadas no banquinho de Karl. Brinca com o cós do short de Manny, que ficou encostado no balcão do bar. Os homens comentam sobre o jogo de futebol, e Karl tenta participar da conversa. *É*, ela ouve Karl dizendo. *Aquele rapaz ali não devia ter sido substituído por aquele outro lá.*

Millie enfia a mão na sua mochila em busca de alguma coisa para comer, mas, em vez disso, apanha um papel dobrado, que foi colocado entre as barrinhas de cereal. *Capitã Funeral*, está escrito. Ela o abre.

Querida Capitã Funeral,
No dia em que você foi embora, alguém ligou para o celular da sua mãe, mas a chamada foi pra caixa postal. A pessoa deixou um recado. Mas não era sua mãe. Ouvi o recado 16 vezes pra ter certeza de ter anotado direito. Escrevi o recado em um balão de fala pra você saber que quem está falando não sou eu.

Mills, meu amor, é a Tia Judy. Onde você está, meu amor? Estamos procurando você. Sua mãe, bom, sua mãe não está legal, meu amor. Ela foi embora. Mandei o Tio Leith apanhar você na sua casa, mas você não estava lá. Ele viajou durante muito tempo para ir até aí. Cadê você, meu amor? Procure um

*policial, conte tudo a ele e fique quietinha esperando por nós
que vamos buscar você. Combinado? Combinado, meu amor?*

Desculpe por não ter te contado. Eu fiquei com medo de você ficar triste. Você pode pegar minha mãe emprestada de vez em quando, se quiser.

Atenciosamente,

Capitão Tudo

Super-herói

Indian Pacific

Millie dobra a carta e a guarda novamente na mochila. Abraça a mochila.

E então, escuta *Oi.*

Millie inclina-se para a frente, pois as pernas de Manny bloqueiam sua visão. Uma menina está sentada de pernas cruzadas, encostada em um dos banquinhos. Tem mais ou menos a mesma idade dela e cabelo preto liso, que está preso num rabo de cavalo. Há uma caixa de fósforos na frente dela. Ela acende um fósforo e olha enquanto ele queima.

Oi, responde Millie, olhando a chama.

Quem é esse?, pergunta a menina, depois que a chama morre.

É o Karl, responde Millie.

Não, diz a menina, *não ele.* Ela aponta para Manny com o palito de fósforo queimado. *Ele.*

Ah, diz Millie. Pigarreia. *Manny. Ele tá morto.*

A menina ergue uma sobrancelha. *Ele é de plástico.*

É, concorda Millie. *Os corpos dos mortos se transformam em plástico e depois as pessoas levam eles pras lojas, pra venderem roupas.* Ela olha para os próprios dedos. *É o que eu acho.*

A menina olha para Millie por um longo tempo. *Você é estranha*, declara ela por fim.

VOCÊ é que é, rebate Millie.

Quando meu tio morreu, meu pai queimou ele. A menina acende outro fósforo. *Depois a gente atirou as cinzas no mar.*

Sinto muito pela sua perda, diz Millie, baixinho.

Os corpos dos mortos fedem, por isso a gente tem que queimar todos, explica a menina, e olha para Millie. *É o que eu sei.*

Depende de como você pensa nas coisas, retruca Millie, meio incerta.

Não depende, não. A menina engatinha até Millie e fica olhando para ela. Acende um fósforo e o segura entre elas duas. A chama faz sombras dançarem pelo seu rosto todo. *Vamos queimar ele*, diz, com um sorriso. *Ele já tá morto mesmo.*

Millie sente um peso no estômago. Observa a chama até que ela se apague. Olha para trás, para Karl, que está rindo e contando uma história numa voz muito mais grave que a normal. Olha mais uma vez para Manny.

Você tá com medo de quê?, pergunta a menina, inclinando a cabeça para Millie.

De nada, responde ela. *Não tô com medo de nada.* Mas não é verdade, porque ela está com medo de tudo e sente aquilo muito intensamente em seu estômago.

a noite antes do primeiro dia de espera

Depois que seu pai morreu, as pessoas da cidade começaram a agir como se amassem Millie. *Sim, Millie*, diziam. *Tadinha*, diziam. *Tome um pirulito*, diziam. Mas ela sabia que era porque seu pai havia morrido e porque:

1. as pessoas estavam felizes porque os pais delas não haviam morrido, mas tinham medo de que isso pudesse acontecer — e ao mesmo tempo não queriam nem pensar nisso; ou
2. os pais delas também tinham morrido.

Assim, as vendedoras da loja de produtos naturais lhe deram todos os potes de vidro que ela quis, e o vendedor da loja de materiais de construção lhe deu todas as velinhas aromáticas que ela quis, e ela perguntou à sua mãe, que estava olhando fixamente para a parede do quarto *Quando foi que o papai nasceu?* Mas, como sua mãe não respondeu, Millie foi perguntar para a mulher que trabalhava na biblioteca, que com certeza devia ser a pessoa mais velha do mundo, e as duas descobriram a data depois de vasculharem todos os arquivos de fotos antigas de escola e encontrarem uma do seu pai; o rosto estava mais magro, mais feliz e mais iluminado, mas era seu pai com certeza, e quando escureceu ela passou de fininho pela sua mãe, que estava no sofá de calcinha e sutiã vendo televisão, com as luzes apagadas. Era uma noite quente e úmida e estava passando uma partida de críquete na televisão, e sua mãe não gostava de críquete, por isso Millie sabia que ela não devia estar prestando atenção, mas seu pai gostava de críquete, então talvez fosse por isso que ela estivesse assistindo. Os potes de vidro tilintavam na mochila de Millie enquanto ela andava de um lado para outro, mas sua mãe não se mexeu, não tinha se mexido o dia inteiro, só quando Millie lhe trouxe uma tigela de uvas da geladeira e colocou-a ao seu lado; aí ela deu uma palmadinha na cabeça de Millie, mas, quando Millie passou por ela no escuro, todas as uvas ainda estavam lá.

Então Millie saiu de fininho de casa e foi até o terreno baldio. Subiu na árvore e depois desceu, amarrando em cada um dos galhos um vidrinho com uma vela acesa. Quando terminou, colocou algumas velinhas no chão, na frente da árvore, para escrever *PAPAI* e, embaixo, fez uma fila bem comprida com as velinhas que sobraram. Era o travessão mais longo que ela já havia feito.

Millie acendeu todas as velinhas e sentou-se na grama. Deitou-se de bruços e fez um travesseirinho com as mãos para apoiar o queixo. A grama estalava sob seu corpo, pinicava sua pele. Aquele tinha sido um verão tão quente, tão seco. As velas da árvore balançaram suavemente, e as chamas das velinhas do chão oscilaram. O céu estava cheio de estrelas e agora parecia que havia estrelas também na árvore e no chão, como se Millie tivesse feito do mundo inteiro uma enorme noite estrelada. Ela se levantou e passeou pelo seu céu; será que seu pai não estaria fazendo o mesmo lá em cima?

Uma rajada de vento soprou pela rua, como naquela outra noite, meses antes, quando ela segurou Aranha. Escutou os vidros tilintarem ao bateram na árvore, viu quando algumas das velinhas aromáticas que estavam no chão tombaram e tropeçou e caiu para trás ao ver a grama pegando fogo. Começou pequeno, mas em seguida estava grande, depois enorme, e aí todo o terreno estava pegando fogo. Millie ficou ali, parada. Viu tudo acontecer, viu o céu noturno sumir. Recuou até a trilha. O calor queimava sua pele, brasas foram lançadas para o alto, os vidros estalaram e explodiram. Por isso ela saiu correndo, simplesmente saiu correndo. Encontrou uma árvore no fim da rua e subiu até o topo. A rua despertou, as pessoas apareceram, chegaram baldes d'água, trouxeram mangueiras e chamaram caminhões de bombeiro, e Millie viu tudo lá do alto, do seu esconderijo secreto, onde ninguém sabia que ela estava. Quando ficou claro novamente, Millie voltou para casa, porque a gente sempre volta para casa, não é? A polícia estava com sua mochila e sua mãe olhou para Millie como se ela, sua mãe, não passasse de um desenho, e o corpo de Millie doeu por dentro e ela não soube como pedir desculpas porque aquilo foi a pior coisa que fez em toda a sua vida.

E aí?, dizia a menina de cabelo preto. A coisa acontece tão rápido, a menina acende um fósforo, o fósforo arde com tanta intensidade, e depois ela leva o fósforo aceso até a camisa de Manny, e Millie tenta dizer não, mas é tarde demais, e a menina ateia fogo na camisa de Manny.

Millie se levanta, dá um passo para trás; e o fogo se espalha lentamente pela camisa dele, *ba-buuum, ba-buuum, ba-buuum*; as chamas sobem mais alto, e é a árvore, mas então ela corre até o manequim, não sabe como apagar um incêndio, agita as mãos e assopra, sente o fogo muito quente em sua pele, e será que ela diz *Pai?* Ela não lembra. Mas é seu pai, É SEU PAI, e ela olha para o fogo e se enrodilha em posição fetal, *SINTO MUITO, MAMÃE; SINTO MUITO, MAMÃE; SINTO MUITO, MAMÃE*, e tosse, tosse, tosse.

Karl, o digitador

Millie está caída no chão, tossindo. Olha para Karl e ele sente seu coração se quebrar em pedacinhos. Existe algo pior que ver o medo nos olhos de uma criança? Manny está pegando fogo, PEGANDO FOGO, e o *bartender* usa uma mangueira e pronto, acabou. Há outra menininha também — mas de onde ela surgiu? Por que tantas menininhas estão aparecendo do nada ultimamente — e com fósforos na mão?, mas o cérebro de Karl não faz a conexão ainda; ele se ajoelha ao lado de Millie, que tosse e chora, e ele pousa uma das mãos em sua face, e olha para a outra menininha e pergunta *O que você fez?* Ele sabe que não se deve gritar com menininhas, principalmente com as quais você não conhece, mas aquilo simplesmente sai, e ela começa a chorar também, mas ele não se importa, e aí um dos homens diz *Calma aí, parceiro, é a minha filha,* e Karl sabe que dessa vez *parceiro* está sendo usado com ironia, e quer revidar usando a palavra da mesma maneira — será que ele já a usou dessa maneira? Será que sequer a usou um dia? Então ele se levanta e vai até o homem, e Karl é mais alto que ele, isso deve ser alguma vantagem, não é? E diz *Bom, parceiro* — dando ênfase ao *parceiro*, e a sensação da palavra saindo de sua boca é sensacional, ele precisa fazer isso de novo um dia, se sobreviver — e, em seguida, diz *Se a sua filha não fosse uma delinquente, eu não precisaria gritar com ela.*

E Scotty, ou Jonesy, ou Crusher, ou sei lá quem, o homem com quem ele estava bebendo e rindo instantes atrás, segura Karl pelo pescoço, e Karl tenta se livrar das mãos dele e luta para respirar, mas consegue dar uma joelhada trêmula na barriga do homem, que dobra o corpo para a frente. Um banquinho do bar cai no chão fazendo barulho e Karl segura o próprio pescoço — nunca soube como era ser estrangulado e sente-se agradecido pela experiência — e diz *Desculpe, parceiro*. ScottyJonesyCrusher olha para ele, rosna para ele — rosna? Sim, com toda certeza rosna — e avança para cima de Karl, mas Karl de algum jeito adivinha para onde deve se desviar, e os dois saem tropeçando de um jeito nada gracioso pelo bar; ScottyJonesyCrusher persegue Karl, e Karl tem a impressão de se desviar de cada golpe, protegendo-se atrás de cadeiras e criancinhas, usando mesas como escudos, mas, na verdade, sendo sincero, ScottyJonesyCrusher é meio balofo e, portanto, é fácil ser mais rápido que ele. Então, no que Karl só pode chamar de momento de distração — com certeza todo Grande Homem tem um, não? —, ele se esquece de desviar, e ScottyJonesyCrusherBalofo segura sua camisa e o puxa para si, e os dois se estapeiam um pouco, esbarrando os cotovelos, agitando as palmas das mãos freneticamente como se estivessem tentando cavar para escapar depois de serem enterrados vivos.

Uma espuma branca espirra do alto, sabe-se lá de onde, cobrindo os dois, e eles se separam, tossindo e gaguejando, tossindo e gaguejando. Karl rodopia para trás e limpa a espuma dos olhos com as mãos. O corte na palma da sua mão abriu de novo durante o arranca-rabo. O sangue escorre, e Karl se sente meio tonto, mas logo olha para cima e, através da película de espuma, terra vermelha e suor, lá está Agatha Pantha. Com cabelo despenteado, respirando ruidosamente, segurando um extintor de incêndio com a brutalidade pura de alguém em meio a uma guerra implacável, exibindo-o para os dois como se fosse a cabeça ensanguentada de alguém que eles conhecessem, alguém próximo a eles, como se eles fossem os próximos.

Cacete, ela está tão maravilhosa que Karl não consegue desviar os olhos dela.

O que você fez?, pergunta ela com tom inquisidor.

Com tudo o que estava acontecendo, ele se esqueceu de Millie, como ele pôde se esquecer de Millie? Aponta para a outra menininha, encolhida embaixo de uma mesa em um canto distante, ainda chorando e diz *Pergunte a ela.* Millie continua caída, encostada no balcão do bar, seu corpo minúsculo, seu corpo minúsculo, e Karl pensa em Evie, seu corpo minúsculo, *Sempre estarei aqui, Evie,* mas ScottyJonesyCrusherBalofo diz *Peraí, parceiro,* e corre em direção a Karl mais uma vez, agacha-se, segura-o pela cintura e o empurra com força na parede. Agatha usa o extintor de incêndio em cima deles mais uma vez. Com toda compostura que consegue reunir, Karl limpa o rosto com a manga da camisa e diz *Não sou seu parceiro, parceiro.*

Ah, fecha a matraca! Vocês todos, fechem a matraca! Você! Ela aponta para o *bartender. Traga água gelada!* O homem pisca sem entender. *Ficou surdo?*

O *bartender* dá um pulo, pega duas garrafas grandes de água atrás do balcão e as entrega para ela.

Pegue, diz Agatha para Karl, e ele obedece, com um sorriso sem graça para o *bartender.*

Agatha grunhe ao se abaixar para pegar Millie no colo. A cabeça dela é apoiada no ombro de Agatha. *Tá tudo doendo,* diz Millie, entre uma tosse e outra.

Eu sei, diz Agatha, caminhando em direção à porta do bar. Karl segue na frente das duas, arrastando os pés, e empurra a porta para elas com a lateral do corpo. Agatha não olha para ele ao passar.

Karl vai atrás dela no estacionamento e para quando ela abre a porta de um carro. *De quem é esse carro?*

Agatha não parece ter ouvido, ou, se ouviu, finge que não é com ela. Ela deita Millie no banco de trás e vira-se para Karl.

Água, diz apenas; estende a mão e estala os dedos. Karl lhe entrega uma garrafa e ela a arranca das mãos dele. Pela janela do motorista, Karl vê Agatha pressionar a garrafa nos lábios de Millie. *Beba, Millie*, diz ela. *Vai fazer você se sentir muito melhor.*

Millie bebe a água, sem cerimônia, e fecha os olhos.

Karl se lembra do medo nos olhos dela e sente uma onda de desejo de protegê-la. *Você vai ficar boa, Só Millie.*

Agatha fecha a porta do carro e começa a bater em Karl.

Ei, protesta ele, protegendo-se.

Você devia estar cuidando dela!

Ah, você sabe falar.

Agatha apanha um galho do chão e vai para cima dele, com o galho erguido, pronta para a briga.

Ei, diz Karl, escondendo-se atrás de uma árvore. *Espera aí. Pare. Pare agora mesmo. Você é HORRÍVEL. Está me ouvindo? É a pessoa mais mal-educada que conheci na vida. Aposto que seu marido morreu de propósito.*

Karl fica chocado consigo mesmo. *Merda. Merda merda merda merda merda merda. Agatha. Não quis dizer isso, saiu sem querer...*

Agatha começa a berrar. Não palavras, apenas sons, que parecem vir das entranhas dela e subir até a boca para que ela os grite. Karl cobre os ouvidos com as mãos porque aquilo é alto demais, mas não há nada que faça aquele som ecoar, portanto ele acaba simplesmente sendo engolido e desaparecendo no céu.

Agatha vai até ele, pisando firme. Fica bem na sua frente, muito perto. Ele sente o hálito dela em seu pescoço. Eles ficam ali, frente a frente, olhando um para o outro, olho no olho. Karl não tem a menor ideia do que ela vai fazer, treme só de pensar; ela sempre foi louca, mas ele nunca a viu daquele jeito, não sabe do que ela é capaz. Ela joga o galho para trás, por cima da cabeça, segura a nuca dele com as duas mãos e ele quase chega a gritar, mas então ela cobre a boca dele com a sua e lhe dá um beijo.

Não é um beijo demorado. É breve, duro e seco, mas ainda assim um beijo. Agatha joga a cabeça para trás e cruza os braços, olhando feio para ele. Karl a encara, boquiaberto.

Então!, berra ela. Vira-se nos calcanhares e volta para o carro pisando firme.

———

Agatha dirige por uma longa estrada de terra. Karl observa a terra se espalhando trás deles, como se o carro estivesse soltando nuvens de foguete e quisesse sair do chão. Ele vira o corpo para trás e olha para Millie. Ela está profundamente adormecida, o braço recém--derretido de Manny ao redor de sua cintura.

O mundo é difícil demais para Millie, e ele não sabe como dizer isso a ela. Quer prendê-la às costas e mostrar-lhe coisas lindas. Quer andar ao seu lado enquanto ela caminha se equilibrando nos muros, e quer mostrar como existe música em tudo, que é só ela fechar os olhos e ver as notas em seu cérebro, e como é bom colocar de volta na estante um livro que você acabou de ler, e as palavras, ele quer mostrar lindas palavras para ela, quer mostrar quanta beleza pode existir numa página. Quer lhe mostrar tudo o que é bom, e não quer que ela nunca, jamais, veja nada de ruim.

Ele virar para a frente agora. *Onde você arrumou esse carro?*, pergunta.

Agatha não responde.

Ele tranca e destranca a porta, tranca e destranca. Pensa no Beijo. Foi a coisa mais sexy que já aconteceu com ele. Cerveja, terra, briga e uma mulher agarrando seu pescoço e lascando um beijo em sua boca, na frente de todo mundo. E o jeito como ela segura o volante, como se estivesse SEGURANDO AQUILO, como se fosse alguém que sabe como SEGURAR AS COISAS, e o jeito como ela olha a estrada com aqueles olhos de aço, como se estivesse preparada para qualquer coisa, um canguru, uma cobra ou o

Armagedon. Ele repara que ela não solta nenhum gritinho quando atropela coelhos, e que usa a camisa abotoada até o pescoço, como se nunca, jamais, deixasse ninguém enfiar a mão ali dentro.

Agatha olha para ele, e ele pisca um olho para ela.

O que aconteceu com o seu olho?

Nada, responde Karl. Olha pela janela, sentindo o tremor suave do carro em suas pernas. *Não tem nada aí fora, tem?* Pressiona o rosto na janela.

Agatha não responde na hora. Mantém os olhos fixos na estrada e as mãos agarradas no volante. Depois de um tempo, diz: *Tudo está aí fora.*

millie bird

Quando Millie acorda, o carro está parado, lá fora está escuro e as portas abrem e fecham.

Ela vai
POU
Vamos só
Não mais do que uns
POU
Combinado?

Karl abre a porta de trás e cobre as pernas de Millie com uma toalha.

A gente tá em Melbourne?, pergunta ela.

Não, Millie, responde Karl.

Ele a abraça e é como se seu pai a estivesse abraçando. Então ela sussurra *Eu sonhei ele?*, e Karl pergunta *Ele quem?*, e Millie questiona *Eu inventei ele?*, porque tem certeza de que o inventou, mas Karl responde *Não, Millie*, e em seguida diz *Vamos voltar daqui a pouquinho, Só Millie*, e fecha a porta, está tão escuro, e ela pergunta *Eu morri?* Mas não há resposta, porque eles já foram embora; todos estão sempre indo embora; e sua pergunta fica ali no ar, pairando na escuridão diante dela, como um esqueleto numa casa mal-assombrada de um parque de diversões, e ela se senta e observa os dois se afastarem, depois abraça Manny e fecha os olhos com toda a força.

agatha & karl

Fuso Horário (Matinal) da Agatha: o sol está nascendo. Aquele instante em que não é noite mas também ainda não é dia. Agatha não o perdeu essa manhã. Eles ouvem as ondas do mar quebrando nas rochas do penhasco. Ficam de pé nos arbustos, a algumas centenas de metros de distância do carro, de frente um para o outro.

Karl pousa a mão na bochecha de Agatha. A sensação não é desagradável. *Sua bochecha é tão macia!*, berra ele de repente.

Agatha sorri. *Sua mão é gostosa!*, grita ela em resposta.

Vou colocar minha outra mão na sua outra bochecha!, berra Karl. *Seria bom!*

Karl se aproxima e segura o rosto de Agatha entre as mãos. Não consegue vê-la direito, porque ainda está escuro e seus olhos são terríveis, mas sente o calor dela e adora a sensação da pele de Agatha sob suas mãos. *Você tem um cheiro gostoso!*, berra ele.

Acho que você deveria tirar a camisa!

Ele recua e desabotoa a camisa. *Você deveria tirar o casaco!*, grita ele, atirando a camisa para o lado.

Agatha desabotoa o casaco e o larga em cima da camisa dele. *Braços magrelos!*, berra ela para Karl.

É!, concorda ele, olhando para os próprios braços. Torna a olhar para ela. *Pescoço macio!*

Regata!, berra Agatha.

Ele arranca a regata por cima da cabeça e atira-a para o lado, junto com as outras peças de roupa. Seu cabelo fica espetado no topo da cabeça. *Blusa!*

Dá pra ver suas costelas!, diz ela, alto, enquanto desabotoa a blusa. *Sapatos!*

Dá pra ver a alça do seu sutiã!, grita ele, enquanto se abaixa para desamarrar os cadarços dos sapatos. *Sapatos!*

Peito relativamente inofensivo! Meias!

Quero massagear seus pés! Meia-calça!

Quero apoiar a cabeça no seu peito! Calça!

Panturrilhas fortes! Saia!

Então os dois estão de pé, vestidos só com a roupa de baixo. Parecem chocados em se ver. A luz fica quente ao redor deles. Ambos estão se transformando em mais do que apenas silhuetas borradas um para o outro.

Karl fica na frente de Agatha, só de cuecas samba-canção. É tão magro, os pelos de seu peito crescem em tufos e punhados. A pele pende de seus braços, da parte em volta de seus mamilos e ao redor de seus cotovelos em tristes Us, como se alguém a estivesse puxando para baixo. Ela se aproxima dele, até ficar tão perto que consegue ver os pelos do seu peito subindo e descendo a cada expiração que ela solta sobre eles.

Agatha deixa que Karl olhe para ela. Ela é toda acúmulos, bolsões e rolos, tem tanta carne ali que ele deseja empurrar o rosto para dentro daquilo tudo. O sutiã dela não é brincadeira, provavelmente daria para prendê-lo em caminhões e guinchá-los em uma situação difícil. A barriga dela pula para fora da anágua, e gordura salta pelas laterais de seu sutiã.

Com um pouco de dificuldade, ela se senta no chão e estica as pernas. Karl, com esforço semelhante, faz o mesmo. Os dois se inclinam na direção um do outro, os rostos pairando muito próximos. Ambos notam mais rugas no rosto alheio. Agatha nota mais pelos nos ouvidos dele do que imaginava ter; Karl vê um pelo saindo do queixo dela. Eles fecham os olhos e se beijam.

E então fazem AQUILO, porque até os velhos chamam aquilo de AQUILO.

Não é elegante, nem nada que alguém deseje ver num close--up. Nada funciona como deveria, eles ficam sujos de terra verme-lha até o nariz e precisam fazer uma pausa para limpá-lo, e Agatha não tira o sutiã porque o dia foi cheio de coisas novas e chega uma hora em que a gente precisa ir com calma, e eles são forçados a descobrir quais partes de seus corpos ainda funcionam e quais não funcionam mais; precisam passar um bom tempo descobrindo o corpo do outro. *Isso é bom?*, pergunta Karl, e *Assim tá legal?*, quer saber Agatha, e tudo acontece muito devagar, e muito rápido tam-bém, e eles não conseguem fazer nada direito; e não é bom, mas é quente e empolgante à sua maneira, e Karl solta quantos ruídos de Homem Muito Velho ele bem entende, e Agatha fica quieta pela primeira vez em muito tempo, e Karl pergunta *Não é uma sorte termos mãos?*, porque simplesmente adora a sensação de segurar a barriga dela, e Agatha faz que sim, porque adora a sensação de ser agarrada, e Karl de repente se senta, as letras da máquina de escrever de Evie finalmente revelam seu sentido, *VAI FUNDO*, e Agatha diz *ESTOU INDO*, e Karl faz *Não, eu quis dizer que é isso o que...* — e quase fala o nome de Evie, que erro enorme isso não seria!, então ele se deita e diz *Deixa pra lá,* e Agatha parece deixar para lá mesmo. Enquanto o sol se levanta, aquece e fica mais amarelo, eles sabem que deviam estar jogando Mahjong sen-tados numa poltrona, preparando chá e escrevendo cartas para os netinhos, e não estar fazendo sexo no meio de um deserto, mas estão, e isso faz com que eles se sintam estrelas de cinema, porque com certeza só estrelas de cinema fazem coisas como transar num penhasco ao nascer do sol, e Karl pensa *Eu mesmo podia me inter-pretar num filme, sou melhor que o Paul Newman, ele está morto e eu estou vivo, ESTOU VIVO,* e a sensação da pele deles sob o ar fresco é maravilhosa, existe beleza no merecimento que eles sentem, eles sentem que viveram muito e merecem aquele momento, e tudo balança, voa, oscila, tremelica e pende, e é mais ou menos como voar, e Agatha não consegue parar de erguer os braços para sentir o ar correndo sobre eles, é uma sensação tão real, e Karl não consegue parar de olhar para ela, e os dois se olham fundo nos olhos durante um longo tempo, e Agatha nunca se sentiu tão bem em seu próprio corpo antes, nunca sentiu como se tivesse o direito de estar dentro dele, e não fala nada, não consegue falar nada.

Mais tarde, depois que eles fizeram AQUILO, sentam-se encostados um no outro, sentindo a terra fria sobre a pele, escorando-se um no outro, observando o sol se preparar para dar início a um novo dia. Agatha diz *Eu o amava, sabe? Ron.*

Eu sei, responde Karl, enquanto escreve *Karl e Agatha 'Tiveram Aki* na terra ao redor.

millie bird

Millie acorda e se belisca. Não está morta. Olha para Manny. Ele está todo derretido. Passa os dedos pelo rosto dele. A camisa dele grudou em seu corpo. Ela ergue a camisinha de latinha diante de si e a olha. Corre os dedos pelas bordas da Austrália. Onde será que ela está agora? Imagina uma luz vermelha piscando na camisinha de latinha com uma placa de neon *Você Está Aqui*. Sai do carro e anda em volta dele. *Karl?*, chama, olhando por baixo. Sobe no teto. *Agatha?*

O sol começa a iluminar o mundo. O carro está estacionado perto de um enorme penhasco. Ela fica na beirada e sente o vento bater com força em suas roupas, formando ondas nelas, como se fossem água. Sua capa esvoaça para trás, e ela estica os braços para a frente, como se estivesse se preparando para voar. A altura até o mar é enorme. Há tanto espaço ali. O som das ondas batendo nos rochedos é ensurdecedor.

Fica surpresa ao ver um homem na beirada do penhasco, a uns 50 metros de distância. Ele está olhando para o outro lado e dá tacadas em bolas de golfe, lançando-as ao mar. Ela o observa durante alguns minutos. Observa o homem erguer o taco por trás do ombro, acompanha a bola indo para longe, para o alto, e depois caindo, atravessando todo aquele espaço e despencando no oceano. Como seria ser aquela bola? Ela se imagina voando pelos ares, a capa esvoaçando atrás de si, e em seguida caindo, caindo muito depressa, sentindo um frio na barriga, mergulhando no mar, sendo engolida pelas águas.

Ela caminha até o homem. *Você vai morrer, sabia?*, diz ela.

Merda! Ele dá um pulo e vira na direção de Millie, com o taco de golfe em riste. *Puta que o pariu, meu amor.* Olha ao redor, vasculhando. *Sua nave espacial alienígena acabou de cair aqui, foi?*

Não. Quanto tempo daqui até Melbourne?

Cadê mamãe e papai?

Quantos quilômetros? Exatamente?

Ah, não sei, meu amor. Um monte. Sei lá, uns mil e quinhentos?

Você me leva? Tenho que fazer uma coisa muito importante lá.

Não, meu amor, diz ele. *Eu tô indo pro outro lado.*

Tá bom então, diz ela e suspira, dá as costas e vai embora, porque está de SACO CHEIO dos adultos e de suas promessas, e de como eles nunca ajudam você, e resolve que agora com certeza vai fazer absolutamente tudo sozinha, porque só pode confiar em si mesma e em mais ninguém, sabe que o que vier à sua cabeça ela irá fazer, com certeza, e que as palavras que as pessoas dizem podem ser sinceras ou não, podem ser verdadeiras ou falsas, e está de sacocheio de sacocheio de SACOCHEIO. Sabe que Karl e Agatha se mandaram e a deixaram sozinha ali, sabe que sua mãe não quer ser encontrada, mas Millie não liga, ela é a Capitã Funeral, e é dona de si mesma.

Tá tudo bem, meu amor?
Cadê mamãe e papai?
Eles morreram
Você não entende
Você é só um adulto

Ela abre a porta do carro e sobe em Manny, dá um beijo suave em sua testa, como seu pai fazia com ela, e arrasta-o para fora do carro, em direção à beira do penhasco. O corpo do manequim traça linhas no chão e a poeira vermelha cintila à luz da manhã. Ela vai mandá-lo voando até Melbourne, vai, sim, vai fazer isso agora mesmo, porque ninguém mais vai, ninguém vai ajudá-la; ela precisa ser forte, segurá-lo embaixo do braço e pular, e depois voar pelos ares como uma bola de golfe, mas ela não vai parar, e Karl, Agatha e a sua mãe vão se arrepender muito, se arrepender muito, mas muito mesmo, e dizer *SINTO MUITO, MILLIE; SINTO MUITO, MILLIE; SINTO MUITO, MILLIE; SINTO MUITO MESMO, MILLIE.*

agatha, karl & millie

Karl e Agatha voltam para o carro como se fossem adolescentes. Karl chega até mesmo a dar uma palmada na bunda dela. E ela chega até a dar uma risadinha. Os dois estão cobertos de terra vermelha da cabeça aos pés. Seus cabelos estão espetados em ângulos estranhos. O ar estremece entre os dois quando eles se olham; Agatha tem a impressão de que as mulheres a invejariam, e, sério, isso é tudo o que ela sempre quis.

Mas então.

Millie?, chama Karl, quando alcança a porta. Vira-se. *Millie?*, grita ele.

Agatha encosta o rosto na janela do carro. *Millie?*, sussurra ela, no vidro. *Millie!*, grita na outra direção.

Eles dão voltas em torno do carro, procuram embaixo dele, em cima. Não param de dizer *Millie*, como se fosse a última palavra de um feitiço. Eles não a veem em parte alguma, e ali é extremamente plano. Agatha dá voltas e mais voltas no mesmo lugar, correndo os olhos ao redor, torcendo para o vulto de Millie surgir em sua frente. Olha na direção do penhasco e então precisa se apoiar no capô do carro, porque a ideia chega com uma subitaneidade de dobrar os joelhos: É isso; lá, é lá que ela está, só pode ser. A impossibilidade de sobrevivência naquele lugar é o que deixa seus joelhos bambos.

Karl avista um homem com um taco de golfe apoiado no ombro, caminhando na direção deles com um passo tão tranquilo que parece até desrespeitoso. *Com licença*, diz Karl, e corre até ele. *O senhor viu uma menininha?* Indica a altura dela estendendo a mão na lateral do corpo. Por causa do vento, a única coisa que Agatha escuta o homem dizer é *Melbourne* e *estranha* e *tava arrastando sei lá o quê na direção daquele penhasco ali.*

Ela vê Karl agarrar o homem pelo colarinho e dizer *Por que você deixou ela ir pra lá?*, e o homem dá um empurrão no peito de Karl e diz *Tira a mão de cima de mim, parceiro.* Então, Agatha respira fundo e caminha até a beira do penhasco.

Anda o mais rápido que seus pés permitem. Ouve os dois homens gritando um com o outro às suas costas, mas está farta de gritos, farta demais de todos os ruídos altos que saem da boca das pessoas, especialmente da sua, e o mar é tão grande à sua frente, tão infinito; mesmo quando parece terminar, ela sabe que não termina. Para a 2 metros da borda do penhasco, ajoelha-se e deita-se de bruços. Empurra o corpo para a frente, sentindo o cascalho arranhar suas pernas. Geme por conta do esforço. Segura a beirada com as duas mãos e espia.

Millie!, grita, mas seu grito se perde no vento. Ela repete o chamado sem parar, como se tentasse acordar Millie de um sono profundo. Agatha corre os olhos pelo mar em busca de algum sinal dela, mas não há nenhum; ela a matou, matou aquela menininha tão pequenina, é tudo sua culpa, é tudo sua culpa; ela enterra o rosto na terra e soluça.

Mas. *Agatha?*

Agatha levanta a cabeça depressa, olha na direção da voz; tem alguma coisa ali, mas sem seus óculos ela não consegue enxergar direito. *Millie?*

Agatha, alguém responde fracamente; só pode ser a voz de Millie, portanto Agatha rasteja ao longo da beira do penhasco em direção à voz. Então ela a vê, abraçada àquele homem de plástico, de pé numa pequena plataforma de pedra que se projeta do penhasco como um lábio inferior avantajado.

Millie, Agatha não sabe mais o que dizer. O que se diz numa situação dessas? Como alguém pode saber o que dizer?

Millie olha para ela, chorando. Agatha nunca a viu tão irada. *Sai daqui, Agatha*, diz ela. *Não preciso de você. Estou muito bem sozinha.*

Sinto muito, Millie, diz Agatha, rastejando mais para perto dela. A plataforma parece instável, como se pudesse se partir a qualquer momento.

Mentira.

Não se mexa, diz Agatha. Olha para trás, em busca da ajuda de Karl, mas ele continua batendo boca com o estranho.

Você não manda em mim, Agatha Pantha, diz Millie, dando as costas para ela.

Não, fala Agatha. *Não mando mesmo.*

Um dia você vai me deixar.

Agatha olha novamente na direção do carro, desejando que Karl estivesse vindo ajudá-la. A altura do penhasco até o oceano a deixa tonta. Obrigando-se a olhar para baixo, Agatha diz *É verdade. Um dia eu vou mesmo. A vida é assim, Millie.* O ar está tão frio e o ruído do mar é tão poderoso. *Mas, enquanto ainda estamos vivas, não seria bom sermos amigas?*

Eu vou fazer isso, Agatha, diz Millie. *E você não tem como me impedir. Ninguém tem como me impedir.*

Não, Millie, diz Agatha, e não pensa mais nada, seu corpo simplesmente faz; mais tarde ela se perguntará se ter um filho é isso. Agir sem pensar? Estar tão fora do próprio corpo e tão dentro do dele? Ela desliza para a frente sobre a plataforma rochosa, arranhando braços e pernas, mas não sente nada, porque está tentando ficar de olho em Millie, para tentar segurá-la, simplesmente segurá-la, mas Agatha está longe demais, jamais irá alcançá-la; fica de quatro e tenta gritar algo para Millie, mas as palavras não saem de sua boca; tem a sensação de que sua garganta está se fechando, e assiste, impotente, enquanto Millie abraça aquele homem de plástico ridículo e dá um passo em direção ao oceano; fecha os olhos, para de respirar completamente e torce para ser possível se matar assim, prendendo a respiração, porque não há mais nada que possa ser feito.

Mas, depois de alguns longos segundos contendo a respiração, sente algo quente próximo de si. Agatha abre os olhos e Millie está ali, de pé, ao seu lado, olhando para o mar lá embaixo. Agatha acompanha o olhar dela e vê o tal homem de plástico caindo, caindo, caindo. A capa de Millie está amarrada ao redor do pescoço dele e, por um momento, ele parece estar voando. Atinge as águas com um minúsculo borrifar e em seguida boia no mar.

Agatha se senta e respira fundo, inspirando sem expirar, absorvendo todos os átomos daquele momento e os conservando em seus pulmões.

Millie enxuga os olhos com a manga e se senta ao lado de Agatha. *O que quer dizer abandonado?*

No mar há um punhado de picos que parecem uma sala de aula cheia de crianças levantando a mão. Agatha faz uma pausa. Cada pensamento, cada respiração, cada movimento adquire uma tremenda importância naquela paisagem. As palavras parecem contar mais. *Quer dizer deixado pra trás*, explica ela.

Perdido?

Mais ou menos. Sem olhar para Millie, Agatha segura a mão dela com muita mas muita força mesmo.

Quando Karl encontra as duas, sua camisa está rasgada e seu cabelo, uma bagunça. Ele as ajuda a descer da plataforma e abraça as duas ao mesmo tempo. Agatha conta do destino de seu amigo de plástico. Karl finge indiferença. Millie declara que eles podem dividir a perna de Manny, e isso parece bom o suficiente para Karl. Os três entram no carro e se afastam da Grande Baía Australiana, sentindo a presença um do outro em meio àquela paisagem dramática. Agatha escuta o silêncio. Millie coloca a mão sobre o reflexo de sua própria mão na janela. E Karl sorri, porque escreveu *NÓS ESTAMOS AQUI* no capô coberto de terra.

coisas que millie, karl e agatha não têm como saber

Daqui a dez anos, Agatha estará sentada ao lado da cama de Karl no hospital e assistirá a vida dele terminar na sua frente. Millie não estará presente porque estará em outro país, mas comparecerá ao funeral. Em seu discurso, ela dirá *Karl é meu melhor amigo*, usando de propósito o tempo presente. Agatha morrerá três meses depois. Millie é quem irá encontrá-la, morta em sua poltrona, e pensará que ela parece estar feliz-triste. Millie também vai morrer, um dia, como tudo na vida, deixando para trás um ex-marido e dois filhos crescidos. Será num acidente, será rápido, e seu último pensamento não será propriamente um pensamento *O que é que eu vou...*

Mas eles ainda não sabem de nada disso.

Porque, por enquanto, Millie, Karl e Agatha estão voltando pelo mesmo caminho que vieram.

Agradecimentos

Eu sei que mamãe acreditava que uma das coisas mais importantes são os momentos de agradecimento entre os seres humanos. Ela me ensinou a escrever notas de agradecimento ridiculamente atenciosas para todo mundo e por cada coisinha que faziam por mim. Na época eu não entendia — para mim, isso significava menos tempo para olhar as coisas/dançar Bananarama/escrever poesias *nonsense* óbvias estilo Roald Dahl. Mas, à medida que crescemos, as coisas que sua mãe dizia adquirem um tom de inevitabilidade tão grande que você passa até a não acreditar como um dia pôde pensar de outra forma.

Como se agradece a um bando de gente que fez você ser quem você é, que fez de você uma pessoa melhor, que valorizou você e o seu trabalho? Simplesmente agradecendo, acho.

Escrevi *Achados & perdidos* como parte de um doutorado na Curtin University, no oeste da Austrália, portanto, em primeiro lugar, devo agradecer a Curtin e a seus habitantes: eles me deram uma bolsa de estudos, um lugar para escrever e um monte de professores e amigos que planejo importunar pelo resto da vida, gostando eles ou não. Eu era uma desconhecida querendo encontrar um espaço em sua vida para escrever um romance, e a Curtin University me deu condições sociais, culturais e financeiras para isso. Por isso, sou muito grata.

Mais especificamente, agradeço aos meus dois orientadores, David Whish-Wilson e Ann McGuire. Dave foi muito tranquilizador, sempre me incentivando a "passar a faca na fofura" em *Achados & perdidos* e acreditando na minha capacidade quando eu mesma não acreditava. A maior parte de nossas reuniões de orientação acabavam descambando em dissecações da Liga de Futebol Australiano, a ponto de agora eu acreditar que isso seja parte vital do meu processo criativo. Ann não saiu correndo quando contei minha história aos prantos em nossa primeira reunião; em vez disso, me deu um monte de lenços de papel e me fez sentir que aquele projeto também era dela. Devo também uma menção especial a Julienne van Loon, que (embora não estivesse diretamente envolvida) sempre arrumava tempo para mim quando eu precisava.

Muitas pessoas leram este romance em suas mais variadas formas enquanto eu o escrevia e deram os mais diversos tipos de sugestões: Jeremy Hoare, que conhece a história melhor que eu e que virou meu Cara das Ideias; Mark Russell, que me ensinou como usar vírgulas e disse, do seu jeito educado: "Ninguém nunca, jamais, caberia num túnel de um sistema de ventilação"; George Poulakis, que me ensinou como usar vírgulas quando eu tornei a esquecer; Sam Carmody, meu outro (mas igualmente importante) Cara das Ideias, além de Terapeuta e Gerente de Controle de Qualidade Alimentar; Sarah Hart, que leu uma das primeiras versões quando havia coisas mais importantes acontecendo em sua vida; Julia Lörsch, meu barômetro emocional, que chorou ao ler algumas partes do livro; Elizabeth Tan, que me deu conselhos muito atenciosos; James Stables, que passou quase o tempo inteiro me lembrando que seus impostos estavam sendo usados para financiar a criação deste livro; as meninas da Beaufort Street Books — Jane Seaton, Geraldine Blake e Anna Hueppauff —, que leram *Achados & perdidos* com grande entusiasmo; Adam Brenner, que falou que, na sua opinião, as pessoas comprariam, sim, este livro; meu pai, Ken Davis, que leu todas as versões com uma urgência

que só um pai orgulhoso pode sentir. Ele o chamou de "obra-
-prima" e me deu uma lista de duas páginas com motivos para
eu cortar os palavrões; sua companheira, Lorraine Jennings, cujo
olho de águia impediu que eu cometesse erros constrangedores;
meu irmão mais velho, Rhett Davis, que leu várias versões rapidamente, sem criar caso e sempre me deu sugestões importantes;
meu irmão mais novo, Ben Davis, que leu o livro em seu *iPad* na
Romênia e aparentemente não teve muito o que dizer a respeito.

Obrigada também a todos os envolvidos nos workshops da
Curtin, que me ajudaram no início do processo decisório: Eva
Bujalka, Steven Finch, Maureen Gibbons, Simone Hughes, Laura
King, Kerstin Kugler, Kandace Maverick, Paul McLaughlan, Max
Noakes, Ian Nicholls, Rosemary Stevens, Marcia van Zeller e Yvet-
te Walker. Tenho muita sorte de ter frequentado a Curtin Univer-
sity neste período, por ter sido rodeada por tanta gente talentosa.

Seria parecido demais com um discurso de agradecimento da
cerimônia do Oscar dizer os nomes dos professores que me ajudaram a descobrir que escrever era algo que eu desejava fazer? Provavelmente, mas vou em frente mesmo assim. A Barb Tobin, que até
hoje ainda desejo impressionar. Quando eu lhe mostrei um poema
aos 9 anos, ela apontou um dos versos e disse que eu havia escrito
uma metáfora. Eu me lembro que era uma metáfora bem media-
na, portanto vamos fingir que esqueci qual era. Ao Sr. Robertson,
que tanto me incentivou no primário, e à Srta. McCarthy, que
me deu meu primeiro B em inglês no ensino médio e assim me
ensinou a não ser complacente. Ainda hoje eu me lembro desse
B e fico meio puta da vida. Na universidade, Francesca Rendle-
-Short me ensinou a respeito de escrita experimental e Felicity
Packard me ensinou uma prosa mais econômica. E a Jen Webb,
que, embora nunca tenha sido minha professora, sempre deu todo
o apoio a mim e ao meu trabalho.

Aos cafés de diversos estados e países, que toleraram minha presença durante horas e horas enquanto eu apenas bebia um bule de

chá interminável. É sério, fiquei séculos nesses lugares sem gastar quase nada, e ninguém pareceu se importar. Um agradecimento especial para as garotas do 50mL em Leederville. Seu *chai*, sua hospitalidade e seu acolhimento foram (e continuam sendo) incríveis.

A todos que ajudaram na publicação deste livro: Adam Brenner e Todd Griffiths, que criaram um plano infalível para apresentá-lo à Hachette; Vanessa Radnidge, por entrar em contato com a Hachette e me fazer sentir que escrevi algo bom — você com certeza merece o "rad"* em seu nome; Clara Finlay e Kate Stevens, por deixarem o original tão mais bonito e permitirem que eu levasse todo o crédito por isso; Alice Wood, por organizar minha vida de um jeito muito mais eficiente do que eu seria capaz; Christa Moffitt, que criou essa capa maravilhosa. Eu não sabia como queria que a capa fosse até ver esta que você me deu. Trabalhar com a Hachette foi um sonho desde o início — um desses sonhos bons dos quais você não quer acordar.

Obrigado a Craig Silvey, que arrumou tempo em sua importante rotina para me incentivar e apontou a direção de Benython Oldfield, da Zeitgeist Media Group Literary Agency, para mim — a quem também devo agradecer, bem como à sua contraparte europeia, Sharon Galant. Obrigado aos dois por serem sensacionais e por ajudarem Millie, Karl e Agatha a encontrarem um caminho neste mundão.

Achei que seria uma boa ideia fazer um *book trailer* para o livro e comentei sobre o assunto com algumas pessoas talentosas que conheço. Elas ficaram bastante animadas e, três semanas depois, sem que eu precisasse pagar nada, o *trailer* estava pronto. Por essa eu não esperava. Obrigada à minha gloriosa cunhada, Tara Coady, por sua arte, paciência e cuidadosa produção no vídeo; ao menino prodígio musical Bensen Thomas, por criar uma música só para mim; à brilhante Matilda Griffiths, por encarnar uma Millie Bird

---

* Em inglês, gíria para "sensacional".

perfeita; e a Todd Griffiths, cuja bondade supera as palavras, por trabalhar até tarde da noite na produção de áudio e permitir que eu tomasse emprestada a voz de sua filha, mesmo ela tendo de dizer "cocô".

Preciso realmente agradecer, de todo o coração, às mulheres da Beaufort Street Books e da Torquay Books. Elas me deixaram trabalhar em suas livrarias e me deram uma bela dose de apoio mental. Minhas duas chefes — Jane Seaton e Rosemary Featherston — dão o sangue por esse ramo e recebem pouquíssima glória por isso. Sinto orgulho de ser dessa área. Vamos ser legais com os livreiros para que eles sempre possam existir.

Algumas pessoas compartilharam sua tristeza comigo e não sentiram medo quando compartilhei a minha com elas, e para mim isso é algo maravilhoso. Acredito que o luto pode ser menos pesado se alguém puder escutar você falar a respeito. Fiz isso com estranhos, conhecidos, clientes, amigos e familiares, mas preciso agradecer especialmente a Jodi Ladhams, Jeremy Hoare e Anna Hueppauff, de cujo luto fiquei a par e cuja força admiro muito. Este livro é também para Ruby, Cedric, Elli e Kaiser. Gostaria de agradecer ainda a Chris Donahoe, cujo apoio emocional nos estágios iniciais deste projeto (e de meu próprio luto) foram muito importantes. Obrigada, também, aos meus avós, Ken e Lorna Davis, e Ted e Jean Newton, por suas histórias, seu tempo e sua atenção. Vocês, cada um à sua maneira, me ajudaram a entender que os velhos nem sempre foram velhos. Um agradecimento especial para Nanna Jean, que ainda dá duro aos 90 anos, muito embora acredite que eu me chame Judy e tenha 45 anos.

Também há aquelas pessoas que estão ao meu lado, o tempo todo, mesmo quando não estão. Estou falando de VOCÊS, família, especialmente mamãe, papai, Rhett e Ben. Sou quem eu sou, e faço o que faço por causa de vocês.

Mas, principalmente, claro, mamãe: obrigada. Tudo isso (escrever um livro, estar viva) não parece certo sem você.

Este livro foi composto na tipologia Adobe Garamond Pro,
em corpo 13/16, e impresso em papel off-white,
no Sistema Cameron da Divisão Gráfica
da Distribuidora Record.